Unicorn

独角兽书系

Clarkesworld Issue 2 克拉克世界·第二辑

克拉克世界 第二辑

张冉 微像文化——编

重庆出版社

图书在版编目（CIP）数据
克拉克世界. 第二辑 / 张冉，微像文化编. -- 重庆 ：
重庆出版社，2025. 7. -- ISBN 978-7-229-18568-8
Ⅰ. I14
中国国家版本馆CIP数据核字第2025F9G072号

克拉克世界·第二辑

KELA KE SHIJIE · DI ER JI

张　冉　微像文化　编
责任编辑：邹　禾　魏映雪　王靓婷
特邀编辑：［美］尼尔·克拉克
责任校对：何建云
封面插图：邹江南
装帧设计：谢颖设计工作室

重庆出版社 出版

重庆市南岸区南滨路162号1幢　邮政编码：400061　http://www.cqph.com
重庆出版社有限责任公司品牌设计分公司 制版
重庆市国丰印务有限责任公司 印刷
重庆出版社有限责任公司 发行
邮购电话：023-61520656

开本：889mm×1230mm　1/32　印张：9.625　字数：252千
2025年7月第1版　2025年7月第1次印刷
ISBN：978-7-229-18568-8
定价：62.00元

如有印装质量问题，请向重庆出版社有限责任公司调换：023-61520678

文 / 张冉

主编寄语[①]

COVID的沉重烟霾背后，亮起一线ChatGPT的银光。这个世界正以超出我们理解能力的方式不断变化，每天清晨推送的第一条新闻都令人心神不宁。

船帆座×号超新星照耀下，波斯湾的苏美尔人用芦苇棒在湿泥板上刻画出恩美卡尔王的故事，五千年后，玛丽·雪莱在日内瓦的某个壁炉前创造弗兰肯斯坦的瞬间。亚里士多德、孔子、莎士比亚、牛顿、康德，人类花费五十万年时间学会直立行走，使用火、工具和语言，再用去五千年时间锤炼文字，使其从记载神灵名字的简单符号，进化为思考与幻想的智慧结晶。

如今看来，人类文学发展的步伐缓慢得几近于原地踏步。

2018年6月，科幻文学诞生的第200年，刘慈欣《三体》获得

①编者注：本篇寄语完成于2023年下半年。

雨果奖的第三年，也是OpenAI公司成立的第三年，OpenAI发布拥有1.2亿模型参数的人工智能GPT-1。

2020年5月，具有小样本学习能力、拥有1750亿模型参数的GPT-3发布。

2022年11月，OpenAI发布基于GPT-3.5，具有指令微调和人类反馈强化学习技术的人工智能衍生产品ChatGPT。

2023年2月，《克拉克世界》杂志主编尼尔·克拉克宣布因为人工智能创作的科幻小说投稿令编辑工作陷入混乱，暂停杂志一切征稿。

2023年3月，增强了文字、学术和专业能力的GPT-4发布。

五年时间，人工智能从史前时代直达当代，跨越人类五千年文学发展史的变革、颠覆与苦难。AI作品达到专业作家水平，这是对文字笃信者精神世界的撕裂；长久以来我们相信文字是思想者以血肉之躯比肩神明的超然道路，是无知荒原中点燃灵性之光的酥油与火花。当蒸汽火车飞驰而过，飞行器向无人之境进发，链式反应燃起太阳与星辰的火焰，我们为之感到欣喜，因为人类的身体太脆弱，无法高速奔跑、喷吐火焰，更无法飞翔，但唯有思想永远是他者的禁地，是作为万物之灵的我们在新世界到来时保有的宝贵自尊。人造之物该不该拥有思想？《弗兰肯斯坦》告诉我们那将是一出悲剧。

但那个时刻已经到来。人工智能创造了小说，创造了故事，创造了思想。

那我们的灵魂、自我与自由意志，是否也将由人工智能分享？

多年前学者曾乐观预测，作为创意工作者的作家是最不可能被人工智能替代的职业之一，正如1997年5月12日IBM公司超级计算机“更深的蓝”战胜人类国际象棋大师加里·卡斯帕罗夫时，人们曾预测围棋是唯一无法被计算机破解的棋类运动。整整20年后的2017年5月，DeepMind公司的人工智能AlphaGo以3：0击败人类围棋大师柯洁，将最后的遮羞布狠狠扯下。同样的情节也将发生在几乎每一个职业领域，我们终将意识到不仅是肉体，我们引以为豪的脑力、意志力与创造力，也只是效率低下的电化学信号传导而已，与人造之物相比，人类如此孱弱，孱弱得如同刚刚破壳而出、对世界一无所知的雏鸡。

没错，在《克拉克世界·第二辑》的编辑工作中，我一直思考在人工智能飞速发展的今天，科幻作家的存在意义究竟是什么？一些作家正使用AI辅助自己的创作，另一些则拒绝人工智能的加持。但正如1945年7月16日美国新墨西哥州特立尼提沙漠核试验宣告人类进入核子时代，从这个时刻起，一种新的同位素铯-137出现在地球的大气和土壤中；无论你接受与否，时代的印记都会通过世界流转，给每个人带来深刻影响——我们正身处人工智能的时代，你的每一次搜索、浏览、对话和通信都由人工智能控制优化，谁都无法逃离AI的辐射范围。

本期《克拉克世界》所选择的稿件，或许是我们针对人工智能世界的某种辩解：在这些由人类作家撰写的小说里，我们看到的不仅是新奇的世界观和想象力，更是对人性、对家庭、对民族、对文化、对自身和宇宙的观察。自我体验无法由他人替代，期待作家对世界的体验化为读者对作品的体验，让这根科幻体验的链条沟通彼此，保留读者对未知世界的小小好奇。

比如《冷酷的计算》中，作者针对汤姆·戈德温《冷酷的方程式》致敬和互文，以及基于冷酷计算得出的温暖结局；

比如《昔日之狼》中，恪守传统生活方式的草原牧民与发达世界的闯入者——一只机械生物的对话。

比如《睡城的孤独傀儡师》中，在人类因地球环境毁灭而长眠于地下城市的世界里，为全体人类构筑美丽幻梦的剧本创造者。

比如《伽马》中，寿命近乎无限的量子生命在造访低级恒星文明的遗迹后，为这些孩子创造出崭新恒星纪元而做出的牺牲。

值得庆幸的是，科幻作家们还在创作丰富多彩的作品，《克拉克世界》在掌握鉴别AI作品的能力（或者放弃挣扎）后也将继续征稿，2023年，新冠疫情告一段落，世界科幻大会在中国成都召开。放下手机，打开书本，你会发现世界还是熟悉的模样，这不正是书籍最大的魅力吗？让我们在光怪陆离的世界里，找到属于阅读者的片刻安宁。

希望这本书能让你找回科幻阅读的乐趣。

也让我们永远以身为人类为荣。

目录

CONTENTS

文 / 沈大成[1]

葬礼

他在傍晚回到家，一打开房门，再次听见那种声音。他循声望向脚边，声音是它发出来的，想到自己回来前，它也许孤独地折腾了很长时间，他有点歉疚。

两周前的某天，他参加了葬礼，在大脑中有关妈妈的回忆区里，新增加了几幅她用怪异的姿势僵直躺着、寥寥无几的亲友穿黑衣前来告别的画面。他以为那一区从此以后无法再放入新的内容，可以封存了，就像在他记事前死去的爸爸那一区。从葬礼上回来，他也像今天这样打开房门，人刚走进来，就听见门铃响，他转身开门，收到了殡仪公司的快递。他没想到，他们焚烧了她，但把遗体上不便处理的部分拆下，火速快递给了他。他哗啦啦撕掉封箱带，

①沈大成，专栏作家、小说家。生活在中国上海，职业是编辑。已出版短篇小说集《屡次想起的人》《小行星掉在下午》《迷路员》。

往里看了一眼，急忙拨通殡仪公司电话，表示愿意支付合理费用，请求他们收回去处理。他们拒绝了。

“可这属于遗体啊。”他说。

“抱歉，我们觉得它纯粹是机械，我司没有处理的资质。”殡仪公司又说，“以为你知道，一般都是寄回给亲人的。你可以留念，派上一些用处，或是在网上找个对路的地方处理它，是有这种地方的。”

殡仪公司说得有一定道理。他也没有错。是双方看待问题的角度不同造成了分歧。他将纸盒开口处的四个页片，一对一对地，关了两次窗似的关上。暂时无法直视它。纸盒留在门口地上，旁边是分类垃圾桶、换下的鞋子、一些要扔未扔的杂物。

这以后，他每天听到盒子里有声音，有时候犹犹豫豫的，响几下停一停，有时候不知疲倦地轻轻发作。每次他都陪纸盒站一会儿，而后叼着牙刷、端着咖啡杯，或是把叉在腰上的双手垂到大腿边，他什么也不做，又走开了。虽然他不时反省，这样对它是不是太随便了。

今天他回到家后简单弄了晚饭，等他吃过饭，收拾了餐盘，窸窸窣窣的声响也没停下。就在那时他准备好了，他蹲下来，翻开纸盒的两对页片。

灯光照进去了，里面是妈妈的机械肢。

轻质合金制造的机械肢，灰黑色，是半条左臂，妈妈从年轻时使用它直至死亡，它横躺在大半盒起缓冲作用的白色泡沫颗粒上面，以冷峻幽光回应屋子里的灯光。机械肢长及肘部，从其截断面上露出一丛管子，有红黄蓝多色，粗细不均，本来它们都和人体相连，现在软趴趴地拖在外面。另一端的机械手掌上，有三根机械手指弯曲着朝向掌心，食指和中指伸出，随着两指指关节的运动，指尖在抠挠纸盒内壁。声音就是由此发出来的。收快递那天，他明明看到机械肢的手指头朝上，截断面朝下，像香槟桶里斜插的一瓶香槟；他能想象出，以后它每次动一点儿，终于从泡沫颗粒底下整个钻出来，在它头顶，日光或者灯光仅从一道缝隙中照射进来，它在近乎漆黑的情况下抠纸盒。纸盒已被它成功抠破好几个洞，少量泡沫颗粒从洞中漏出来，撒落在地板上。

仿佛察觉上方有颗人类的头颅在观察自己，食指和中指顿住了，几秒钟后又开始行动。

“晚上好，妈妈。”他说，“你想出来吗?”

说着，他握住机械肢靠近截断面的部位，将它掏出来。他带它来到客厅，环顾一圈，最后把它安置在一张单人沙发椅上，在此过程中，他的掌心感受到不规律的颤动，它一边轻轻发抖，一边仍将两根指头伸着，抠挖空气。它并不具有生命，是残留其中的能量不受控制地释放，驱动它无意识地做出一些动作。

机械肢在沙发椅上一待就是几天。他往它手掌中塞入一颗网球，再用自己的手由它手背往下抚，团一团它的五根手指，当他拿开自己的手，机械五指全部顺从他的意思，弯曲着，握住了球。这样可以避免它弄坏沙发椅。他又捋了一遍管子，使它们不要打结。

妈妈长年住在养老机构，他每次去探望，两人拿出首次在这间会客室见面的流程，再应付一遍：大幅的玻璃移门自动打开，她走出来，两人面对面坐着，她把那只手留在桌子下面，内容稀疏的谈话，不久就无话可说，她消失在门后。他探望的间隔越来越长，很久才愿意去一次。今晚他想，这是她第一次来自己家，他从没有发出过邀请，而她也从没有提出做客要求，死后的她大部分变成灰，残余部分终于坐进他的椅子中。假使自己现在直奔宇宙另一头，推开某间酒吧的门，盲点一杯酒单上新出的鸡尾酒喝下去，他觉得，尝到的滋味也不会比这样更怪了。

妈妈和同类人被称为螯肢世代，花名甲壳族。

他们是战后第一代青年。彼时人们刚摆脱一场规模大、影响深的战争，眼见毁坏的一切被飞速修复，楼宇重新站立起来，货架又摆满了，社会总比前一天更为流畅地运转。尽管如此，青年们的思想上落下了阴影——他们忧惧未来，担心假如以一模一样的形象走进未来，就会导致一模一样的结果，坏事会重演。总得改变点什么。青年们选择由自己的身体做出改变。那恰好是机械革命的巅峰期，经过战时的停滞，发明创造与运用它们的胆量同时间奋蹄疾驰，等其他人回过神来，首批机械崇拜的青年已对自己做了局部改装，他们利用的是本来针对战争伤员的修复再造手术，把自己健康的手指、手臂、脚、膝盖、下颌或半片颅骨切除，替换成机械制品。这些人体机械配件并没有被赋予超常功能，更多的是作为一种象征符号，就像以前的人喜欢文身和在身体上穿孔戴环那样，它们表达的是人与科技的吻合。政府立法禁止人体改装，不过总有地下市场和黑医生，最终数量可观的青年破坏了原装身体，加入螯肢世代，倒霉蛋则来不及加入，在手术中丢了命。

螯肢世代曾经烂漫设想，未来会以自己为基础向前进，人类可以更好地利用机甲，拥有战天斗地的力量。他们的预测失误了。时代常常是一浪进接着一浪退，相互修正，统筹出不令任何人满意的样子来。他们之后的一代人是保守主义者，远离他们，向后大撤三步，退回战前的审美和生活方式中去了，螯肢世代牺牲自我进行的科学探索被看成不该追随的歧路。又过了一些年，机械器官完全退出潮流，安装它们的人也老了。

他亲眼看到养老机构里的老人自动分成两伙，纯种老人是团结的一伙，妈妈这种人是溃散的另一伙，他们要么孤僻狂傲，要么相反，惯于看人眼色，畏首畏尾地使用公共设施。他们无法卸掉机械部位，那样就又老又残了，只得永远戴着。每当机械部位暴露出来，时至今日依然崭新的成色、超前的设计、精湛的工艺，以及从合金表面流淌而过的旧日理想的道道光芒，总是引人瞩目。可这些与佝偻的、不灵活的、起皱的老身体不配了，像老虾或老蟹，举着一只新钳子。

一天，当妈妈消失在门后，他莫名地多停留了几分钟，在玻璃门另一边，老人公用的休息大厅里，有件事正在发生：几个人把一个人堵到角落，摘下这人的帽子来回传递，这人露出光秃的头顶，拖着一只机械脚，在几人之间折返讨帽子，攻防双方都在做不堪一击的颤巍巍的慢动作。惨的确是惨，但是有非常明显的喜剧效果，所以他甚至笑了一下；他想到校园里的少年霸凌事件，只是好像一个时间魔法忽然叫他们往后飞驰了六十年。

他果真上网查了哪里能够处理机械肢。

周末，他开车载着妈妈的局部出门。

他用一个帆布袋装它，袋子一面烫印了一句话，呼吁人们关心热带雨林中的某种小动物，另一面是七种你即便现在想关心也为时已晚的动物形象，因为它们已从地球上消失了。车开不久，帆布袋起伏波动，随之袋口张开，手冒出来了，它仍然握着球。他伸手到副驾驶座上整理，但行驶到下一个路口，拿球的手再次冒了出来。这次他心说随它便，没再干涉。他当时将它看成一名单程旅客。

那地方叫“原力之家”。

他开到城市的边角，停好车，站在路上呼吸了一口经济萧条地区的空气，它是由生锈的铁丝网、烂木头、劣质油漆、闲置房屋、非主流人士的身体与思想这类东西散发出的味道调和而成的。他顺着几枚漆在墙上的红色指路箭头走，找到了原力之家。他知道“原力”的出处，是某个古老的系列电影里的概念，大致是指一种超级力量，既有光明的一面，也有黑暗的一面，控制它们的人屠戮银河系以及反抗这种屠戮，记得台词这样说：愿原力与你同在。因此有几个备选的地方，他选中这一家。

一个院落向他敞开，里面泥土裸着，风吹灰飞，几条看不见的狗在吠叫，到处堆着废五金，有个穿蓝衣服的壮硕工人在劳动，把小推车里的破烂倾倒在地，见到他，戴手套的手向他指指另一边的简易房屋，他们的办公室。这地方像汽修厂，他边走过去边想，不该叫这个，应该叫拾荒者之家、城郊汽配之家，或者是廉租者做小买卖事业部。

办公室里只有他一个访客。接待他的是一位女士，始终坐着，看她的宽肩膀、大手掌、长臂，是位高大的女士，她的身体被收紧在廉价面料的套装里，脸和十指尽善尽美地涂抹过，在陋室里显得隆重、权威。她让他干等几分钟，他旁观她做着手边事，每个动作都混合了认真和漫不经心，每个动作上都有一层戏剧感。忽然之间，他意识到，眼前办事员的生理性别与自己是一样的。

办事员示意他坐到桌子对面来，目光投向他的关于八个热带雨林小动物的帆布袋，于是他把袋子挪到膝盖上，拿出机械肢，放在两人之间。办事员的眼睛来回横扫桌上的机械肢，而他看着办事员，心里在为其勾选性别，不是从其本身如何以及其意愿出发做考虑，而是为他自己如何界定这个人来勾选一下。人对其他事物下定义常常就是为了他自己。

他看见她观察机械肢时一对假睫毛上下翻动，这扇起他内心深处从未有过的异样感觉。“女式左前机械肢，”她描述眼前的东西，“带一颗球。”声音是中等偏厚，里面混杂好多好多颗粒，不太快地流动，摩擦他的耳道。

“是的。”他有点尴尬。

“是谁的？”她问。

“我妈妈。”他说。

“号码呢？”她又问。

他回答不出，首先就不理解问题。为了思考，他的眼神第一次从她身上飘开了：房间靠墙摆着数个旧文件柜，式样大小混乱不堪，他不由得猜想，他们每当需要添置一个柜子，就开车出去转转，在路边捡到什么是什么；地上散放着纸盒、编织袋；一张大的工作台占据了办公室主要空间，桌边固定台虎钳，台面上扔着马刀锯、剥线钳、扳手、起子等工具，台面上的金属碎料没有清干净，台子的一角盖着一块粗布，遮住了底下的东西，台子周围的地上丢着一些工具箱。他看了一遭，同时不断在头脑中搜索，是不是自己知道一点与问题相关的信息。

办事员没有等他很久，伸手拨弄机械肢，把它翻了个个，妈妈的手臂顿时仰躺在他们面前，那些管子凌乱地散开。她一下子找到了。“这里。”她请他注意手臂内侧，他起先以为是反光旁边的一条阴影，接着才发现是刻上去的一长串很小的字，凑近辨认，那行字杂七杂八，包括了数字、字母、运算符号，以及大约是某种外国文字吧。

办事员睬着他，往本子上誊写，每看一次手臂，低头写三个左右的字，直至全部写完，又核对两遍。这个本子好像就是机械制品号码登记本，他看到光是这页上已经手写了好几个号码，但是，他找不出一致性，有一个很长，有一个特别短，有的一行中数字占比高，另一个则完全是点线飞舞的怪字。

“我不知道有这个，这是什么号码呢？”他低声下气地请教，“是不是产品编号？”

“产品编号是生产商的号码。”

“是的。这个不是？”

“这是你妈妈给她的手起的，相当于手的名字。他们每个人都起了一个，刻在新的身体上面。这种做法风行一时。”

他迷惑不解地再次靠近机械肢，它竟是一个有名字的家伙。“那么，它是什么意思？”他问。

“什么意思都有可能。他们经常用到幸运数字、重要的日期、家人名字的缩写，或者是喜欢的食物、最爱旅游地的缩写，或者是某种秘密编码，里面藏了名言警句、宣言这种东西。不止一种，他们喜欢把各种串起来。有的人和家人关系好，生前会把意思解释给他们听。有的人就算没说过，家人看看也能猜出一点来。”

“啊，明白了……”他想说点什么掩饰难堪，办事员根本不理会，从桌子那面他看不见的抽屉里摸出几页纸递给他。

是知情同意书。

第一部分是要填写的必要信息，第二部分是销毁机械肢的费用、公司和顾客双方的权利与义务，第三部分是适用法律、争议与仲裁问题的表述，第四部分是其他，最后是签名栏。他很善于读文书，先把全部纸页快速一翻，心里搭好框架，再回到第一页细读，这时却听见办事员建议自己把同意书带回去慢慢看，因为即使签好今天也不能受理。

“为什么？我以为你们在网页上写着速度快、服务好。现在有什么问题吗？”他结结巴巴地说。今天带着机械肢出门时，他已在心里同它说完再见，做好准备把它留在这儿了。

“问题嘛……”办事员冷淡地笑了一笑，右脸不太笑，是一个式样不对称的笑。同时也是当一个人用最基本的事实去点破对方的无知时的那种笑。“考虑到道德伦理，”她说，“它还在动。”

他的确看到了，仰躺在他们之间的机械肢几次三番地晃动，好像一个虚弱的人妄图爬起来证明自己还行。但在她说出来之前，他没有想过这有什么关系。

他背着小动物帆布袋离开办公室，感到气馁，办事员和妈妈的残肢好像同时无法证明地轻轻地伤害了他。他站在原力之家的院落里，刚才的工人消失不见了，只见一条脏狗从面前小跑而过，急于去干正经事一般，狗嘴里叼着东西，他的印象是有只脚从它嘴里伸出来。狗迅速钻到一堆钢板后面，他没有机会将那东西看得更清楚。

现在要做的就是等。

白天他在金融机构工作，办事大厅一分为二，他和同事坐在一张长长的接待桌后面，彼此间以挡板隔开，接待各自面前的客户。他们身后是共享的办公空间。他觉得很像九头鸟，大家是同一个身体，用九颗头朝着那些客户。在前一个客户离开和下一个客户坐上来之间的那个间隙，或是在客户低头往协议上签字的那会儿，他多次想到女办事员。他想到她坐在一片废墟中，处理旧世界遗留物品的那副样子，她是一个表里不一的人，里面他不了解，而她的外表是那样鲜艳和夸大；另外，她知道很多冷门信息，并手抄了一本无人可以完全解读的花名册。她对自己有某种吸引力。他反观自己，是九头鸟的一颗头，假如某天他请假，脖子上就会生出另一颗头，别人甚至看不出两者的差别。有时，坐在对面办业务的客户的脸虚焦了，他调远目光，把办事大厅里排号的人扫视一遍，好像希望能够不经意地发现她坐在那儿，也许她也想找人帮她理理财。

下班回到家，又会见到妈妈的机械肢躺在沙发椅上。不一样了，人面对一个这样的东西比面对无名的事物，心情要复杂点。以前有个青年经过思考，为它起了世上独一无二的名字，并刻写下来，也许其中浓缩了她当时的理想、热望，她希望社会如何、全人类如何，她自己变成怎样，她的下一代变成怎样。他想，机械肢的名字大概率高贵过他自己的名字。

但他当然在等它能量耗尽。每天刚一回到家，他就会去查看它的情况。有几个办法：一是目测；二是间接观测，具体是将一张纸放在它身上，纸张可以放大微弱的颤动；三是力量测试，他会试一试用多少力气可以把网球从它手里拿走。还有早上起床，还有半夜偶尔醒过来，还有去过洗手间之后，还有任何时候，他都会去试试看。

能量消失得奇慢无比。还不符合毁灭机械器官的伦理道德。尽管放在沙发椅上就是单单放着，并不打扰他，但究竟要等到什么时候才能将此事终结呢？想到这里，原力之家有时浮现在他眼前。

他仿佛看到在没有顾客上门的日子，蓝衣工人走进办公室的画面。他会潇洒地揭开覆盖住工作台一角的布，于是底下几只待处理的机械器官闪着冷光现出原形，是早于他签好知情同意书的顾客送上门的，是他们亲人的局部，有手，有脚，有身体其他部分。办事员也从座位上站了起来，她几乎和搭档一般高大，但行动更灵巧。他们最后确认一次台上的器官绝无生还的可能性，便动手把合金与管子分开，再切割成碎片。主要是工人做事，办事员打下手，递递东西什么的，有时候精细操作换她上阵，必须使用暴力拆解时，则由他们四手联合，零碎部件便随着他们的动作迸射到空中，撞击在墙上，而后掉落地面。应该还会放点背景音乐，把收音机调到音乐频道，两人在这种状态下一边实施肢解，一边轻松谈笑着。两人是什么关系呢？他想，应该是多年的合作伙伴关系，或许他们之间的关系比那更亲密、更多元，他们经历过各种各样的感情阶段，但是最近又返璞归真了，现在主要是合作伙伴关系。接着，他们把碎片归置起来，装盒或装袋，等对接的废金属物料处理公司来取，清运的频率也许是每周一次，也许是每月两次，车来了，碎片扔进车厢，他们的工作到此便完成了。

一次，他进一步想下去。狗在院子里经常能捡到大一点的碎片，有时趁人不备溜进办公室，叼走未处理或处理至一半的机械器官，几条狗竞赛般地偷盗，把东西藏在院子各个角落，如果能找到那些地方，就会发现原力之家遍布小型的机械器官冢，有许多乱葬岗。

他已经想象得很多，一次比一次更具体了，妈妈的机械肢却还一天天顽强支撑。最后他松懈下来，降低了查看机械肢活力的频率。它却突然衰竭了。

那天他走进家门，一脚踢到一样东西，那东西立刻朝前滚开，消失在家具底下。他不必看清，也知道那是颗网球。走到客厅一看，三种测试方法都没必要再用了，事情已经那样。

机械肢移动了位置，管子好似一个人披头散发，手掌垂落到沙发椅外面，五指松弛，朝向地面。坐垫被撕开了几道口子，里面的纤维膨出。最后一刻的情形必定是这样的，它乏力地松开手，网球就此滚走了，之后它盲目地屈伸手指，奋力寻找那颗球，直至力竭扑倒。他想，它最后一刻就和妈妈那一代人力图紧握理想、失去后茫然至死的样子差不多吧。

“没问题了吧？”他等了一会儿才问。

机械肢和同意书摆在桌上。

办事员翻开花名册，核对号码。他看到本子的这页上添加了两个新的号码，就写在妈妈手的号码的下面两行。他转头望向工作台，那块布继续秘密地遮盖着，底下的东西高高低低。

人们都在悄悄处理这类事啊，他在等待中想。生活中已经很少听到有人谈他们了，就是妈妈这条机械肢的事情，他也并没有和九头鸟小组的任何同事提起过，人们不提，一代异类便消失了，把历史的两个断头系起来，就当有些事从未发生过。

“差不多，可以了。”办事员说。

她的左右手叠起来，压住重新合上的本子，指甲的形状是一个个漂亮的长方形，涂成红色。他从夹克内袋摸出预先装好钱的信封，轻轻推到同意书的旁边。

“很快会处理好的，”她程式化地说，“那么就这样。”

他拿着空的帆布袋站起来道了声谢。桌上的机械肢僵硬地仰着，一时，心里涌现强烈的冲动，他想把它翻回来，摆成在家里的样子，但是忍住了，它的生命尽失，没有任何意义了。

今天没有看到狗，也没有听见狗吠叫。他站在原力之家的院子里张望时，上次见过的工人不知从哪堆破烂后面转出来，走向他，身上还是穿着蓝色工作服，上面污迹斑斑。

“你送过来的是？”工人问他。

“女式左前机械肢。”他说。

工人点点头。“别太难过。”

“不，还好。”他说的是实话。

“没必要难过。”工人又说。

“是吧。”他说。

“他们有三次——死去三次，或者说三个葬礼。”工人说，“第一次是被放弃的身体部分，第二次是他们剩下的身体，第三次是左前机械肢或别的，所以我觉得还不错。”

他不禁又看了看工人，这个他并不了解的机甲屠夫，心里略微升起了好感。

“你见过我搭档了，她这种人一生会死两次。一次作为男人，第二次作为女人。这就是大家的不同，简单的人只能死一次，就像我们。”工人说。

“是的，我们死得太少了。”他说，“很高兴认识你。”

工人用手套拍打工作服，在浮起的灰尘中走进办公室。此后是寂静。他没有听见办公室里面传出任何声音，两人总该交谈几句吧，布被掀开，搬动机械肢，或许拿起工具比画和切割，收音机播放音乐，但是，什么声音都没有。

他在院子里再站了几分钟，像在完成某个无人规定要如何进行的仪式。

文 / 顾适①

《2181序曲》再版导言

2088年7月，我刚从冬眠中醒来不久，就收到了这本《2181序曲》。我当时以为它是本科幻小说，便没有翻阅，只一门心思去适应这个新世界——它才渡过黄石火山喷发的大灾，全世界人口仅余下十亿，而我生活的城市，我的小家，也遭受了灭顶之灾。后来等城市恢复秩序，多数人都有了果腹的食物和遮阴的居所，我才知道：全世界的三十九座冬眠城中，已有十五座毁于大灾引起的核反应堆故障；另有二十座则在灾后的大乱之中，被暴徒拆毁、炸碎。

①顾适，本名顾宗培，科幻作家，高级城市规划师。曾多次获得中国科幻银河奖、全球华语科幻星云奖金奖。2011年起在《科幻世界》《上海文学》《北京文学》《克拉克世界》等国内外杂志和平台上发表科幻小说，出版个人合集《莫比乌斯时空》，多篇作品被译为英、德、西、日、意、韩、罗马尼亚语等多种语言。

我所在的长安地下城，是最后幸存的四个冬眠城之一。这些日子，我常常夜不能寐，总会想起早先同我一起签下“冬眠合约”的人，我们曾约定在未来相见，如今却永久地失散了。

大约会有人说：你们把自己冰冻，陷入无知无觉的冬眠，便是要冒这样的风险的——冬眠自然是有风险的，然而醒着的人，也未必能想到会有火山爆发，灰霾遮天蔽日，多年不散。这看起来是诡辩，可我还是要多说两句：在那个时候，跨越时间的确是一件不同寻常的事，但算不上十分冒险。在这本《2181序曲》的前言中，就详细介绍了它的起源：起初，是科学家在实验室里，成功地冰冻和苏醒了小鼠和猴子；五年后，瑞士就允许绝症病人用冬眠的方式等待新药研发，许多人在苏醒后成功获救；由此，冬眠开始成为安乐死的替代品，进而逐渐演变为富豪竞相追逐的时尚墓葬，吸引了投资人去建设第一座伯尔尼地下城，当城中批量建设的冬眠舱开始售卖时，又降低了售价，引发大众的购买热潮；最终，人们开始视冬眠为一种交通工具，认为时间和空间一样，只是一个可以跨越的距离——我们可以从北京飞到巴黎，自然也可以从现在冬眠到十年之后。彼时与彼方的差别，只是在于前者不可知，而后者可知，故而冬眠就比移民多了一点点“风险”，同时又多了一点点“机会”，用同样的钱购买哪种服务，就要看个人的选择了。

这次改变人类生死观和时间观的革命，只用了三十多年就完成了，现在想来真是令人觉得不可思议。其间当然会有种种议论的声音，反对者甚至是以恐怖行径来威胁的人，亦为数不少。尤其是当冬眠技术不再是一个问题，其安全性也不再令人怀疑之后，反对的声浪却愈演愈烈，几乎上升到宗教和哲学的层面。当然如今回头去看，这些争论不过是各说各话罢了，To be or not to be ,这是一个问题，却永远不会有统一的答案。本书最为可贵之处，就在于作者采用了中立、客观的立场，在对“冬眠”这一议题进行了长期追踪后，她找出那些最关键的、足以改变历史方向的人物，和最特殊的、让人深入思考的案例，再平和地向读者展示出来。

这些内容构成了本书的正文，并按照采访和写作的时间顺序展开。本书的第一章写于2033年，正是最早的绝症病人“夏娃”苏醒后不久，一些人开始想要突破法律的界限，让健康人去冬眠。这当然会引起质问——“健康人为什么要冬眠？”这篇《自由意志的边界》，便记录了第一位预约伯尔尼地下城舱位的健康人李子萱，与《冬眠法》立法调研组成员的郑一诺之间的数次对话。其中很多问题在今天看来，依然颇有趣味。

在本文之前，所有采访李子萱的文章，都会提到她的祖母因癌症去世的故事。李子萱的父母在国外工作，她由祖父母抚养长大，是一名特殊的“留守儿童”。2024年，她的祖母不幸罹患鼻咽癌，还在读中学的子萱听闻动物冬眠实验成功的消息，便想到为祖母申请冬眠试验。然而其时冬眠在中国尚不合法，李子萱便写了一封很长的公开信，发表在微博上向公众求助。这封信引起了一定关注，但更多的还是讽刺和辱骂，终究没能挽留祖母的性命。九年后，她卖掉深圳的房子，去伯尔尼支付了地下城舱位的定金。很多人认为，她是在用自己的生命赌气。然而本书作者并没有给出这样的评判，她选择了李子萱的另一段话：

> 大家总想要给我找一个冬眠的“理由”，就好像我一直还沉溺在奶奶去世的悲伤里，就好像我还是个情绪激动的孩子。我当然不会说我选择冬眠，和奶奶没有关系，但我认为这最多只能算是一个“启发”。她的病让我意识到，原来世界上还有这样一种技术，原来人还有这样一种选

择——原来我们可以冬眠。

为此，我选择了冬眠医学专业。在瑞士实习的时候，我亲眼见证了“夏娃”的苏醒和治愈。如果那种程度的重病患者都可以安全醒来，那么我这样的健康人更不会有任何问题。

我去伯尔尼订地下城舱位时，他们要搞清楚的第一件事就是，我是理智的，冷静的，这是我的选择。而媒体和舆论最可笑的地方，就是他们不肯相信我是一个正常人。他们不相信科学，不相信心理医生的判断，他们只相信自己的“想法”，并且由此出发，一定要帮我找一个“理由”。

好吧，那就让他们觉得我有一个理由吧。不过你们等着瞧，再过三十年，甚至只要十年，这都不再会是一个问题。我只是比他们更早看清楚这条路而已。生而为人，就有自由去选择生活在哪里，也有自由去选择活在哪个时代。

李子萱的言行给郑一诺带来了很大的启发，当时她已经为《冬眠法》的立法工作奔波了数年——要知道，动物冬眠实验最初是在中国完成的，但由于法律的限制，人类冬眠在国内却迟迟没能进行。一些专家担忧，冬眠技术的落后会让国家错失未来，并提议立即开展《冬眠法》的立法工作。郑一诺从大学毕业起，就在立法小组从事调研工作。

此前我们一直试图从法律层面界定，“冬眠”究竟是一种医疗手段，还是某种意义上的“安乐死”——它的的确确，让人从“当下”消失了，冬眠的人没有意识，自然也失去了相应的政治权利。但李子萱事件让我们发现，一部适应这个时代的法律，需要界定的可能不是“疾病严重到什么程度”可以冬眠，而是“谁”在签署了“什么条款”之后可以冬眠。而一旦把《冬眠法》的适用范围扩大到健康人，这部法律涉及的权利就太广了。我举几个例子：一个冬眠的人，是否还有经济权利？婚姻是否还能算作续存？是否还应该尽抚养义务？是否还能继承遗产？在什么样的情况下，国家、组织或是他人有权利唤醒他？问题太多了！

带着这样的疑问，她找到了李子萱。后者正是一个她迫切需要的案例：李的父母尚在，她自己是独生子女，已婚，有一个孩子，同时有一定资产。郑一诺参与到了李子萱离开中国，以及离开这个时代之前的一系列准备工作，包括离婚，放弃抚养权，将一部分财产交予保险机构，用收益支付孩子的赡养费，请父母签字认可她不再负担赡养义务……这是一份异常繁杂的工作，但涉及的一系列事务，确实为《冬眠法》提供了重要的支撑。人们对这个新闻的印象，更多来自李子萱签完所有协议之后说的那句话：“我终于冲开了时间的枷锁。我自由了。”

然而本书作者却随着郑一诺的目光，将结尾的笔墨留给了李子萱的女儿。那个孩子当时还不到三岁。

在法庭上，那小女孩一直安静地看着她的母亲，我从她的眼神里读出来，她知道会发生什么。

我忽然明白了我帮助李子萱签下的那些协议意味着什

么：自由是有代价的——一个成年人的自由，意味着她的家人替她负担了所有的责任。这其实是不公正的。他们肯签下协议的唯一理由，是因为他们爱她，无法拒绝她。她毫不客气地利用了这一点，耗尽别人的一生，去塑造她自己，去追寻她特立独行的自由。

这是一种情感绑架，我们不能鼓励这样的未来。

郑一诺将所有材料提交给立法小组，随后辞职，成为一名专门为健康人家属提供法律咨询的“反冬眠”律师。她在两年后死于交通事故。

●●·

《冬眠法》于2035年实施后，吸引了一批冬眠医疗相关专业的医生学者回到中国。其中就有本书第二章的采访对象之一：文馨宜（Cindy Wen）。文馨宜选择的，正是最初在《自然》杂志上发表动物冬眠论文的那个实验室。因为他们没有随着冬眠产业的发展，把关注点转向人类冬眠医学的应用层面，而是一直专注于动物冬眠的基础研究。文馨宜说：“我想去探索生命的边界，而不是去研究技术如何变成一个赚钱的产业。”

2041年，文馨宜作为第一作者，发表了一篇重要的论文——它通过对海量实验的数据总结，提出了冬眠技术的一个重要规律：冬眠不能够完全停止衰老，它只是极大程度上延缓了衰老，冬眠能够让动物达到的寿命极限，大约是其正常寿命的两倍。本书的第二章标题为《$\sqrt{4}$》，在与本书作者的对话中，文馨宜不再受限于论文的规范表述，而是毫无保留地展现了自己的猜想。

冬眠技术给了我们这样一种图景：时间从此不再定义生命的边界，我们可以到达任何想去的远方。然而在科学领域，所有的图景都是需要证明的。事实上，即便有了冬眠，生命能够跨越的时间仍然是有限的。这就好比有了冰箱，食物也终有腐坏的一天。

然而这个时间，究竟是多久？

这是一个非常有趣的命题。在冬眠技术诞生伊始，就有人从时空维度的视角，提出了这个猜想：当我们从一维世界出发，想要沿着正方形的边线到达对角，这个距离会是2，而在二维世界里，“面”的诞生使得正方形对角线长度缩短为$\sqrt{2}$；三维世界也是类似的，一个正方体，连接对角线的最短距离，在一维世界是3，在三维世界，我们可以通过“体”，找到长度为$\sqrt{3}$的捷径。那么，当这个模型增加时间的维度，也就在四维世界里——我们有限的生命，可以通过冬眠到达哪里？

我们开展了一系列动物的冬眠实验，迄今为止，实验的结果竟然与“$\sqrt{4}$猜想”是吻合的。我们发现：一个生物并不会因为冬眠的次数而加速衰老，但一旦它生命的总长度到达正常寿命的两倍时，死亡依然是无法避免的结局。我们当然可以把动物冬眠的时间，设计为自身寿命的三倍或者更多，然而令人惊异的是，一旦超过注定的终点，它们在被唤醒之后，会无一例外地发生各种癌变，并迅速死亡——我们目前还无法解释这种现象。在科学的世界里，往往是我们知道的越多，就会发现这世界上还有更多的东西我们不知道。

当然，这些结论也不足以让我们反过来推演出生命的时空四维模型。因为很可能是我们目前使用的冬眠技术还不够完善，才导致了这样的结果。或许下一代的冬眠技术，能够把“冷藏”升级为“冷冻”，甚至把我们带向真正的永生，和无限的未来。

在人类生命的时间长度上，想要验证$\sqrt{4}$猜想，尚需百年之久。因此，这份动物实验的成果为人类冬眠提供了一个非常重要的限定条件，并深深影响到与冬眠相关的一切。包括法律条文、协议内容、保险合同，以及深空探索飞船的设计。《$\sqrt{4}$》一文中，作者采访的另一个对象，就是太空社会学家陆晴，她为第一艘深空探索飞船提供了社会学支持。

“女娲号”会是人类的第一艘深空探索飞船，其任务是让两千人去往遥远的三体星系。按照原本的方案，全体飞行员会在飞船上冬眠九百年，接近目的地时才逐一苏醒。但学者在这个时候发表了新的论文，按照他们的理论，人类即便通过冬眠，寿命也很难超过150岁。这就使得所有的设计要推翻重来。

——这艘飞船不再是一座飞行的地下冬眠城，而是一座有人生活在其中的城市。一旦人要在这里繁衍、生活，就会带来很多问题。其中大部分问题是可以通过技术来解决的，比如食物、氧气和能源，而通过冷冻受精卵，我们也能保证基因的多样性。但我们怎么才能保证：在这九百年间，飞船上的人彼此之间不会发生战争？

我们没有办法从任何一段有文字记载的历史里找到先

例。相应的，也无法无中生有提出任何有说服力的措施，来为太空飞船上的人构建一种新的社会秩序。我没能完成这个课题。在结题会上，一位专家说，只有科幻作家才能回答这个问题。

有趣的是，他们最终真的采纳了科幻作家的建议。在本书正式出版之前，作者对《$\sqrt{4}$》一文进行了补充，采访了这位名为顾适的作家：

如果我们把飞船上的“战争”，定义为人与人之间的大规模械斗，或是有人动用飞船上的武器，来破坏生存系统——那么消灭这种战争最简单的办法，就是只允许女性登船。

从生殖技术上来说，这个方案也完全没有难度：把精子冻起来，在女性生育的时候，用基因技术筛选受精卵的性别，等到人类即将到达新的星球之前，再让男孩诞生。

“女娲号”在2049年启航，迄今恰好是五十年，第三代“深空婴儿”亦已出生。昨日的新闻上，他们传回来的最新消息，依然是“一切顺利”。

●●·

在本书收录的五篇文稿之中，最著名的一篇，无疑是第三章《2048，黎明前的最后抉择》。在这一年，伯尔尼地下城已成功运行了十四年，舱位早被抢购一空，第一批在此冬眠的人也苏醒了三成。其中那些患病的人，都因新药研制成功而被唤醒，且大多都痊愈了。而另一些健康的人，所得的好处也不少：一方面，他们比原本同龄的友人更年轻，更富有活力；另一方面，他们在冬眠之前，都把财产大半换成了黄金，存在巴哈马群岛的保险箱里，恰好躲过了40年代初的全球金融风暴。这些成功的例子，使得投资者对冬眠技术信心大增，在全世界范围内同时开始建设十座地下城。而2048年，就是这些地下城投入使用的前一年，到处都是“时光移民”的广告——“向远方，不如向未来”。

《黎明前的最后抉择》一文，就是在这个背景下诞生的。它所描绘的对象，是最早提出“时间股”概念的自媒体“巨焦”主笔唐祝。唐祝生于富贵之家，成年后便与丈夫和儿女移民加拿大，然而在40年代的经济危机中，她家道中落，父母在破产后郁郁而终，唐祝随后归国创立“巨焦”，想要“用概念改变世界”，却一直未得大众青眼。终于在2048年，她凭借“时间股”，登上了TED和各大冬眠论坛的讲台。

> 是继续做一个任由时间摆布的工具，还是将时间变为改变自己命运的工具？
>
> 这是黎明前最后的选择机会。一旦时间跨入明天，它就会永远甩开留在过去的人。

唐祝是一个非常优秀的演讲者，总用这句话做结束语。比起本书作者采访的其他人，她思维活跃，显然十分健谈。

> 我们小时候有个词流行了很久，叫“诗与远方”。我最早听说冬眠，就想到这四个字。“远方”的含义从此完全可以是时间上的了。这是一个根本的变化，它改变了我

们对世界的认知，更会带来很多新的概念，比如“时光移民”。但“移民”这种概念，是给失败者的。为什么？空间上的移民，你移了还能回来啊，时间是有方向的，回不来。所以肯定是在现实世界过不下去的人，才会逃到未来去——这个概念，做起来客户群体太小，又消极。真正有生命力的概念，一定是积极的。所以我们才提出来“时间股”。

当我们每个人都明白，生命周期可以延长到150年，而我们能够清醒地生活的，只有不到80年，那怎么过这一辈子，什么时候冬眠，什么时候醒来，就是需要规划的。怎么规划？经济是有周期的。房子涨了三十年，大家都知道接下来要跌十五年，怎么办？都卖掉，换成黄金，跟着周期冬眠，十五年后醒过来，再抄底！股票也是，涨得疯，跌得缓，大趋势不对的时候，赶紧空仓，跳过这个谷底期。又或者投资一个项目，收益要五年后才能看到，那就直接去五年后嘛——生命最宝贵的是什么？时间啊！

想想看那些最早做远洋贸易的国家，他们统治了这个世界上百年，而现在，是做时间贸易的时候了，这是一个新的大航海时代。

然而在提出“时间股”的概念之后，唐祝却没有选择在2049年冬眠，也没有踏入其后建的任何一座地下城。她成立了“时间股”保险公司，来经营那些冬眠者的财富，成为一代巨富。在一次谈话中，她对本书作者说：“概念是给别人的，价值在概念背后。只要我能让别人相信‘时间股’，我就可以拿到他们的钱。”

这段文章结尾的话吸引了横店的注意力，他们以此为蓝本，拍摄了电影《概念推手》，并拿到了当年的奥斯卡奖。电影上映后，人们一时对唐祝有诸多批评之声。但这电影也实实在在地为“时间股”公司做了一次宣传，使之彻底占据了冬眠者的财产保险市场。而对于电影，唐祝是这样回应的：

一个概念怎么产生，概念的背后又有什么营利的意图，其实都不重要。重要的是，当一个概念能够为大众所接受，当一种产品能够让大众买单，就证明了我们需要它。

唐祝于2084年黄石火山爆发后去世，享年七十五岁。

●●·

随着冬眠技术在生活中的广泛应用，人们对未来开始有了更为多元的期盼，甚至有学者将五十到六十年代的经济繁荣，都归功于这种技术带来的崭新生活方式。风靡一时的科普读物《瞬息万变》，就描述了这个时期的一系列新生事物：从规划人生的“时间管理学”，到护肤美容业的“深睡眠冻龄肌”，凡此种种，不一而足。而以冬眠技术为背景的悬疑电影《超时光追击》系列，则一次又一次地刷新票房纪录。但在此时，本书作者却去描写了另一些被忽略的人——那些坚守故我，拒绝在时间面前作弊的人；和那些拼尽全力，却仍然无法追上时代脚步的人。这些人的话语，构成了本书的第四章《剩人》。

我不明白他们在做什么。

所有媒体，所有网页，都说冬眠是成功者的标志，而留在当下的，却成了“剩下的人”，连所谓的“时间管理”，变成了“正常人”应该有的能力。可我就是不懂。我活得好好的，很开心，我为什么要去冬眠？我干吗要活得那么着急，那么麻烦？

二十九岁的米未，在她的双胞胎姐姐米末冬眠之后，在脑联网中发了这样一条信息，一天内竟被转发了上百万次，并由此诞生了一个名为“剩人”的标签。他们之中，有一些人主动拒绝去冬眠，比如前文提到的米未，和著名的冬眠技术反对者林可：

我妈三年前醒了一次。她当时的“年龄”只比我大五岁。刚开始，她兴奋得跟神经病似的，“脑芯”也要接，“视域”也要装，还去了一趟月球，把她这些年保险生的利息基本都花光了。谁知过了半年，她就对我说：她很失望，非常失望。这个世界和以前的世界，没什么本质区别。这里还不是她要的“未来”。

那怎么办？继续折腾呗。卖房，抵押，把我的钱也拿走不少，再去冬眠。她这次要去三十年后，等她再醒过来，就跟我孩子差不多大了。我也跟她把协议签明白了，以后我和她再没有什么关系。

这技术是个祸害，让人变得永不满足，把希望都搁在别处。我读了不少历史书，人不能这么玩。我有钱，但我不会冬眠，我也不会让我的孩子冬眠。

然而更多的“剩人”并没有主动选择的能力。他们就像郑一诺曾经担心的那样，被冬眠者被抛弃在“当下”——冬眠技术扯开了人与人之间的距离，到六十年代中期，夫妻关系几乎完全消失，随之而来的，是父母与子女的脱离。人们开始从观念上，认为儿童的抚养和教育是国家和社会的责任，而非家庭的责任。但转变并非一代人就能完成的，在这过程之中，未成年弃儿作为一种特殊的“剩人”，一度引起人们的广泛讨论。其中，那些经历过传统家庭生活的孩子，被抛弃之后受到的伤害往往更大。祁苏然在十九岁时因非法闯入冬眠城而入狱，本书作者形容她“清秀文静，举止颇有古风”：

我当时在读初中。我爸妈问我，要不要一起去未来。我说，好。在法庭上，法官也问了我同样的话，我的回答也是——我想去未来。

然后他们便不辞而别。

从那天起，我的未来变成了一个无底深渊。他们什么都没留给我，而我还要活下去。

有时候我在想，我宁可他们是要离婚，争先恐后不要我了。而不是他们去往同一个未来，把我留在现在。我去地下城，是想找到他们，唤醒他们，问问他们：这究竟是为什么，我到底做错了什么？

祁苏然出狱后不久，再度因制造脑芯病毒入狱。她生命中的大部分时光都在狱中度过，没能找到她的父母。

如果抛弃孩子还能算作新闻的话，抛弃老人就太常见了，简直难以激起舆论最小的涟漪。舒澜的独女在三十五岁时，卖掉了她们共同居住的房子，换成去往四十年后的冬眠车票。一无所有的舒澜把女儿告上法庭，希望法院能把她强制唤醒：

我供她读到博士，怕她没有婚前财产，结了婚吃亏，把自己的房子也转到她名下。我这辈子工作到退休，也就才还完房贷呀……我现在的退休金连房租都付不起，我可怎么办呢？

她的官司应当失败了，因为第一位被父母强制唤醒的，是太空建筑师漫歌。与舒澜不同的是，被漫歌抛下的那位母亲，是一位颇有影响力的政客。她把女儿强制唤醒，但却没能与她相互谅解。三年之后，漫歌逃到阿根廷，再度沉沉睡去。

2075年，漫歌按计划醒来。面对本书作者，她这样说道：

我不知道你有没有感受到过“召唤”，那是一种很清晰的使命感：你知道有一件事情你必须去做，而这件事也只有你能做到。我冬眠不是为了自己，而是为了我此生必须完成的使命。

2058年，我所在的工作室用3D打印机将荒原变为城市，我们在月球进行实验，并且成功了！这就是说，只要我们把这种新型3D打印机作为一颗“种子”发射到其他固态行星上去，它就能利用那里的岩石，“打印”出一座自带核电厂和生命维持系统的城市。

2060年，我们和CASC（中国航天）签署了协议，然后我才知道，要等我的“种子”在火星和土卫六上“发芽”，至少还需要十五年的时间。

十五年！人一辈子能工作几个十五年？冬眠技术的意

义，不就是让能够改变历史的人，去见证自己的梦想吗？很多人说我错了，错的是他们。人类的远行，必然有牺牲。金钱是做什么用的？只有把它换成有价值的时间，它才算用在刀刃上！这话虽然很残酷，但大部分人的生命，就是毫无价值的。

我会向前走，不会回头去看那些被剩下的人。

漫歌在2079年登上移民船“伏羲号”，去往土卫六。她成功躲过地球上的巨灾，于2087年10月到达目的地，担任泰坦市的总建筑师。

●●·

“伏羲号”起飞次年，“精卫号”与“盘古号”先后升空，这三艘船所搭载的十万人，将会是土卫六的第一批居民。而由漫歌他们播下的 “种子”，则会在2081年完成泰坦城主体结构的打印。这就意味着，当三艘移民飞船于2087年前后到达土卫六时，他们居住的城市空间已大致成形，但新的居民会如何在这空间里活动，如何生活，在交往中建构一个新的人类社会，却充满了未知与可能。

2081年，地外探索协会（EEA）开展了一项特殊的研究：他们把三艘飞船上所有乘客的“脑芯”信息，都录入量子计算云之中。“脑芯”不仅记录了每一个人的健康状况和职业履历，更记载了每一个人从出生开始的所见、所听、所言、所行，几乎是人类意识的虚拟复制品。而通过量子云的计算，就可以模拟出这些人在不同的自然环境、社会制度、经济水平和群体情绪之中的行为模式——也就是说，它能够计算出在特定模型中，一个人，一座城市，乃至一颗星球的未来。

如何设计这个模型，就成了一个至关重要的问题。为此，地外探索协会将量子云里的乘客信息，共享给世界各地十个不同的机构，请他们基于土卫六和泰坦市的空间和自然特征设计合理的模型，来探索在未来的一百年间，这座地外城市会变成什么样子。十所机构各自选择了不同的主题，大到土卫六在太阳系开发和银河深空探索中所扮演的角色；小到土星夜景和人造环境对个体精神健康的影响。其中，有一个名为“土卫六居民生命周期规划”的课题，是围绕冬眠制度设计展开的，本书作者受邀参与到研究工作之中。而这段经历，构成了这本书的最后一章：《2181序曲》。

收到邀请的那天晚上，我在休斯顿的一家医院里，远远听到有人在赫曼公园露天演奏《1812序曲》。眼前的文字与耳边的乐音交织在一起，忽而变成另一曲从时间和空间的远方传来的新乐章。它始于一个坚定的和弦，随后大提琴揭开序幕，军鼓敲响，城市在卫星神秘而辽阔的土地上飞速生长，冷灰色的天幕上，小提琴用颤音勾勒出华美的土星环。管乐声部的加入丰富了旋律的层次，长笛，双簧管，圆号——那是人类，一代一代传递着勇敢与希望。炮声轰鸣，那是他们的生命在星海中燃烧，照亮星路的彼端，照亮我们的未来！

在以罕见的热情开篇后，作者很快回归了惯常的克制笔触，来记录与时间管理专家赫晶和学生团队共同完成的研究：

冬眠的制度化设计，起初是在策划深空探索飞船“女娲号”时提出来的，但最终因为冬眠的寿命极限理论，他们没有采用这个方案。与深空飞船类似，地外行星也会让人在特殊的极限环境之下生活。我们相信通过政府来引导和规划每一个人的冬眠行为，会对土卫六的发展起到积极作用。当然，到目前为止，无论是地球、月球还是火星，还没有一个政权对冬眠做出强制性安排，最多是在某些情况下像“限制出境”那样，对个别人提出“冬眠禁令”。所以这项研究，也有非常大的创新意义。

确立冬眠制度的根本目标，是提高组织生产的效率。以核聚变电站为例，在托卡马克装置的建设和测试期间，工程师们当然都需要保持清醒，而在电站稳定运行期间，则只需要几个人进行日常维护即可，其他人都可以安排冬眠。在资源紧缺时，他们冬眠是为了节省食物、氧气和饮用水；在快速发展期，则是为了更高效地用自己的专业技能服务社会，让星球快速发展，取得地外行星开发中的竞争优势。

而根据这种“合理”的思路提出的制度化冬眠的模型，在代入量子云中的虚拟人格数据后，却发生了奇怪的事情：无论怎么调整模型，改变机制，都无法引诱量子云里的虚拟人类开展“合乎规划”的冬眠。“人们”拼死反抗冬眠制度，几乎没有人肯“温和地走入那良夜”。本书作者认为：

如果资源都不够，人们就更不肯相信他人会唤醒冬眠中的人，来争夺有限的资源——“冬眠等于死亡”，在那个虚拟的未来中，人们甚至开始有这样的观念。

就算我们从一开始，就将模型转换为资源丰富的场景，让他们衣食无忧，但大部分人照样不肯履行“冬眠义务”。

虚拟世界的漫歌再度成为反抗先锋，只不过这一次她站在了冬眠的反面，她说：

我是一名建筑师，没错，但在不需要盖新房子的时候，我也可以是一个农民，一个教师，一个厨师，或者一个保姆，我可以去学习新的技能，承担另一份工作。

冬眠制度的出发点就是错误的，冬眠是一种权利，而非义务。冬眠只能是个人的选择，我绝不可能同意“被冬眠”——我怎么知道你们选择“冬眠者”的真正目的，是为了泰坦城的发展，还是为了铲除异己？当病人、老人和残疾人无法继续工作的时候，他们是否可以为了城市的“发展效率”，被永远地冰冻起来？

可即便按照她所说的，在模型中剔除冬眠制度，虚拟泰坦市里会选择冬眠的人仍然少之又少。这种和地球的反差，让赫晶十分惊讶：“这些移民之中有60%的人有过冬眠经历。但在到达土卫六之后，主动选择冬眠的人不足3%，而且多是因为疾病。”

有趣的是，虚拟泰坦城里的人也开始研究这个问题。冯可可是一名“诞生”于“精卫号”上的心理学家，她在虚拟历史发展到“2119年”时，提出了一个观点：

泰坦市民生活在一个纯粹的人工环境里，城市之外的世界没有氧气和液态水，也没有植物和动物。尽管从理论上和理智上来说，城市都是安全的，但在潜意识里，人们仍然认为这里的生态脆弱不堪。远离地球这个事实，加剧了这种内在的不安，因为这里的人无法从故土得到任何帮助。空间的距离，如果再叠加上时间的距离，就会让人陷入彻底的孤独。一个人从冬眠醒来时，可能会与所有人都失去联系，不再知道自己能做什么，住在哪里，甚至失去对自我的定义，而这种恐惧，是地球上的冬眠者不需要面对的。

在远离地球之后，我们更需要彼此之间的紧密连接，来创造“时间的故乡”。

“时间的故乡”成为这份研究交出的成果，同时提交的还有在每一种制度环境下、泰坦城运行到2181年的模型数据。有趣的是，在地外探索协会收集的上百种可能的未来中，大多数模型都没能将文明维持到2181年：或是战火撕碎了泰坦城，或是移民逃离了土卫六；而这还是在不考虑自然因素的前提下，他们得到的答卷。就连余下那几个繁荣的图景，看上去也远不如漫歌计划的那样美好。它们总是高墙耸立，阶级分明。对于这样的未来，作者却依然充满希望，在文章的结尾，她写道：

毁灭、死亡、暴力、驱逐、贫穷、痛苦……这些我们不愿看到的东西，恰恰是未来真实的一面。当探险家在大海中找寻新大陆的时候，当智者在知识中找寻科学的时候，当冬眠学者在时间之中找寻未来的时候，他们都曾面对同样的危险和绝望，但他们并未放弃。如今，我们在星海之中寻找远方，最重要的从不是我们去到哪里，而是我们不畏启航。

在2181序曲奏响的那一刻，人类已然胜利。

●•·

通常的导言，都会先介绍书的作者，以及写这篇导言的人与作者的关联。我有意将其放于结尾，因为我不想让作者的生平，让我与她之间的故事，抢夺她作品的光芒。本书作者方妙是我的独女，她出生于2009年1月，按照当时的观点，是一个性格倔强的摩羯座女孩。在小妙十三岁那年，我发表了论文《冷冻休眠通过激活Cryosleep信号通路延长小鼠寿命》，很多媒体把这个生物学上的发现简化为“冬眠”，不久，我们也习惯了这个更通俗、更简短的说法；还有一些报道，忽略了论文其他的重要贡献者，称我为“冬眠之母”。我虽不敢为此沾沾自喜，却也没想到这夸张的赞誉，给我带来了一个意想不到的机会。

在冬眠领域工作的每一个人，都很清楚这个研究的应用方向是人类冬眠，只是苦于无法用人做试验。从小鼠，到猪、猴子，在短短一年之内，世界各地的学者极快地重复并完善了我们提出的实验方法。2024年，我收到了瑞士伯尔尼医院的邀请；他们在信函中，不仅明确提出希望我能与他们共同探索冬眠技术的医疗应用途径，更提及瑞士正在修订与安乐死相关的法律程序，允许医学意义上的绝症病人自愿参与冬眠试验。

我必须承认，在那个时刻，我感受到了漫歌形容的“召唤”。我开始相信，突破冬眠技术关卡，让人类走向永生，是我此生的“使命”。我几乎毫不犹豫地回复了“我很荣幸，也很高兴能够加入你们”，然后才意识到，我的女儿方妙这一年正要参加中考。

我知道她需要我，但我也需要去伯尔尼。我和小妙面对面深谈了一次，我第一次从头到尾告诉她，我在研究什么，我的研究成果会带来什么。她很冷静地回答我说："你的工作很重要，妈妈，你去吧，不要担心我会受到影响。"

在争取到丈夫和父母的支持之后，我收拾行囊出发了。临行之日，小妙和她爸爸一起去机场送我，她笑着挥手，然而笑得很难看，抿着嘴，什么话都不说。我几乎不敢看她，草草拥抱，落荒而逃。我相信她把自己当时的思绪，写在了李子萱女儿的眼睛里，和郑一诺的话里——她肯同意我离开家的唯一理由，是因为**她爱我，无法拒绝我**。

其后的几年，我每年只在家里待不到一个月，当然，寒暑假的时候，我会把小妙接到伯尔尼。2028年，她去杭州读大学，给我发消息，说自己时常咳嗽，从夏天咳到冬天都没好。我以为她是不适应新环境，只嘱咐了一句去看内科。寒假她来瑞士找我，我见她依旧话说到一半，就捂住嘴说不下去，便安排她去医院里做了体检。

在实验室接到电话的时候，我还没意识到事情的严重性。然而医生要求我陪小妙一起去做CT。

我问："她只是咳嗽，为什么要做CT?"

医生说："你必须去。"

结果出来了，是肺癌，晚期。她才二十岁。

我们尝试了所有的办法，免疫治疗给了我们一点时间，但很快就失效了。国内的朋友建议我们去休斯敦求医，然而我很清楚瑞士的医疗已经是世界顶尖的水平。医生每天下午四点来病房宣判，一字一句告诉我们，等待她的只有死亡。

她不曾说出口，但我知道她不甘心。小妙对自己的期许很高，可谁能想到这样的惨剧会降临在她身上？她短暂的生命，只来得及如饥似渴地学习，却未能有所表达，有所成就，又怎么会不遗憾？

她曾对我开玩笑说："妈妈这么了不起，以后有人把你写在书里，我就来做你人生的注脚。"

然而她又说，真奇怪，在定义一个女性时，人们只会从她的家庭和孩子来判断她。

我笑了，她多明白，又多可爱啊，都这个时候了，她还在担心我呢——她说，看他们写那些成功的女科学家，关心的都是她的风流韵事，她不够圆满的家庭，她对孩子关爱的缺失。所有人都要为她的成功找一个"理由"，一定是因为她没完成好某一项必选的功课。

那就让他们找一个"理由"吧。不论有没有这本书，我都知道我最好的作品从来都不是我的论文，不是冬眠技术，而是我的孩子，是她通透高洁的灵魂，和她对我的爱。

就在小妙转到临终关怀病房的第一天，瑞士完成了法律修订，允许绝症病人申请冬眠试验。我问她："你愿不愿意同我在未来见面。"

她说："好。"

于是她成了"夏娃"。

2032年，新一代细胞疗法成功研制，我和学生们一起把方妙唤醒。药物控制住了肿瘤，她一天天好起来。当时团队里有一个名叫李子萱的实习生，和小妙关系很好。我们回国之后，李子萱也经常到家里来看望小妙，还对我们说，她自己也想要冬眠。后来，郑一诺为了《冬眠法》的事情来找方妙，但我女儿当时还在恢复期，精力有限。倒是郑一诺在我家等小妙的时候，遇见了李子萱，两人一拍即合。李子萱说，她不想当着孩子讨论离婚和财产，竟时常约郑一诺在我家见面，小妙也十分高兴，觉得像一出真人秀，在养病时时常看着，是件有意思的事情，于是她见证了两人的许多次对谈。晚上我下班回到家，小妙还时常同我聊她们俩，很多法律层面的细节，是我这个“始作俑者”也从没想过的。

忽然有一天，小妙说：“我想把我听到、见到的写下来。”

我一度很后悔当时没有阻止她。写作是一件费神的事情，2033年，在《自由意志的边界》完稿一个月之后，方妙癌症复发，转移到脑部。我们又经历了极为可怕的三个月，最终，她不得不再次冬眠。

在她睡去之后，医生告诉我，她之前的病已经得到了完全缓解，他们也不明白，为什么死神这么快就又一次找到她。这个疑问让我忽然想起来，在我们最初做冬眠实验的时候，有一些冷冻时间过长的小鼠，总会在苏醒之后迅速发生癌变死亡。我们当时没能确定那个时间点，只私下把它戏称为“命数”。于是在五十岁这一年，我决定调整自己的研究方向，在女儿冬眠的同时，尝试去找出她这一次患病的原因。很快，我就发现了Cindy Wen（文馨宜），她一直在关注这个领域。

我给文馨宜发了邮件，邀请她回国到我的实验室工作。她痛快地答应了。在我们共同发表论文①的同年，能治疗方妙脑癌的基因疗法研发成功。我的女儿从死神的摇篮里再度醒来，开始了新一轮治疗。这一次，我和文馨宜都怀疑，虽然小妙的生命还没有到达人类应有的寿命极限，但她其实“命数已尽”，任何治疗都只是另一次折磨的前奏。

我们什么都没有说。我甚至鼓励小妙写《$\sqrt{4}$》，希望她能在有限的生命里，活得完整，活得快乐。我看着她混着中文和英文，与Cindy艰难地讨论学科领域最前沿的专业观点——语言没能限制住

① 文馨宜，董璐.（2041）. 抑制Cryosleep信号通路导致恶性胶质瘤转移加速.Nature 842，353–365。

交流，她们越聊越兴奋，文馨宜对我说，方妙提的很多问题，都在点子上，和她聊天，真好玩。

完成采访稿之后，小妙不是很满意，她觉得这只是一篇浅显的科普，没能挖出故事来。幸而我自己就处在冬眠话题的中央，总能听闻各种八卦——陆晴的课题以失败告终之后，我主动请她到家里来做客。陆晴让小妙看到了一个新世界。有一天她写到一半，忽然拍案而起，对我说："妈妈，这世上不只有未来，还有远方。"

然而她也没能去医院以外的远方。癌症再次复发之后，我们终于明白，她的生命会是一场科学与癌细胞的赛跑。不幸中的万幸是，她有冬眠这个作弊器。

小妙在2048年醒来时，我才拿到一个奖项。那些日子，许多人在我家里来来往往，说是来看望她，也或许是借机来看望我。在这乌泱泱的人里，小妙注意到当时还在四处推销自己的唐祝，她对我说："这个人能成就一番事业。"

她那会儿的目光和语言，是超脱于生死的，所以更广大，也更清晰。她押对了，用自己的文章，为唐祝的成功推波助澜。然而她没能第一时间看到那部名为《概念推手》的电影，而我也不想再去描述她这一次在骨肉瘤中遭受的痛苦。那时我看着她的睡颜，几乎觉得冬眠技术本身就是对我的诅咒，如果我没有打开潘多拉的盒子，也不用一次次承受"希望"对我的凌迟。这时我已然年迈，必须随着她一起沉睡，便把家里的大小事务都委托给唐祝的保险公司，并请她在药品研发有进展时唤醒我们。我们分别在2056年和2068年醒来了两次，然而每次小妙都只来得及记录下一些碎片，就不得不再度睡去。我清楚自己无法用更老迈的身体来照顾她，于是每次都与她一同签下冬眠合约。

她对我说："妈妈，你在用你的生命追逐我，这对你不公平。"

她太害怕抛下我了。她知道，自从她病倒之后，"让她活下去"就成为我生命的唯一意义。我相信这反而是她选择《剩人》这个题目的原因。她想知道：为什么这些人能够抛弃自己的家人，去往不可知的未来？而那些被抛下的人，又会经历什么？

读完《剩人》，我对她说，真是"众生皆苦"。

她却问我，在研究冬眠技术的时候，有没有想过会造就今天的世界？没有人甘心沉沦于苦海，他们都在挣扎，去生活，去选择，让自己的人生在"冬眠"这个茧里蜕变，创造出你无法想象的未来。这就是人类不可思议的地方。

她在小小的病房里，看到了比我的视野更广阔的世界，听到了更辽远的声音。但我当时还没有发觉，她已决心跳离苦海，去做出自己的选择。我没能见证她奏响的2181序曲。她避开我，自己苏醒，在休斯敦挺过治疗，通过表姐顾适联系到地外探索协会，参与他们的研究，写下最后的文字，出版这本书，然后消失不见。

我不知道她在哪里，是否还活着。我醒来之后四处找寻她，但在心底，我知道，我与她已经永远地失散了。

而就在阳光扯开火山灰云，洒落于大地之上的那个早晨，我回过头，看到床边的这本书。

翻开扉页，她的名字就印在里面。

她在这，在这书里，在我手里与心里。

董璐

2089年1月12日

文 / 陈茜[1]

鸟

“从官方纪录看，你是个重生者。”他说。

我抱臂坐在生冷的塑胶椅上。是的，我死过一次，感谢神奇的现代复活技术。每年，医疗巡诊官都会不远万里来到这个荒僻星球，检测我的身心状态是否良好。这让我感觉自己像辆必须通过年检的旧车。

今年的医官是个新人。我不喜欢他。眼下，他正捏着我的检查报告，微皱起嘴唇像尝到了什么变质的东西。

①陈茜，九三学社社员，中国作协会员，中国科普作家协会会员。出版有短篇科幻小说集《记忆之囚》《量产超人》、少儿长篇小说《深海巴士》、少儿短篇小说集《海肠巴士》。曾获第四届全球华语科幻星云奖最佳中篇小说银奖、第五届全球华语科幻星云奖最具潜力新作者奖金奖 、首届少儿科幻星云奖短篇小说金奖。

"你在每次心理测试中都能拿到满分。换而言之，正常人的分值。"他瞥我一眼，"就像你的人格发育从未中断过。很罕见，或者应该说是史无前例。"

我耸肩。"也许我天生是个恢复力很强的人。"

"还有另一种可能性，女士。"他抽出另一份一直压在胳膊肘下的文件，"出于对特殊病例的兴趣，我做了些调查。来看看结果：2078年6月25日，国家医疗中心遭遇数据损毁意外。你的生命中断期恰好在前一日。"

我直盯着对方的眼睛。

我们和好斗的公鸡一般互相瞪视。他压低声音："你第一次死亡前留下的记忆存档当时根本无法被调用。那么请允许我问一句：你究竟是谁?"

看我不打算出声，他站起来："这件事性质严重，我有义务上报。"

医官离开后，我仔细研究了他留下的文件。没有破绽，甚至正好契合了我心中长久以来的某些疑惑。若时光倒流十余年，我想我会抓住一个人的肩膀怒斥他对我做了什么。

而如今，我只愿他继续享有安息的权利。

1

"你还记得你们第一次见面的情景么?"审讯者问。

我自然记得。

他们说，在刚复苏的重生者中，我的反应相当良好。在医院特护病房醒来，我独自扶着墙去了厕所，照了五分钟镜子，洗脸刷牙，自己冲了份糊状营养粉并吃掉了大半碗，然后按铃叫来了护士。

俨然一个模范病人。

他们说，我的前半生受过良好的医学训练，是个出色的心理创伤理疗师。这也许能解释我的镇定自若。

随便他们说去吧，我把那部分专业知识忘了个精光——当天傍晚，我坐在医疗中心顶层的办公室里，对面坐着的是个妆容精致的职业女性，而我全身上下的布料全靠背后的尼龙扣系在一起。

她告诉我，很不幸，在大脑重启的过程中，我损失了很大一部分原始记忆。所幸的是，从测试结果来看，我的人格仍然完整。再者，生命本身才是最可贵的，不是么？她向我展示一份事故报告：三天前，一场发生在近地太空站的可燃气体外泄事故，导致了五名驻站科研人员死亡。我略过大部头技术调查部分，直接翻到死者名单，看到了自己的名字。

“你在出发前正好做了记忆存档，我们原本预期你的复原效果会是最好的。”她冲我点头，流露出真实的遗憾。

我没同意当场签订医院的免责协议，尽管那位行政官显然希望这么收场。

眼下我最需要的，是找点时间静一静，看看我经过不完全格式化的脑袋瓜里还剩下些啥。盘腿坐在病床上，我试图回想些重要的事，比如说自己的名字，社保账号或银行密码——此时传来脚步声。

我抬头。

一个男人扶着门框站在那儿。

他看我。

“您——哪位?”我试探着开口。他们说我以前也在这座医院的分部工作，那么，同事?甚至是朋友?

他的表情垮下来。我第一次诅咒起出了毛病的重生手术，并意识到，我失去的不止是脑中的记忆：我必须得面对自己的社会关系大重组。

顺便提一句，他是个长得相当顺眼的男人。

“你们的第一次见面不是在医院。”审讯者说。

我看着墙面投影上展示出的情景。

校园创意集市，我不知道现在的年轻人管这种集会叫什么。阳光清朗，几个长发披肩的男孩坐在桌前鼓捣，围观者甚众。镜头切换到桌面，是现场剪纸表演，十元一次，各色纸屑散乱满地。那些艺术生的手法还有些生疏，好在观众的要求也不高。马尾女，眼镜男，每剪出一个侧影都有人起哄买下。

“给我剪只鸟。”一个男生说，“要展开双翅在飞的。”

“行咧，哥们。”

平头，有框眼镜，斜挎肩头的书包看上去很重。我估计他不会超过二十岁。

口哨声中，他把鸟递给了身边的姑娘。“我叫孙雁行。”

她抬眼，目光不躲不闪直直看他，最终笑了。

我从屏幕上移开视线。

“你对这些没有兴趣?”他说。

“我们离婚，失去联系也已经很多年了。”我告诉审讯者，“你们愿意向我展示，我也不介意。无所谓。”

“你可以等等再下结论。”

2

在我的第二段生命中，我仍和孙雁行结了婚。

严格来说，他犯了重婚罪：我们在太空站事故发生前已经做了四年夫妇。由于重生，我在法律上并没有死亡。只是我把自己的婚姻忘了个一干二净，他不得不陪我再走一遍。

好在偏远的新兴殖民地上没那么多讲究，兼职神父很高兴为我们举行仪式，虽说我俩都不是信徒。

那天公共活动空间的换气装备出了点问题，不停发出轰然巨响。所有宾客都随时准备向最近的气闸拔腿狂奔。我们几乎是高喊"不论……生病或是……富有或贫穷……始终忠于……"来盖过噪声，同时担心这见鬼的空调真的撑得住么，"……尊重她，保护……直到离开世界！"我们互换戒指时，神父不得不爬上通风管道去管照空调，他的主业是机修师。祝福声从管道深处传来，简直有点儿神启的味道。

空调最后没出什么大毛病，我们平平安安分完了蛋糕。

这段婚姻维持了八个月。

我们和平分手，彼此心知肚明这事行不通了。我知道他为此已经付出很多。我们来到这个新殖民星球，绝大部分原因是为了我的心理复健。缺损的记忆太多，而所有亲友都期待我做回原来的那个"狄玲"。我的日常生活过得像个在开戏前丢了台词本的糟糕演员。

疲于奔命的数月后，我申请参加行星开拓者项目。

登机前，我看到他提着旅行箱站在那儿。当时我已拒绝与他见面数周，并通过律师递交了解除婚姻关系的申请。

“我不是你的妻子，我不是那个人了。”我告诉他，“我们对彼此没有义务。”

他耸肩。“我知道。”然后伸胳膊来接我的行李。

最后我们相携上了飞船，指望着一切都能从头来过。在新星落地后，他从事老本行，当全科医生。而我在重生中丢光了所有谋生技能，只得花三年重新读了农业技师的学位。毕业那天我们决定结婚。

后来，我怀疑自己对他产生的从来不是正常的男女之情，更类似于雏鸟破壳后依恋所见的第一个生物。

而他对我的感情，天知道。

“你们的第一段婚姻，也不算和谐。” 审讯者说。

“完全可以预料。”我说。

屏幕反射出的微光映在我们的脸上，投下光怪陆离的阴影。自从审问开场，我就没机会看清对方的面孔。从说话方式看，我猜此人更习惯给地位较低的人下指令——他并不适合眼下“套话者与说服者”的角色。这意味着形势很糟糕：他有把握光凭手里掌握的信息来逼迫我合作。没必要作出俯就的姿态。

无论如何，我能做的，只是观察和等待。

墙面影像流转，医疗系统为每个公民提供的记忆存档空间是6兆。转换成可视图像，不过是180分钟的人生缩影。狄玲曾戏称医疗局保存着每个人的“脑片”。我正观看的，是她的“脑片”，她预备着在青壮年意外死去时一定要携至来生的回忆。

也原本该是我死而复生后理应记得的东西。

狄玲是个强势而热情的女人，这种特性在学术生涯和个人生活中都表露无遗。我想我能理解孙雁行当年所感受到的吸引力：她能填补他所缺少的一切。他和很多醉心于抽象思维的男人一样，在现实生活中优柔寡断，心不在焉。他们在大学校园的相遇很美好，相处也默契。那张飞鸟剪纸作为爱情开始的信物被装入镜框，在他们的床头柜上摆放了很多年。

裂痕始于两人在工作领域狭路相逢。

七十年代是神经科学的黄金时期，有史以来第一次，人类的大脑活动能以可视图像的形式呈现在世人面前。曾经神秘的记忆变得如同程序模块，能在大脑间任意传输复制。加上早已成熟的人体克隆技术，永生似乎一度触手可及。

所幸记忆扫描与储存的技术设备私人很难拥有，加上少数重生者病例的预后并不乐观：他们很容易患上精神分裂或自闭，只有少数幸运者能达到正常人的心智水准。最后，记忆复制仅成了中青年意外早卒的弥补方案。每个公民都能去当地医疗站免费备份自己的记忆，以备不时之需。但出于隐私顾虑与“早年横死肯定轮不到我”的心理，能坚持长期备份的只占人口的千分之一。

狄玲和孙雁行皆供职于国家记忆库附属的复健中心。她几乎是针对公众的记忆存档卫生政策的发起人——她坚持认为核心记忆代表了一个人生命中最重要的东西。只要及时留下每个人的最新版本核心记忆，你就能在心智遭受损毁时重建它。医疗系统喜欢她的理论：卫生局能为每个人提供的记忆存储空间是有限的。

我看到很多会议场景，私人谈话，投资者之间的密件来往。狄玲擅长在体制中推销自己的理念，她那几年过得如鱼得水。除了与自己的丈夫渐行渐远。

孙雁行更多接触病人。复健中心不只接受重生者，还有大量帕金森患者，脑外伤病人，各种精神疾病的恢复期患者。

他认为每个记忆碎片都是重要的。

在狄玲死于太空站事故前数月，他们几乎每天都剧烈争吵。我能感受到她的疲惫与伤感，她偷偷翻看他的工作日志。我闭上眼睛，想起他对我解释过的记忆机制。

“人的大脑如同数据库，每天的体验，视觉记忆等，如同原始输入数据。每次人有意识地进行回忆，就是通过一种检索法来提取这些数据，并进行再加工。”他举起勺子，“数据会有很多个版本，每次使用数据，都会创造出一个新版本并储存下来。”

我哼哼了声，往自己的麦片里加人造牛奶。

窗外是零下四十度的万年冻原。在新星的第一个冬季，我们被派到极地检修能源收集装置。新殖民地缺人，我们啥都得干。连月困在比一辆中型货车大不了多少的基站里，我们状态都很糟糕。我不想再听他提狄玲，他却像绕在了魔障里出不来。

“由于大脑的储存量有限，那些最初版本的记忆会被定期删除，现在的流行理论是通过睡眠与梦境，只留下最有效用的新版本，即核心记忆，并由此构建出人格与思维，决定人的成长变化。”他没顾得上看我的脸色，继续说下去，“你虽然缺少了最新的核心记忆版本，但你有大量的原始数据作支撑。你不用担心——”

“我从来没担心过自己会变疯。”我告诉他，指节在餐刀上绷得发白。

他终于意识到我压抑的怒火，闭上嘴了。

孙雁行认为最初的原始记忆还是会被压在整个意识的最底层，遇到重大挫折损伤时，人的心智还会有机会从这些初始的“泥土”中重新长出来。他观察过无数病人，花大量时间与他们共处，看着他们慢慢重新站起来或者陷入混沌。

在他看来，现行的“重生”医疗只是个笑话。复活的从来不是本人，只是个有缺陷的走形拷贝。于是他与自己妻子的分歧日渐尖锐——他身上仍有种老派学者的直性子，在专业上有话就说，堪比炮仗。一时间，他被拿来当做推翻现行“重生”公共卫生政策的一个象征。反对者们说它耗资巨大，只复活了极少数人且大部分成了疯子。孙雁行认为这些传言并非毫无根据。他从来回避明确公开表态，但在私下与狄玲针锋相对，从饭桌吵到盥洗室，一直嚷嚷到其中一人离开房间。

如果不是那次太空站事故，我猜他们的婚姻也快要走到尽头。

“我有道义上的责任。”他有一次对我说，“那些钱原本可能拿来做正确方向的研究。”双方都心情良好的时候，我们并不回避谈到狄玲。

3

“当你第一次死去时，孙雁行面临着两个选择。”审讯者说。

墙上的投影已然结束，我们并排坐在半明半昧的黑暗中。多年来，我从很多方面熟悉了狄玲：我们共享过一具身体，一个家庭，一个爱人。但观看她的核心记忆，仍是震撼人心的体验：像直接闯入了她的大脑，翻看她最珍视的私人日志。

同时，我意识到我们之间有多么大的差异，以及——惊人的相似之处。

“是按他的理念复活我，还是她的理念。”我点头同意，“两难的选择。”

“从你多年来的心智状况看，他赌赢了。”审讯者说。

我的确过着正常人的生活。我是个出色的农艺技师。孙雁行失踪半年后，我重新结了婚。第二任丈夫同样经历过重生，他十八岁那年死于摩托车相撞意外。我们有了两个孩子。现在他们都选择回到更文明的世界去上大学。

除了每年一度的“车检”，我几乎把自己死过一次这件事忘记了。

“你有没有想过，你的特殊况状是由什么造成的?”

“我不恨他。”我说，在黑暗中舒展开肩膀，“我不在乎他出于什么目的，通过什么方法塑造了我。它运作得不错，我也很满意。”

对方沉默不语。

“你们想找到他。”我继续说，“近二十年来，不断有人想找他。我习惯了被不同的人找去谈话，参与测试，接受检查。但没人通过我找到过他。不用再浪费时间，我可以告诉你们：他已经去世了。”

“这里只是你前半生脑部录影的一小部分——”

“很好。你们可以留着。”我扶着膝盖站起身，推门出去。

出乎意料，没人拦我。

4

“你就是她。你是完整的人类。”孙雁行向我保证说，“知道剪纸么?”

他手法笨拙地用一张白纸剪出鸟的图形，举起鸟。“这是狄玲。”又举起空缺出鸟形的白纸，“这是你。”

那一瞬间我明白了自己来源于何处：狄玲核心记忆以外的所有一切。我是边角料，是负形，是狄玲选择遗忘，不愿成为的那个人。

但我们仍惊人相似。

由于他俩都在记忆实验室工作，彼此都留有大量原始记忆扫描文件。狄玲在国家医疗中心的记忆档案损毁后，孙雁行利用那些扫描文件给了我人格生长的土壤。我不知道他期待着什么，是自己的妻子，还是另一个人，或者纯粹只是一次证明自己理论的实验机会？他明知道，我不是真正的狄玲。

我们分开后数周，孙雁行离开了殖民地，不告而别。他已经失去了留下的理由。其后数年，他销声匿迹。再过了一阵，我开始不断受到各种骚扰。从种种迹象推测，他去为自己的后续研究找私人金主了。在我身上进行的非法实验已经让他在主流学界永远丢掉了位置——可惜流年不利，他卷入了一场关于遗产和继承权的火拼。当你搅入和永生复活有关的事时，这些烂事早晚会摊到头上。

他给我打最后一个电话时，已经预知了自己的死亡。“他们肯定会追上我。我不适合干这些事。”他低低苦笑，“我真的，真的很抱歉。”

“你给了我真正的生命。”我告诉他，“我不在乎它从哪儿长出来的，是不是别人的剩菜。它很美好，我喜欢它。”

他笑。然后我听到了某些声音，可能是爆炸或枪声。

尾声

我不知道下次来找我的会是什么人，会拿什么来引诱我或是威胁我。我身上并没有什么秘密可言：记忆复制是有数量限制的，你要么灌回核心记忆，得到一个残缺的原版复制品；要么选择输入原始记忆数据，重新长出一个未知的人。你可能会重新喜欢她或他，可能不会。看看我们的例子就知道了。

他们都认为孙雁行手里有突破限制的秘密。我清楚，他并没有。

他活着时也在追寻这种可能性：让鸟回到纸上的空穴里，回归完整。这次，来找他的人带来了当年狄玲的核心记忆拷贝，孙雁行还活着的话，肯定会拼死也要弄到手——他想要的不过是让他的妻子回来。

我想他的努力是值得的，狄玲活着时也爱他，尽管他们之间有那么多不可调和的东西。我在重生后把他忘了个一干二净：狄玲把这个男人珍藏在自己的核心记忆里，一点儿都没给我留下。

难以想象他站在病房门前，我问他，你是谁，那一刻他的感受，获得证明，又永远失去。

“我们该到此为止了。”我说，坐在我们一起睡了八个月的床上，心平气和，“我忍不了了。”

“你不是她。”他同意，长叹一声捂住脸，“我很抱歉。”

没什么可抱歉的，我们去找牧师离了婚。那天天朗气清，殖民地一片欢呼沸腾，建城后第一个新生儿降生了。人人都喝得微醺，坚信新的生活正在开始。

文 / 慕明[1]

破境

一、李如山

2019年，我读博士到第四年，既没有准备论文、参加学术会议，也没有向业界投递简历，那年发生了太多无法可想的事，不得不放缓生活本身。即便如此，理性似乎仍从越来越大的孔隙中不断流失。在尝试锻炼身体、早睡早起、多吃蔬菜全部失败后，我放弃

①慕明，本名顾从云，1988年生。科幻/推想小说作者。曾获豆瓣阅读征文大赛奖、未来科幻大师、银河奖、华语科幻星云奖等。部分作品被译为意大利文、英文、法文、日文等。2021年1月出版意大利语短篇小说集《涂色世界》，2023年2月出版中文中短篇小说集《宛转环》。

抵抗，整日在剧场、博物馆和艺术讲座间游荡，并说服自己，自由既然能定价交易，应该也可以预支。

我见到颜菲是学期末，校园里到处是悬浮的细微树粉。一次学生竞赛，题目是为巴黎圣母院设计重建方案。在摩根图书馆里，我看过抢救出的文物巡展，四百年前的手抄本上，天青石颜料与银行商标的蓝色相似。她倒数第二个上场，投影开启后，残破的拱顶与塔楼仍然裸露，搭着黑色光传感器阵列，像没拆除的脚手架。然后金属结构消失，木梁生长为尖塔。她说，这是混合现实摄像头里的场景，观者对教堂的最初印象。接着尖顶开始变形，白金火焰燃烧。她说，这是灾难一刻的定格。人类心灵中，悲伤与智慧有同样的力量。

她音调不高，口音也算不上纯正，只是用词大而重，我忍不住打了个喷嚏。

光影变化，花岗岩上叠加软性陶瓷、相变材料、植物填料混凝土，尖塔变成穹顶、与植物融合的曲面、不断上升的螺旋，无所定形，无限循环。她的音调也上升，说最终的形状需要观者调动自己的情感、思考和想象，建筑艺术与人类思想一道发展，在过去，只有极少数的大师能将飘浮的思想固定在近乎永恒的形式里，但是今天，混合现实将跨越时空，赋予每个观者表达与沟通的权利。这就是最好的继承与发扬。

有观众说，没人会整天从手机摄像头里看世界，我们已经受够了虚假。

虽然看不清，我却能想象她的表情。剧本徐徐展开，正是自白的高光时刻。我说，维克多·雨果。

她停了一下，说，维克多·雨果说过，人的思想改变，表达方式也会随之改变。每一代人的主导思想，不会再用原来的材料和方式书写出来；石头写成的书尽管牢固持久，在某一时刻，也要让位于更为牢固持久的纸书。现在新的书写方式已经出现，你可以称之为虚假，但如果感官无法分辨，真与假，又有何区别？那台词她显然已练习过无数遍，却仍带有某种不似表演的激情。

那种激情后来变成一场漫长的燃烧，点亮也烧掉了许多比尖顶更坚固的存在。而在当时，它点燃了我心里的一道枷锁。大学三年级后，我再没有亲近的女孩。那时我觉得，心智不协调的身体关系与强暴没什么两样，所以，当有女孩眨着眼睛，以三角函数的解法向我搭讪时，刚升起的兴趣迅速熄灭了。并不是智识，而是理解世界的方式，神经网络的结构和深度。

交往第一年，我长进最大的是厨艺。当然，我们谈论文学与建筑，也谈论认知原理与人机交互。颜菲对我的研究方向很感兴趣，但这反而让犹疑更深重。第五大道上的奢侈品店橱窗里，价值一年奖学金的设计师手包挂在机械手臂上，她笑着说这是最火热的未来主义时尚，科学与艺术的粗糙结合，互不理解才能互生倾慕，互相攀附。我想从她的语气中分辨出揶揄味道，却总是被那种表演似的真诚困住。分不清是过于真诚而显得像表演或是相反，只好用可掌握的细碎事物为模糊关系加注。我拆掉烟雾报警器，在宿舍的小煤气灶上学会了煎炒烹炸；在只剩下快餐店的夜里，拎着加蛋的烤冷面或者加辣的炒米粉，穿过路灯下摇曳的树影。她吃东西和观看一样，特别专注，好像要从每一根米粉、每一个像素里提炼意义。更深的夜里，我看着她睡去，仍不确定自己是否真正进入了她。她的脸不算漂亮，只是让我想起十四五世纪时的木雕圣像，虽取材自乡间女子，眉眼低垂，却给人一种男女同体的印象。天亮时，她很早就背起饱胀的书包去上课，我拿着饭盒回去，在那些遮蔽天空的美丽树冠下，一个接一个地打喷嚏。

颜菲学的是新媒体艺术。这个概念像科学、青年和中国菜一样，有着外部无法想象的驳杂内部。认识她之前，我对比特呈现的艺术不感兴趣，无论是数字建模还是互动设计，离我的工作都太近了，实验室里的神经信号模型远比浮夸的机械手臂更接近可能的未来，而我不能确定，美、心灵，或者真实本身，在那个未来中的形状。她对真实的态度则更放松，虚拟现实将观者带往任何地点，增强现实则将任何事物带到眼前，结合两者的混合现实，与梦境或文学一样，关键还是在造境。在人心的画布上以想象定义真实，对于她也是工作。即使关乎未来或想象，工作也还是工作，将城堡拆成沙砾后，并没有浪漫的幽灵在其间游荡。

那场比赛她输了。评委说，电子元件的散热很可能破坏脆弱的木结构，没有评价其余部分。其实即使赢，也没什么区别，不过是北方冬季里一两次莫名其妙的暖和天气，平均后留不下任何痕迹。有一天路上有冰，她滑了一下，咖啡泼在胸口，我摸纸巾，她忽然说，他们不懂，那些都不重要，真实和完整，都是相对的。我说，得有耐心。从哥白尼到爱因斯坦，连相对这个概念本身，都没那么容易被接受。她问，只有科学这一条路吗？我说，至少是最显然的，也许不是路，它包含质疑自我的方向，可以说是道。她想了想说，道不唯一。宋画已经会删削细节，呈现庄严气象，宋人讲“三远”，也是讲相对的真实。我说，山水画用离散的形式展现连续的印象，其实与视觉感知的过程差不多。人的眼睛和大脑也是这么工作的。画论讲真境，与其说是天地万物的常道，不如说是人的常道。

她慢慢擦掉羽绒服上的咖啡，过了一会儿，说，寒假去堪萨斯城吧。看宋画。就咱俩。

二、杨思游

菲菲小时候，我没时间打扮她，一直剪个假小子似的锅盖头。性格也像男孩子，斜跨着自行车大梁，在校园里能骑一下午，回家满身是泥，洗干净才发现摔破了，也不知道哭。长大后文静了点儿，开始留长头发，给她梳头，倒知道喊疼了。我仍然没时间，又怕屏幕伤眼睛，就从图书馆给她借些书。闲书我看得少，记得住名字的，还是上大学时流行的那些大部头小说。她倒也看得进去，有时看完说不喜欢，可过一段时间又说要看。后来有一次家长会，老师给我看她的作文，一篇议论文，写什么记不清了，只记得红笔画了几个圈，下面批语写，思想过于悲观，情感过于泛滥，要多读积极乐观的正能量作品！我敷衍了几句回家。

到家时，她正在练字，学的是颜体，字大而拙，极用力。我看了一会儿，在她床边坐下，打开笔记本做数据标记（项目开始的时候，她刚出生）。过了会儿，她放下笔，开始啪嗒啪嗒掉眼泪，毡子都洇黑了。我拍着她的背，看看压在字帖下的书，《红楼梦》《巴黎圣母院》《卡拉马佐夫兄弟》。

妈妈。她问，妈妈。为什么，越是美好的东西，就越容易受伤害、越容易被毁掉？

那时我和老颜刚办了离婚手续，怕影响她中考，还没告诉她。以前但凡她噘嘴抹泪，都是老颜逗笑她。我看看屏幕，一万多件档案，两千多座模型，一百多年前的园子，留下的不算多。我说，妈妈也不知道。不过，美好的东西，总会留在人心里，只要在人心里，就有重现的希望。哪怕为了记住它，会疼，它也还是活着，它靠疼活着。所以别怕疼，别怕眼泪。知道珍珠怎么形成的吧？就像那样儿。

她考上了重点，高二分文理，她文科成绩更好，但选了理科。高考报志愿，我给她填了医学院，她在交表前一晚上，改成了工科的数字媒体技术。我说女孩子学这个，太累了。当时，我的颈椎病已经有点严重，头总发昏，记忆力也跟着下降。医生说没什么办法，只能少看电脑，当然办不到。她听不进去，说妈妈你不懂。我说，我算不上大专家，但也干了半辈子，而且你的特长，其实也不在这方面。她说，你们那代人，是会什么，就干什么，爱什么。我不一样。我选这个，是因为我想要。我问，你想要什么？她说，能变强的东西。知识体系和思维方式。我想要蚌壳。

我看着她，小时候姑娘跟爸长得像，老颜抱她出去玩，都说这一看就是爷儿俩。越大越像妈，可还是有些地方不像。老颜也是这么说的。他走那天是立春，我烙了春饼，切了肘花，又添了盘饺子，他喝了两盅，说这些年辛苦你了，可是人一辈子就这么长，想明白自己要什么，已经不容易了，妈那边你也知道，这样对大家都好。我收了碗说，吃完了，就走吧。

上了大学，菲菲每周末回家，晚上吃完饭，去遗址公园散步。天色半明半暗，胡琴吱呀抻着，时间难得慢了，我想问问她有没有男朋友，还没开口就被她看出来了。她说这世界变得太快，少操心她，多想想我自己该怎么面对。我说再怎么变，有些东西还是不变，要是见什么新鲜就上赶着，那就不是你妈了。她没回嘴，两人又走了一段，天黑看不清，只闻见淡淡的河水腥味，水蚊子浮起来，绕着人嗡嗡打转。走到桥边，该往回了，她终于说，想出国念研究生，已经申请了学校。

回来我想了很久，还是给老颜打了电话，第二天钱就打过来了。走之前，我想不出该给她带什么，翻箱倒柜，拿了一挂人家送的珍珠项链，珠子久了有点发黄，品相还算大气。她笑我，说那边没人戴这个。临进安检，我抱她，像我年轻时候，肩背薄，隔着T恤衫能摸到一节节脊骨。她趴在我耳边说，妈妈我走了，你的壳，能打开了。

可我已经忘了。人老的过程，就是慢慢忘的过程。我继续教课，写论文，带课题组，学生来了又去，从她的哥哥姐姐变成弟弟妹妹；园子长得慢，资料太少，工程量又大，上千万资金下去，能覆盖的面积只有十分之一；各种软件更新换代很快，前一届做完，下一届整合，几乎就相当于重做。横向资金越来越少，几期评审后，部里的态度也比较微妙。模型里，大片的空白填不上，总让人想起西洋楼残破的水法。她打电话回来，偶尔问到，我也没多说。视频里，她脸圆了，一笑露出粉红的牙肉，我几乎放了心，直到很多火灾的那一年。

第一次是教堂，第二次是人和画。网上的评论一波波，很快都过了，她还问我，真的有用吗，妈妈？我知道，她是等我再说一遍，我让她从小就相信的东西。我说不出来。她长大了，但还不够老，不明白有些东西就像太阳，只能在清晨或者黄昏注视，在其余时候，刺痛眼睛，晒爆皮肉，得偏过头去，以手指着，用嘴念着，人其实是靠自己的指和念活着的。我的心已经是颗坑坑洼洼的核桃了，可我懂。学校里每年都有出事的指标，个个都是天之骄子，说来也都是一些小事，就是扎在肉里。我有点儿后悔了。

她知道。挂了电话，从此对我关上了。第二年最难的时候，她回不来，也只发风光美食，第三年也一样。到了第五年，她回家了。

三、韩濯

2020年前，我在一家小电商做品牌经理，主攻女装，早上跟时尚博主谈合作，中午上高铁，去厂里盯打版。厂子在浙江镇上，下火车还得打一段车，出了城，就见到白墙灰瓦，青绿水田，被黄昏的雨斜着印在车窗上，照得手机上精修的脸也生动了不少。那时我想着，等能退休，就从附近老乡手里收个院子。再开工，代工的单子取消了大部分，周转不起来，光库存费就能拖垮厂子。那边的老板都挺体面，结清最后一笔款，送我去车站，车还是擦得锃亮，只是宝马7系换成了老款睿翼。副驾坐着个二十出头的男孩儿，一问是刚毕业的公子，准备回北京上学。老板摘了眼镜，边擦边说，盛世商贾，乱世读书，小韩，你也是聪明人。我笑笑，没说话。回到北京，整理一遍通讯录，捋了捋几个成功案例，辞了职。

那年之后，咖啡馆里谈项目的少了，屏幕上，不是考研模拟，就是国考真题，但我感觉不太对。散户都进场时当抛，说是乱世读书，书上说道不离器。单干后，我写过文案，修过图片，策划过直播，还当过模特。名片上的头衔是新媒体咨询，负责制定媒体渠道战略，优化渠道组合，简历上的案例分析对标麦肯锡，只不过号称大几百万的单子，一个人包干。营销其实就是理解对方，试探底线，跟谈恋爱挺像，将自我定义的价值传递给受众，又有点像艺术。我大学时搞过几年舞台剧，编导演都干，各方面略懂；直播门槛低，受众广泛，文字讲究精准定位，靠积淀，不过，不考虑扩展，转化率最高的媒体还是我这个人。发现这一点后，我又赌了一把，控制线上时间，多去线下。

2024年9月中，大半个中国的投资人都到了西山。香山饭店是四十年前的先锋建筑，名家手笔，铺地的鹅卵石比鸡蛋贵，如今成了经典，挺符合创业营几位导师的品味。我从以前客户那儿搞了张媒体票，看了几场路演，觉得屋里憋闷，走到天井里。服务员正摆鸡尾酒桌，一张张蒙了白布，阳光从玻璃屋顶透下来再反射，开了空调还是热，大师再有远见，也没想到温室效应这一出。在连廊里绕了半天，终于找到一个没人排队的洗手间，挺潮挺阴，我洗了把脸，正补发油，听到隔间里有人哭。哭声压着，吸鼻涕为主，我听了一会儿，看人没出来的意思，问，哥们，来多久了？里面没声。我接着说，没事儿去天桥逛逛，怎么拉场子开锣，怎么用话留人，该要钱的时候怎么杵门子，都有，犯不着在这儿跟自己较劲，纸还够不够？里面断断续续问，你谁？我说，你要是想刷公关稿，上访谈，认识人，出来我给你张名片。我不是资方也不做产品，只负责排忧解难，俗称做媒的。里面哑着说，哪个媒？我说都差不多。等了一会儿，人拉门出来，轮到我愣了一下，她红着眼睛翻白眼，说都什么年代了，不知道无性别公厕？我乐了，说怎么不知道，以前胡同里茅厕，男的进去把裤腰带挂门上，女的挂烟袋锅子，比飞机上那自动锁的都早多了，刚从国外回来？她没说话，打开龙头哗哗冲水，我看了眼名牌，颜菲，公司名字没听说过，叫真境。

那天下午我没跟别的场，查了查资料。公司年中在海淀注册，注册资金不多，业务方向写得很泛，大股东就是她自己，还有个占比较低的文化公司，法人姓刘。名字眼熟，但搜出来的都对不上，我想了半天，记起来是某文化名人的经纪，三十出头，很能干，找我拉过直播营销的线，结束后庆功宴，替名人喝了很多酒，说茅台配女人，不醉。名人也姓颜，挺平易近人，带小儿子上过亲子综艺，查不到其他子女的消息。

人这边的线索，差不多摸清楚，下面看业务。路演只有一分钟，自吹自擂常见，用热词儿说贯口的也不少，抖好包袱的差不多能成，像她这样，说完了都没明白要干什么的不多。技术部分不难理解，也是混合现实应用，通过数字建模，将线下场景搬至线上。2020年后，混合现实的线上购物就慢慢起来了，美妆利润高，门槛低，跟得最快，直播间里开手机摄像头，立刻试色主播同款；家装也不落后，拖一拖模型，合租房布局再差，也能找到尺寸正好的那一件；内容行业都还在试水，体量偏小，资方兴趣不大；走在最前面的游戏业，大都抓的是调动情绪这个点，当时最火的是虚拟恋爱；东莞的娃娃厂建模，厦门的三维云存储，深圳的通信技术保证高速传输，号称大湾区产业链整合。可她不讲用户画像，不讲情绪引导，更不讲内部收益率，讲认知、剥削、建构、解构，像是直接从论文里抠的词。和这些动词组合最多的，是俩名词，一个是真实，一个是自由。

酒会的时候，她在湖石边上，抱着胳膊，好像穿不惯高跟鞋，轮流单脚站着。二环里不让建高楼，以前杨树上总有喜鹊的窝，初中时我还捡过猫头鹰雏儿，不知道哪儿来的，热烘烘一小团，站都站不稳，送到救助中心，养好后说给放西山里了，再没见过。我过去站她旁边，说，真挺没劲的，是不是。她不搭话。我见花境里有串儿红，一挂挂鞭炮似的，掐了串递给她。她犹豫了下，摘了瓣儿放进嘴里。我也摘了瓣儿，说这北京人爱吃花儿，玉兰油炸，紫藤烙饼，串儿红嘬蜜，你说这是俗，还是雅啊？她说，你觉得自己特聪明是吧。我说那倒不是，其实干我们这行，眼神比脑子重要，听比说重要，跟你们还不太一样。她问，那你看出什么了？我说，看出你怕像八哥似的，给关住。她哆嗦一下，说迟早关不住。我说那是，你有东西。但怎么做，能做成什么样，可以一起看看。她问，不怕空城计？我说愿赌服输，司马懿也穿过女装。

当天夜里她发过来在国外的注册信息和资料。当时最早的混合现实平台叫墨菲斯，国区没开放，上面的应用介于游戏、影片和交互式小说之间。比较有意思的是，用户可以选择扫描采样，将身体模型和各种姿态上传，优化后集成到混合现实环境里，叫虚拟具身化。最容易理解的场景是心理分析，用户创建两个化身视角，一个穿白大褂，切换视角，自问自答；另一个是易装，保留基本身体参数，其余的年龄性别种族，自由排列组合，一个人可以拉起一个剧组。她的应用就以这个思路为主，2023年初上架，十四个月后停止更新，又过了一个月，股权人发生变动。

我琢磨了一星期，还是觉得步子有点儿大，旁敲侧击了几次，听不出她态度，也没太急。一个月后，她叫我去饭局，在魏公村附近一家盐帮菜，第一次见到她妈妈。坐下一刻钟，来了一男一女，都是部里的少壮派，思路很清晰，上来就问如果将现有的圆明园数字化项目产业化，该走什么方向。我看看颜菲，又看看杨老师，知道饭局其实是赌局，吃理性经验也吃直觉运气。我说5G布局十年过半，优势是海量信息即时传导，传到终端需要高密度呈现，只有混合现实能够实现。这是最后的媒介，用户黏性和转化率都是碾压级，圆明园本身虽古老，全面数字化却是走在了浪尖，我们可以在现有基础上，将数字化的园子做成平台与渠道的起点，在即将到来的混合现实生态圈占位。他们问，平台与渠道？我说，就像抖音和淘宝。两个月后，方河东岸，本是清帝悬挂西洋油画的线法墙上，偶像代言填满空白。她向领导解释，真实是一个相对概念，万园之园本就是想象产物，兼容中西，在古老遗址上植入新的梦境，并不比让石头和代码渐渐风化更叛逆。我向广告商解释，就是新生态里的广告，只不过被定价交易的不仅是注意力，还有真实感。

2024年的最后一周，北京下了三天大雪，出了两条新闻，一是人类首次登上火星，二是两大科技巨头在圣诞节前同时发布了新一代混合现实眼镜，称移动纪元将在十年内落幕，股市狂飙，业界震动。我和她在涮肉馆隔着铜锅干杯，水汽里，第一次看见她笑那么开心。当时我以为那就是赌运的巅峰，酒上了头，有一瞬间的恍惚。吃完饭，我送她回家，学校里没什么人，踩在新雪上，噗噗直响，两人七扭八歪，路灯时亮时灭，我拿出手机打光，说这以后只能当手电使了。她没回头，说手机都没了，还手电。走过最后一个亮着的路灯，她忽然停下，我看见前面有个人影，拿支手电，照出一束昏黄的光，向我们走过来，羽绒服上的积雪像一支白色粉笔，从晦暗中一点点画出人的轮廓。

四、李如山

许多次，我将自己投射到过去的某个时间点，改变一两个情境条件，推想决定与行动，到最后，虚构总会与现实产生交点，像天才的预言或蹩脚的故事，共同之处在于无人聆听。警告特洛伊人的卡珊德拉就是这样一个蹩脚的说书人，微妙之处在于，说出真实那一刻，她已知晓自己的命运。这是比西西弗斯式的循环更徒劳的递归，因为结局包括了讲者本身。关于自我的探寻也类似，理解越多，缠斗越深，一步步走入只有一人得见的困境。

2022年勉强毕业后，教职渺然无望，我搬进颜菲住处，仍在实验室挂靠身份，每天坐地铁穿越城市。地铁上常有流浪艺人，在吊环上旋转身体，推童车演唱歌剧选段，或者兜售自出版小说。那是个健壮的黑人青年，穿免熨衬衣，背双肩包，手中持书，低沉温柔地重复，这是一个关于女人的故事，一个美丽女人的故事。十元一本。十元。书约一英寸[①]厚，装帧精良，无人购买。又有一次，一个中年男人忽然情绪失控，挥舞领带，大声咒骂人群、总统与上帝；周围人纷纷躲避，直到车门再次打开，三位美丽的年轻女士走进来，金发的，褐发的，黑发的，坐下后，不约而同地拿出书。男人安静下来，退到车厢一角，抚平衬衣褶皱，羞怯张望。到家后，我将快餐盒放进微波炉，看到客厅兼卧室里，二手家具和快递纸箱堆叠出奇怪的角度，像埃舍尔的画布，终于下定决心，将自己磨成一枚合格的螺钉。

入职前，我和她去了次大都会博物馆。二楼的亚洲馆人不多，我在巨大的《药师经变图》前，与温柔慈悲的目光对视，几乎落泪。她挽着我说，没事儿的，豌豆公主才是真正的公主。我问，那你是寻找公主的王子？她笑了，说我是响当当的一粒铜豌豆。三个月后，她在布鲁克林的一间公寓画廊开毕业个展，我的前几个月收入换成场地租金，以及三套最先进的头显设备。一居室里有厨房，当观者从混合现实体验中脱离时，迎接他们的是刚出炉面包的黄油香气，或者是煸炒花椒的辛辣味道；有人说那是整个体验里最美妙的时刻，揭示出真实世界有更丰富的细节和更深厚的质感；她就带他们去厨房，看一尘不染的大理石台面上，多烯酰胺类物质在蒸馏器中混合。当时，大部分混合现实作品着重塑造场景，传递体验，感官为媒介，共情为手段，理解为目的，但她说那还不是艺术。在她的作品里，理解是起点，思考与感受本身才是艺术语言；观者需要理解环境，想象出四维空间的结构，或是控制感官，选择看或不看，听或不听，方能走出迷宫。她说从文艺复兴到抽象表现主义，四百年，心灵的自由才终于在绘画这一媒介的两端实现，而混合现实以前所未有的深度劫持感官，如果仅仅满足于廉价的传递和煽

① 约2.54厘米。

动，很快就会变成枷锁与欺骗。我想反驳，假如受骗是心甘情愿的呢，不知如何开口。

展览持续两星期，观者寥寥。2020年后不景气，传统雕塑和架上绘画是更保守的投资选择，一幅马蒂斯的原作等同金条，新媒体艺术市场紧缩；而在学院派看来，比起呈现绵延的人群或者起伏的警报，缺乏政治和身份议题的纯粹探索，又出自亚裔，不够先锋。她开始在下城区穿梭，与私人艺术顾问喝咖啡，也接委托创作。有一天很晚了，我在一座红砖大宅外面等她，地图上显示是安迪·沃霍尔的故居之一。她失魂落魄地出来，我吓了一跳，回到家，她才说，客户非常年轻，是某个著名藏家的孙辈，正在建立自己的收藏，有意买下毕业作品。我站起来，拿出两只杯子，没有香槟，开了一瓶气泡水。她没动，接着说，要求很简单，所有的概念设计，三维模型和逻辑代码，都不能再发布在任何平台，或者用于任何展览。我说正常，价值来源于稀缺性。她摇头说，我已经拒绝了。我呛了一口，气泡水中的二氧化碳全都聚集到头顶，形成一个巨大的空泡，然后砰然炸裂。我问，你到底想要什么？她看着我说，你难道不知道？我问，你以为你是谁，咱们在哪儿？她叹了口气，说，你还是不懂。我忽然控制不住自己，将一只酒杯砸得粉碎。

那天晚上我沿着河跑了四十条街，雨后潮湿未退，高楼在水中失去轮廓，只剩下一支支笔直的、向下燃烧的火柱。水景公寓在一百多年前曾是精神病院，刚开业就塞满病人，人数超出容量两倍，后来被迫关闭，病人变成建筑工人，建起一栋栋教堂、学校、医院，然后散入黑暗，和输气管道、垃圾转运系统一同成为看不见的城市基建，沿用至今。回家时，她已经睡了，地砖被细细清洗过，用小苏打擦掉了陈年油渍，露出苍白接缝。

她没再去下城，开始关注直播、游戏、通俗小说。那段时间我刚申请了工作签证，每天早上先检查邮件、短信、论坛，中午吃公司楼下便利店的沙拉，下午喝免费咖啡，生活前所未有地规律，体重与精神都趋于稳定。吃掉近两百盒沙拉后，我从茄子、口蘑、鹰嘴豆和花椰菜的混合中尝出了蟹黄的味道，这让我觉得和世界的关系已恢复正常，不用再直面理念的真实，而是可以像大多数人一样，依赖模仿、比喻和指代度过一生。对于艺术或艺术家而言，可能太过粗糙，但一把没有柄和鞘的刀是无法使用的，需要一个设备，一个接口。就像我的工作，将颅骨内和电路板上的精神活动解码再编码，通过数据线相连，我也是她的接口，而与我的工作不同的是，人作为接口，需要一头锐利，一头迟钝。其实从一开始，这就是我想到的方式。

2023年初，我帮她注册了真境。首个版本沿用之前的感官设计框架，套了一个类型故事外壳，观者通过切换视角，自己扮演少年、智者、公主、巨龙。每一个视角有独特能力，例如智者长于逻辑思考，视角中世界有辅助线铺开，提示复杂表象下的理性与秩序，公主则善于感受联想，影像和声音文字都以更高精度呈现，不只是准确，还有丰富和深邃。各项能力通过正反馈加强，形成一个简单的强化学习系统，学习的对象是自己的认知与感知，包括潜意识与无意识。视角之间除了事件，也通过梦境、回忆、致幻剂和各种形态的虚构相连，各个叙事维度的时间地点因果关系延展层叠，界限不明，可以从任意一点、任意视角开始代入探索。我是第一个观者，完成后，场景消失，我看见自己的脸，疲惫得像一个没有句号的段落，接着像素碎裂，纷纷而下，拼成六个单词，是一行诗。我一个词一个词念出来，I am large, I contain multitudes[①]。摘下头显时我想起来，是惠特曼。然后我就倒在床上睡着了。

---

① 出自惠特曼的《草叶集》，意为“我辽阔广大，我包罗万象”。

五、刘玉洁

刚上北京那年，我坐了一整天地铁，从丰台到海淀，从海淀到朝阳，把我姐的路在一天里又走了一遍。丰台的市场已经拆了，建了个大公园，草地剪得齐齐整整，像刚出的青麦，在老家，草和麦一样，也能长到齐腰高，能扬花结籽。我姨说，当年我爸先出早市，再出固定摊，一个月挣两万。他喝多了也老念叨，说比城里人挣得都多，供出两个大学生，一儿一女，知足了。我说，也没见哪个大学生来孝顺你，还不是靠我这个初中的。他摆手，那不一样。我走前，他说，二妮，你念书不行，又没上过北京，跟你姐不一样，她是文化人，身边都是有头脸的，别给她添麻烦。我说，你卖菜都能挣钱，我就不行？再说我什么时候麻烦过你，我妈，还有她？我只欠我姨。他就又摆手，那不一样。唉，不一样。

我在燕郊附近租了间房，美容院包吃住，但我不想睡美容床。孟姐说，恁矜贵，你姐当年就趴泡沫箱上写作业，照样读到名牌研究生。我说，那你咋不说我弟，我妈陪着读，一学期学费就几万，还只上个民办。孟姐的男人就笑，说二妮人漂亮，又会说，过几年肯定能当店长，也不差。他瘦高个，笑起来眼睛一弯，每天晚上我洗盖毯毛巾，他都叫我把衬衣也熨了，黑的四件，白的四件，交错挂着。我爸说他是个二尾子，邻村都知道，我不信，农村人眼花，给我说个对象，肉堆得看不清脸，还说人长得排场，就是胖了点，我说要三十万嫁妆，一斤肉五千，减下来再砍价。

我干了小半年，没找我姐。每天十点上班，九点下班，到家先做手膜面膜，再躺着看看主播，有时也刷点礼物。加了语音粉丝群，但我不太说话，白天要想各种话拓客，一天下来脑仁疼，总说话气虚。我想着多攒点钱，就买个二手的眼镜，听说混合现实直播间里，主播就像坐在身边一样，根本不用说话，脸上的妆都清清楚楚。有些主播的化身还开了户外直播，能一起逛圆明园，太古里，SKP，叫真境北京。我爸二十多年，到回老家，也没过上真北京人的日子，我姐倒是过上了，只是那男人虽然保养得不错，手比小姑娘都白嫩，年纪还是能当我爸。一想到这个，我就觉得离我姐挺近。小时候她回姨家过暑假，麦和高粱分不清，旱厕也用不惯，天天嚷着要回家，好像生她的地方倒不是她家。我就说，咱爸说了，下学期咱俩换换，她就气得眼圈红，比我大好几岁，倒像是我妹，那时候，我也觉得离她挺近。

干快一年，我跟客人聊天，没人听得出我是哪里人了，开始有人说我手嫩，问我眉毛睫毛都做的什么项目。孟姐给我涨了点工资，叫我以后回老家盘个店面，我觉得没啥意思。客人里有几个姑娘，每隔几天就来，做完项目就去乘进城的公交，挎包里装上服装，到了试镜的地方再换，公交上怕人盯着看。她们住附近的连锁酒店，两张床拼成一张，比我住的每月贵二百块钱。我想着先攒够买眼镜的钱，也去试试，当群演也行，到时候再给我姐发个视频。

我没等到。那天晚上有客人加项目，孟姐先回去了，做完后，店里只剩下我和她男人。之前我以为，另一种生活就像一件衣服，穿上就行，那天我明白了，裹在自己外面的不是衣服，是皮和肉，骨头和血，需要一把撕烂了才能脱下。我从撕裂的地方出来，看着那些黑色和白色的衬衣，和我的身子一样，在影子里飘来荡去，我的手和脚还在动，好像不知道它里面已经没有我了。自己出来了，就不觉得疼，不会怕，不用忍着说不出话的憋屈。我没有了感觉，但还能动，推着我的是念想，现在我觉得它们小得可笑，可我也变轻了，我像个气球，越升越高，向下看，连成一片的灯是城市闪亮的脸，城市的脖子露出皮肤本来的纹路，一条看不见的界限，挡在脖子和脸之间，我和光亮之间，黑色像河水一样，漫溢开来，然后就结束了。

我姐打了好几次电话找我，又发信息问我住哪，我都没回。我姨说过，我爸当年骑个三轮，怕给我姐丢人，都是离校门口远远地等。现在我离她又远了，离所有人都远了。我从孟姐那儿辞了，用攒的钱买了几身服装，又办了个模卡，我不难看，而且，我已经学会怎么把自己的身子脱下来，交给别的人了。大概过了一个月，我收到一条信息，邀请试镜替身，要求年轻女性，身高165，体重52公斤左右，健康灵活，能吃苦，报酬优。

地方离得不远，是间平房，门口挂个粉红色的塑料帘，墙根有一堆烟头。我在门口站了一会儿，掀开帘子进去，里面的一个男人见着我笑了，说这是来了个刘胡兰啊。旁边的女人说，你少说两句。你是刘玉洁吧，你别怕，我叫颜菲。你可以叫我菲姐。

六、韩濯

大概是2027年夏天，有一次，我去给杨老师家换路由器。颜菲那阵特别忙，吃住几乎都在办公室，团队几十号人，大多刚毕业不久，物质与精神上都需要一个家长。有时候我接她，刚挂上安全带，头就开始一点一点了，然后就哐哐敲车窗，敲醒了，揉揉，接着睡。开过通惠河，眼镜里有显示了，山川非我心，我心即山川，十个大字，龙飞凤舞，高悬夜空，下面还有一行小字，真境给您至臻体验。她这时候就醒了。我问，亲自写的文案？她说，你又知道了？我说，高端大气，不明所以，挺好，从卷烟到房地产，高附加值的都得这么干。她叹气，说你知道吗，有些东西你不懂，也不装懂，反而有自己的一套说法，可能是好事，也可能不是。我说，这就说远了，风筝天上飞，地下得有线，球员往门里踢，场下得有教练，这就是革命分工，懂那不是我的事儿啊。她问，就没别的？你知道英文里有个词叫grow apart[①]吗？我说，那咱不用见外，股权就是血缘，杨老师的事儿就是我的事儿。她没说什么，降下车窗，点了根烟，风声呼啸。

那年杨老师的状态已经不太好，经常记不住近的事儿，就像个洋葱，长在最外面的也最先剥掉。见了我又是拿拖鞋，又是倒茶，我说，您别忙了，我弄不了多久。她拿着杯子站住，不知所措，仿佛重要的不是行动的结果，而是行动本身的节奏和旋律。我赶紧接过来说，得嘞，您坐。她在沙发上坐了一会儿，我差不多弄好，说，成了，您一戴眼镜儿，就能见着颜菲，再过两年，咱们的实景覆盖率上去了，再给您加个万向走步机，足不出户，想去哪儿就去哪儿。她说，小李，我最近又忘了不少事。我回头，她一只眼睛看我，另一只眼睛微斜向一侧，看着我背后的某个东西。我听颜菲说过，问题出在对时间和因果关系的感知，不再是直线，而是网状，类似梦境，有时看起来没有道理，是因为混淆了虚实边界，随意穿梭，而我们只能看到或理解实的部分，从这个角度看，也许我们才有问题。我说，现在别说您了，年轻人记性也不好，全都提笔忘字，也正常，笔都用不着了，记个音儿就够。她说，菲菲记性好，心又重。我说，能干大事，是您教育得好。她停了一会儿，说，鹦鹉。我问，鹦鹉？她说，菲菲养过一对鹦鹉，她爸在花鸟市场给她买的，最便宜的绿虎皮，她可喜欢了，天天喂小米。我说，嗯，虎皮聪明，养好了能飞手，召之即来。她说，就是一直没学会说话，

① 意为“渐行渐远”。

也不怎么叫，后来笼门不知道怎么开了，一只掉在阳台上，已经硬了，一只不见了，她找了好几天，最后在小区草坪里找着，混在草里，半个头壳陷下去，像被踩了一脚。我说，嗯，被关久了，勉强出去了也难活。她说，她再也没养过鸟。我说，嗯，鸟还是得飞，就算会说话，不能飞也没啥意思，白长成鸟样儿了。她说，小李，你们的事别急。我说，您看差了，我没想怎么着。她说，这两年的事，我很快就会忘了，可你们还得等很多年。很多年呐。我问，您说的是哪一年？她闭上眼睛说，我真怕。那壳里，得是什么样儿啊。我实在不知道怎么接话，走到门口，打算换鞋，想了想，又转回去。杨老师还坐在沙发上，对面是电视墙，电视柜上，一边是路由器，一边是盆君子兰，墙上挂一幅字，挺草，前两个好像是“解衣”，后两个不太好认。我看了一会儿，忽然想起来墙后面是颜菲的房间，推门进去，掏出眼镜戴上，看见两个虎皮鹦鹉在窗台上踱来踱去，似乎很不耐烦，见我进来就叫，快点儿，快点儿。我一打开窗户，它们就扑棱着飞走了。

七、刘玉洁

以前我以为，要想穿上那件衣服，就得先脱下自己的衣服，像我姐那样，是命。但在菲姐那儿，为了脱下衣服，我得先穿上另一身衣服。一件黑色连体衣，从脖子到指尖，裹得严严实实，不知道是什么做的，穿上又凉又滑，勒得很，一遍遍做出各种动作时，衣服里那些小点点很快就变热，像是要烙在肉里，有时又像冰碴子一样，还有时候撕撕拉拉地疼。菲姐说，我的感觉其实是神经信号，会被解码再编码，成为下一代化身的基础模型参数，传感贴片很快就会和眼镜一样流行，到时候，真境里的明星不但能说能动，还能摸。我想的却不是这个。我问，就是说，到那时候，他们的冷热，他们的疼，是我的冷热，我的疼？她说，某种程度上，也可以这么理解。我点点头说，这点儿不算什么，再多也忍得住。她说，不用忍，你要放松身体，打开感官，你的感受才会是他们的，是所有人的。她说得挺认真，可越认真，我越想笑。我姐早就明白的事，我也早就明白，只是之前一直不想认，她却以为我不明白。她问，你笑什么？我说，女的的身子，本来就不是自己的。她问，那什么是你自己的？我想了想说，是念想。我什么也没有，只有念想是自己的。

那个地方很偏，下了公交还得走一段，是个胡同，只剩下几间房。进门后隔成两间，外间摆一张席梦思，对着一个大显示屏，还搁了几张桌子，堆着电脑和各式各样的电子设备。做动作时，数据公司的标记员就在旁边采数据，一帧一帧给三维视频里的身子拉框。我每周去三次，每次她都在用电脑，有时候抬头看我们这边。我知道她在看什么，其实用不着。数据公司的人是辆大面包车拉来的，大多数是小伙子，也有上年纪的，从早九点干到晚九点，人经常换，都穿统一的灰色制服，不说话，眼睛像是被吸在屏幕上一样，根本不会抬头看我。我看得出来，他们和我一样，是被念想引过来，又拘在这里的。他们留下的是眼睛，我留下的是身子，虽然我还买不起，看不见，用不了。

中午休息的时候，我在里间脱了紧身衣，十一月初，屋里刚点上煤炉，汗珠又凉又滑，胳肢窝、胸底下和臂弯里像沾了一层鱼鳞，有点儿痒，抹掉又长出来。我摸着胳膊、锁骨，看着胸脯投下的影子，想着另一个人用它的感觉，但想不出来。菲姐隔着门说，外在世界和内在感觉都可以模拟，都可以是假的，只有愿望是真的。只要有愿望，你的身子，就和你长大的地方，你住的房子一样，都限制不了你。我明白她的意思，那个晚上我就明白了，但我不知道她为什么和我说这个。难道她不知道，这世上假的东西比真的多，比真的好使么？我说，真境不也是假的。过了一会儿，她问，你小时候看过故事书么，不是课本那种。我想了想，村委会院里是有个阅览室，门口挂个镀金牌子，是我姐跟的那男人捐的。平时锁着，放假才开，里面很阴，放了两个铝合金书架，有些《象棋入门》《养鸡新技术》什么的，都落了灰，也有人家捐的旧画书。我记得有一本只有几十页，讲的是个想演戏的老太婆，收留了很多没人要的影子，在白床单上演皮影戏，每个影子都有名字，可以变成各种形状，什么都能演。最后一个影子又大又黑，老太收留了它后，就升了天，天上是一座更大、更好的剧院，在那儿继续演。最后一页没有字，只有图，画着天上的剧院，绿莹莹的怪瘆人，黄光从剧院的门里透出来，老太和影子都黑黢黢的，旁边好像还有人用铅笔写了字。我说，看过几本，有啥用呢。她说，故事不是真的也不是假的，故事是把真和假连起来的东西。真境以后会是个故事，谁都能写的故事。所以要记着愿望。到那时，只有愿望能告诉你写什么。坚持住，不远了。

我没太听明白，但知道了原来她也是个被念想推着的人，这让我觉得离她挺近。我在三河的批发市场摆了个卖夹馍凉面的摊，不去菲姐那儿的时候，就在摊上守着，守着和我爸、我姐一样的人，等着自己也不知道是什么的东西，种的睫毛都掉秃了，还是没等到。那天是腊月里了，我回得晚，见早上的粥碗黏了一层厚厚的冻，没啥胃口，就先躺下了。迷迷糊糊，听到刺啦刺啦的，以为是耗子，就没起来，然后电灯砰的一声灭了，啥也看不见，只闻到塑料烧焦的呛味儿，听到女人的哭喊和噼里啪啦的拖鞋响，烟尘一股脑儿冲进肺里。我摸到窗边，使劲儿推窗户，推不开，然后，我就又从自己里面出来了。我看见火光一朵一朵炸开，黑烟推着我向上，向上，到了那个绿莹莹的天堂，原来是一片庄稼地。我撒开腿跑进地里去，青麦里到处是飘荡的黑影，又唱又跳，我看不清他们的脸，但我知道他们是谁。我姐的影子站在田埂上，向我伸出手来，她的手又凉又滑，影子们聚拢过来，贴在我身上，越裹越紧，再也不用脱下来了。

八、李如山

最后那半年，我有过两次机会。

第一次是在2023年底，公司的酒会。当时我终于拿到工作签证，升了职，去第五大道上的御木本选了一枚珍珠戒指。她说过，比起钻石，更喜欢时间和经历的痕迹。颜菲的项目出现在几个独立评论网站上，虽然只是几十个词，嵌在不断刷新的报道里一闪而过，也是颗糖，慢慢含化，能支撑很长一段时间。酒会在布鲁克林一座布杂艺术风格的老建筑里，和十九世纪末巴黎学徒的其他作品一样，有宏伟穹顶，矗立在车流中，像时间的一个不动点。快结束时，我去洗手间整理了一下，回来见她在和公司老板聊天。老板早年学古典学，在业界浸淫多年，仍喜欢引用塞内卡与塔西佗，有种居高临下的内敛，那晚举着半杯葡萄酒，谈起《红楼梦》中，视角流动连接人的内在与外在，营造全景，早已用文字打通虚实界限，居然有些手舞足蹈。离开时他对颜菲说，别让你的设备限制你。那是公司的广告词，当时是手机时代晚期，键盘、鼠标和触屏还是人机交互的主要手段，我们马上要推出直接利用神经信号的外设。她立刻回答，眼前的世界越广阔，手中的自由越重要，您走了一步好棋。

散场后，她兴致不错，挽着我说，混合现实与神经外设乃至脑机接口的结合是必然，这么明显的东西，怎么绝大多数人看不到？我说，嗯。攥紧口袋里的丝绒盒子，计算走路的速度和月亮升起的时间。走了一段，她停下说，你看。我望过去，光秃树干在棕石墙面上投下影子，张牙舞爪。她说，十年前，他就是在这儿死的。上吊。也是个冬天夜里。我没反应过来，问，你说谁？她没回答，接着问，假如你从生下来就有特权，比别的人看得多，比他们更有力量，你会做什么？我说，你也知道，特权和权利是两个词，privilege and right。她说，至少可以把底线拉高。我有点着急，就说，本质上没区别。熵增不可逆。她问，可这不是最重要的事吗？我说，造永动机的那些人可能也觉得很重要。她停下，问，你这么看我？我说，不是这个意思，我当然理解。她放开我，往前走去。月亮按时升了起来，砖墙间，正好能看到钢铁大桥，凌驾于河流与灯火，天地间像有水光漫溢，她踩在化了一半的雪里，嗒嗒走着，大衣下摆露出紧绷的小腿，溅满泥点。

第二次是在2024年春天，大都会博物馆的明轩。建在新古典式大厦里的苏州园林，游鱼在第五大道上空悠闲摆尾。她生日。庭院空寂，她在楠木回廊里坐下，仔细观察玻璃穹顶下复刻的半亭、山石、水泉。我那时已在视频里见过她母亲，虽未深谈，只大概了解她的工作；和颜菲一样，她会突然发问，有时用书面语，但更沉默。我以为我懂得了理性与幻想，教堂与园林之间的关系。直到那时我还以为，理解是座可以连接一切的浮桥，我要做的只是把身后的木板不断挪到身前，一步一步走过去。戒指在我手心里。我说，山水画里，真境与山水的具体位置无关。园林是对山水的想象，可以在任何一地实现。你想做的，在这里也做得到。她说，还缺一样东西。我问，是什么？她像往常一样，没直接回答，而是回以另一个问题，你觉得，在这里，能做最重要的事吗？我说，可以。科学没有边界。实际上在这里更自由。她说，自由。我们懂自由到底是什么吗？无法分享的自由是特权，特权就离囚笼不远了。我说，我懂，但是哪怕意愿良好，也有很大的可能混淆善意与善行。这几年，我们都见到太多了。

她没说话，再开口时，声音变得很轻。她说，我小时候，回乡下奶奶家过了几次暑假。那时我爸还在家。我最喜欢跟着大孩子捉蚂蚱，然后在田埂上烧麦秆，蚂蚱烤熟了很脆，像油条。每天奶奶还给我掏一个热乎乎的鸡蛋，自己不吃，你知道吗，农村的鸡是会飞的，鸡窝在门梁上，白天鸡养在院里，傍晚要飞上去。后来读诗，鸡栖于埘，羊牛下来，才明白写得好，一上一下，是动态的，也知道没读过诗的人说不出这好，没见过鸡窝的人也懂不了这好。我不知道该说什么，只能点点头。她接着说，有一天，奶奶在院子里缝补，我趴在她腿上闭着眼，她以为我睡着了，就跟旁人说，她本来叫我爸把我送回来给她带，再在城里生个男娃，我妈不愿意，跟她吵了好几架，才算了。没想到我妈教书的人，吵架能那么凶。我好久都不敢睁开眼睛，那感觉我一直记着，发抖，喘不上气，但是得忍着。不只是单纯的害怕或生气，而是那种你以为的世界，你以为的理所应当的生活，你以为的真实，全部被抽掉的感觉。就这么一句话。我所在之处，走过的路已经比别人顺利太多，也就只有这一点限制。就这一点就能毁了所有，就这一点让我能懂一点点。我知道，你可能懂不了。每个人都在他们感受的囚笼里。所有真能做点儿东西出来的人，都在想着打破这个囚笼。不只是他们自己的。也是别人的。那些真受了大苦，却说不出话的人的。让他们能为自己哭，能听见一两个相似的音调，把自己无法言说的东西说出来，成为打破别的囚笼的声音。在一片黑暗的森林里，有一群看不见，飞不了，也碰不到彼此的鸟。但是他们能听到彼此的叫声。就知道有人还在。就能活下去，也必须活下去，为了别的鸟。就靠这回声活着。这就是这个森林的全部意义。园林是个梦境，需要有人梦游其间，这里没有人，没有鸟叫。

那枚戒指始终在我手里，结婚前被我放进了银行保险柜。很久以后，我才意识到，珍珠其实是一滴凝固的眼泪。

九、韩濯

2028年过年前，我和颜菲去过一趟事故现场。是个厂房改的群租楼，一层商铺，二层出租，起火原因是地下室服装厂违规存放的泡沫塑料。二层是回字形楼道，房间几平米到十几平米不等，中间的没有窗户，靠外的安着防盗网。她走来走去，每间里都是熏黑的残骸，看不出什么区别。后来，她在楼道拐角处停下，那儿有个铁棍拼的简易衣架，占了楼梯一大半，上面挂着碳化的衣服，长长短短，已没有颜色，还维持着原本的形状，人一靠近就簌簌掉渣。带我们进来的大爷以为我们是媒体，说你瞧瞧，就是这些东西，谁那么没素质给放这儿了，关键时刻碍了事儿，要从根儿上解决，还是得给清退了。她说，这不是根子。出了一个笼子，还有别的笼子。我赶紧说，您受累，我们自己看看就成。那时候我已经觉出她有点儿不对，主要表现在说话，有时候说到一半就停下，开始别人还以为是等着鼓掌，后来发现如果不停，讲着讲着就听不懂了，是用沉默当保险阀。董事会的其他人很有意见，私下里也问过我几次，我都说是她家里人情况不好，压力太大，过一段就好。也不算说谎，杨老师已经需要护工全天照顾，完全不认识我，颜菲过去，也只能和她说说小时候的事，读画书，回老家什么的，有时候她们像对对子，一人说吾有大患，及吾有身，一人接及吾无身，吾有何患，诸如此类，靠现成的句子维持关联，更多时候只是一起坐着，好像沉默也是一种只属于她们的语言。

出来后，开车往公司去，真境已经和导航做了集成，街上标记蹦出来又缩回去，从六环到二环，越来越密，过了北京饭店，标记没了，她才说，咱们认识也三年多了。我说，是，三年三个月零十天，照这个趋势，五年计划能超额完成。她说，没想到你还有计划。我说，是你的计划。我搭个顺风车。她问，然后呢，劈柴喂马，周游天下？我说，也没那么潇洒，就是靠变化吃饭，懂什么东西都别扎太深，见风使舵，不是什么好人。过了一会儿，她说，董事会那边，我打算退出来了。不参与经营决策。我说，是，也该休息休息。现在基本上了正轨。我虽说是独立董事，也能继续跟，趋势在这儿，总体问题不大。她摇头说，她就没等到，我妈可能也等不到。我说，感官模式都在真境。等整合完，与其说她是我们的替身，不如说我们是她的替身，新文案不是写了，我感故我在么。她转过头看着我，问，你真这么认为的？我说，我不懂，但是你说的，我信。做我们这行的，眼神儿比脑子重要，鼻子比眼神儿还重要。这风里有味道。火烧火燎的焦味儿，甭管烧的是啥，再烧自个儿先煳了。

她又有一会儿没说话，我扫了眼，她盯着外面，长安街上的白玉兰灯柱亮起来了，像火柴一样在车窗上一根根划过去。等划完了，她问，你是不是觉得我这人特没意思？我说，这说不上，就是想的比说的多。跟一般人反着。她喃喃自语，你觉得这是好呢，还是不好呢？算了，当我没问。直到车停，她一只脚跨出去，才说，我想什么说什么完全不重要，做东西的人，最重要的东西不用说。明白了，也就结束了，剩下的就是信。信的路最难，最长，没有尽头。谢谢你带我一程。开得一直挺稳。

2031年，真境被收购前，出了三条新闻。第一条是商业火星旅行的价格降至千万美元级别，创始人称发达经济体的上中产阶级可选择出售房产支付费用。第二条是脑机接口行业在近两年迅速成长，投资比跃增第一，国家将从政策资金上全面支持，规划成为全球主要创新中心。第三条是多部委联合发文，规范引导混合现实内容行业，连起来读，未来呼之欲出。一年前，我在董事会上建议，削减下一代规划的传感贴片等硬件项目，专注于感官数据收集，应用场景开发，再次押中，却没有当年的兴奋感。到了这个年纪，我有点儿明白，大多数所谓的机运，其实是登高望远，位置交换时间，赌博不过是爬山，更关乎体力与路径，还有常被忽略的起点，而非偶然性，更非天才与决心。收购完成后，母公司宣布，全面整合真境的感官数据与原有用户画像，混合现实场景与社交、电商、文娱平台，立足真境中国，打造真境世界。对大部分人来说，工作并没有什么变化。颜菲不再担任具体职务，仍是高级顾问，有一间转角办公室，天气好时，可以看到西山的影子映在玻璃上，那是一种近乎透明的蓝色。有时我路过，看她仍在修改数据与代码，但几年间没有项目报告，不知道在做什么。

收购激励第一次行权后，我托朋友在千岛湖附近找了个地方，四面环山，按古法建了几间清水泥加原木的房子，竹林深静，只在晨昏有密集的鸟鸣，像雨滴敲打房顶，出门看时，却不见踪影。湖中特产一种花鲢，挤成乒乓球大的圆子推在汤里，肥白荡漾，吃过的人都说，这么好的地方，想长住，不过和我猜的一样，没人能待超过两晚。颜菲也去了几次，我请她题个字挂在门厅，她挥笔写，樊笼里。我说，太不给面子了吧，不就是没有信号。她问，笼子就一定不好么？我说，见过那俩绿虎皮。她问，鹦鹉是能飞重要，还是学说话重要？我想说是飞，刚张嘴，又觉得不太对。她笑了，说，你们都太聪明，不知道有些问题只有笨回答，愚公移山，精卫填海，能想出这些办法的，不是傻子就是女人。不能飞，那就将天地也装进笼里啊。我问，更大的就更好么？她说，能好一点儿也是好，也可能完全错了，不过那是以后的事了。再说，还有什么别的办法吗？

十、颜菲

究竟从什么时候开始，笼子成了我生命的一部分？或者从什么时候开始，我意识到了笼子的存在？也许比我以为的更早。最早的记忆，并非来源于视觉，而是听觉，是临睡前讲故事的声音，我是那么渴望声音，以至于他们很早就耗尽了想象，不得不翻来覆去地念为数不多的几本画书。我在幼年时显露的唯一天赋，便是在来客时表演阅读，我可以一字不差地“念”出书上的故事，却认不出任何一个单独的字。因为对声音和记忆的依赖，我的读与写都慢于常人，第一次学写字，领回作业，看到练习簿上红笔写的“9.7”，沾沾自喜，回家之后，才知道那是日期，真正的分数，是我不认识的那个“差”字。妈妈教我书法，希望字迹如同面容，至少不要成为障碍，而我常常边练字边哭，因为柔软的笔尖是如此难以掌控，完全写不出我想要的样子。当我终于能自如地阅读书写时，束缚又变成了英语单词，变成了数学公式，变成了一切挡在我和本质之间的东西。我曾经以为生活的意义在于不断地学习、体验、掌控，从一种语言到另一种语言，从一种形式到另一种形式，目的是为了穿透，直抵外壳之下，但外壳无穷无尽，更可怕的是，每理解一种，它也就粘在了我的身上，成了我的鳞片，我的外壳。我对世界的了解越多，对他人的体会越深，就越无法用一种天真的，只属于自己的语言创造。鳞片渐多，外壳渐厚，当自以为包罗万象的时候，我已成了自己的囚笼。

有没有不存在隔阂的世界，有没有不会成为特权的语言？曾经有答案。曾经有人认为，知识的流动是天赋人权，应像呼吸一样自然，因此放弃了专利，他被称为互联网之父。二十多年后，知识的分发成为新的特权，另一个人反抗，上吊而死，他被称为互联网之子。那是二十年前。之后，那世界就和人曾建起的无数世界一样，从云端坠落，成为泥泞中又一座高墙林立的城。人用语言筑墙。每一个词语和每一次沉默都变成砖块时，只能弃城而亡。真境不再盲信所见，而是加入多重感官，不再认为大脑主宰认知，而是重视身体经验。我相信感知比语言更能抵达灵魂本质，但当我真的以她的感官去体验，被窒息，被焚烧时，意识消失了，一片空白。我披上她的衣服，她进入我的内部，但笼子是空的。

信的路越往前，越窄，也越暗。在少有人走的幽深处等着的，究竟是什么？还是说，已经有人从各种路径到达过，知晓过，但由于某种巨大的，可以撕碎一切的东西，不能说也不敢说？知识被赐予，感受被模拟，我对她说过，最后属于自己的，是愿望，我没告诉她的是，愿望和所有想象一样，都源于记忆。真境里，记忆是锚点也是禁区，可记忆就更真实牢固么？真与假有什么差别？我记得许多虚构场景，都如同切身体验过，而另一些图景一闪而过，即使看过，听过，流泪过，还是会因为恐惧或抗拒而怀疑，有过这回事么？妈妈相信记忆，为了重现一些记忆，脖颈深深弯下去，付出另一些记忆，宏大的，微小的，梦幻的，现实的，在没有尽头的迷雾里，她后悔了么？我问过她，但她已说不出完整的词语，只能吐唾沫，和婴儿一样，在最想说的时候，下巴永远泛着光，涎水如蛛丝挂在胸口上。后来，她不再出声，也不能躺下，嘴唇和指甲透出紫黑色，像身体里有一瓶墨水打翻了，渗进皮肉里。她仍活着，但忘了呼吸，忘了时间本身，能感觉到每时每刻，也只能感觉到每时每刻，无休无止冲入感官的碎片与噪声。她变成了一个个切片中的离散存在。我只能相信那个完整的，连续的她仍以一种稀释的状态活在我的身体里，她的愤怒、坚持和欲言又止，骑车带我时耸动的肩胛骨，湿透衬衣下凸起的肩带和温热的背部。当原本的知觉记忆从身体里消失，存在于我身体里的，不断闪现的她的视角的副本，是否才是真正的她？她看着窗台时，在想什么？我有权力么？

十一、李如山

2034年九月上旬的一天，晚上十一点左右，我接到一个连接请求：**李如山你好，要事，盼复。**ID：**昔文山人**。信息是中文。

结婚后我搬离了市区，和太太住在近郊，战前风格的联排别墅区，树荫浓密，晚九点后只有遛狗人出行，到火车站的距离和学区评分都恰到好处，有一两家中餐外卖店，只有店名是中文。太太是在一次会议上认识的同行，韩裔，每周末去教堂，喜欢加州卷和湖南牛，更多的时候我们吃烤三文鱼、芦笋、通心粉沙拉，健康，明确，没有争议。我转动眼球，视网膜投影上的汉字失焦又对焦，昔文？山人？人山？什么人会用这个ID？

我轻眨三次眼，一个男人出现，身形瘦长，留背头，向我伸出手来，李如山你好。我没伸手，问，你怎么知道我是李如山？他笑了，说，Russell Lee，李如山，李博士。找人咱们是专业的，不输中情局。我问，你是真境的人？颜菲让你来的？他不再笑，盯了我一会儿，目光极犀利，像三维扫描仪，试图通过外在挖出我的本质，再加以转化利用。他说，李博士，尽管第一次见，但我们的共同点可能比你想得多。这件事虽然不是颜菲所托，不过如果你信，我叫韩濯。

按照韩濯的说法，事情不算复杂。颜菲在2034年8月30日最后一次出现在办公室，之后数字币与文明码均无记录，处理得很干净，似乎早有准备。我问，找人你不是专业的？韩濯真人比化身老一点儿，头发没吹，潦草地塌在额头上。他说，两点。第一点，因为专业，知道什么人能找。我说，没有交易记录，她走不了太远。接入就能定位，除非在信号静默区？北京附近，也没有大型射电望远镜吧？

他又盯了我一会儿。我感觉到，他阅读人，就像我阅读文字、图像或公式一样。他说，没有。你不是北京人吧？我说，在海淀上过四年大学。然后就出国了。他点点头，说，第二点，请你来，不是找人。她没留下消息，但一直在工作。三年来没断过。唯一一次例外，是她妈走那天。我看看他，又环视四周，办公室很空，除了工作站和云台投影仪外，只有一幅黑白版画，埃舍尔的《天与水》。我问，这是她的？他说，我买的。

我点点头，说，有人讲过，在图书馆藏本书，就像在森林里藏片叶子。真境的代码规模总有一百亿？他说，一百七十五亿。内部安全部门的头儿跟我关系不错，上面暂时不会注意到。我问，那你为什么还要找？他往视域里推送了一个界面。开发界面仍和以前一样，黑色屏幕上闪动绿色字符。他说，八位字符密码，强度等级极高，她没用生物信息加密，可能是没来得及，也可能是别的。

我靠上椅背，伸直腿，转了半圈。天刚擦黑，窗外有轻柔的蜂鸣。真境的整合进度比墨菲斯快得多，联邦空管局还在论证立法时，北京高楼里的人们已经习惯从无人机上取咖啡。相似的速度差体现在很多方面，我想起读博时导师去过一趟松江的神经所，回来感叹，他们竟然真有一万只猴子，其时，我正因两只猴子的数据差异伤透脑筋，但由于动物保护组织的抗议无法得到更多。问题本身的确不算复杂。

我问，我怎么信你？他又笑了，说，你已经在这儿了。你信的不是我，是她。是你自己。此人五官大，笑起来表情夸张，因为陡然变丑而极有感染力，我感觉自己似乎在用颜菲的视角看他。智者、公主还是巨龙？这问题难以回答，只能从简单的入手。

我说，八位字符密码，强度极高。他说，是。我说，意味着混合大小写字母，数字与常用标点符号。他说，是。我说，也意味着不是任何语言里的现成词语，将字母简单转写为数字或符号也不行。他说，是。我说，也意味着不是个人信息，名字、生日、ID。他说，是。有想法了？我说，形式本身已经包含很多信息了。他问，你们搞科研的都这样？无中生有？被苹果砸到就万有引力？我说，那叫抽象。也可以理解为一个逆向的比喻。他问，内容呢？她想说什么？我说，这要问你了。他站起来，走来走去，衣服？身体？感官？记忆？圆明园？火？鸟笼？鹦鹉？你们知识分子真他妈的麻烦。

时间一分一秒过去，没有头绪。我接入真境，四处游荡，模糊地意识到游荡可能开始于许多年前，从未真正结束过。渴望与恐惧规划出名为理性的路径，但命运往往更接近梦境。我在漫无边际的行走中接近了汉白玉水法，七层水帘重叠，红铜鹿角涌出八道喷泉，没能在教堂上完成的想象，在园林间以全然不同的形式展开。我想起她说过，到最后，技艺与信念还是变成了工具，你说，在建西洋楼时，传教士后悔了么？幽暗中有些微亮光，我慢慢靠近，池底的细小阴文刻着一段段经文，破碎的反光闪烁在水面上。

我切回开发界面，查了查，试了几次，写下字符串，1Cor6:19。界面渐渐亮起来。韩濯盯着我，什么意思？我说，一句经。身体只是圣灵的宫殿，并不只属于你自己。他伸手过来，拍了拍我的肩膀说，可惜了啊哥们。

十二、韩濯

李如山这人有点儿意思，反应快，话不多，耐琢磨，看不出情绪，像人工智能，倒让事情容易了些。颜菲的事我有感觉，其实她一直没怎么变，到了某个位置，没变化的人往往弄出大动静。以前总想着到了山顶，什么事儿都该清清楚楚，但现在不确定，糊涂和明白一起增长，快到四十，反而返老还童，一无所知。我觉得问题还是在知识，但很多有知识的人在我看来很蠢，让他们的知识也没那么可信，能让我信的人不多，可以说是日渐稀少，但我还是赌了一把。如今能赌的机会越来越少，小散户面对庄家没什么翻盘可能，这一把也许就是最后一把，至少我的运气一直不差。我觉得，颜菲可能也是这么想的。

她做的事不复杂，备份。真境基于真实世界构建虚拟环境，通过脑机接口提取感官信息构建化身，人和环境的交互其实是化身和环境的交互，一人一件，接入穿上，登出脱下。她把这些代表感受模式的数据体匿名化后备份，混淆在海量环境数据中，没有语言，没有规则，只有一个个身体与环境的交互模式，在真境里以无法描述的形式游荡，总共三十万个。信息很简单，没头没尾，最后留了个对子，像绕口令，假作真时真亦假，无为有处有还无。我看了一会儿，没想明白，李如山说，时间差不多了，删了吧。

我回头，他没看我，转椅朝着窗户外面，睫毛很密，半闭着盖住眼睛。我问，什么意思？他说，大观园，园子里要有人。我琢磨了一会儿，好像明白了一点儿，又觉得不太对，问，这就是了？那思维、记忆呢？他说，可以忘的，也可以学，他们有时间，可能比我们还多。我问，那至少得有意识吧？一个人身子里有一个，这算什么？大锅粥？

他转过来，抬起眼睛，说，笼子里有鸟，打开笼子，它绕着树飞，就不是鸟了么？这么说也不准确，其实可能根本就没有鸟，只有在视网膜上停留的运动轨迹，让人想象出鸟的样子。人为了活下去，能想象出很多东西。

我站起身，打开窗户。秋夜，天高气爽，无人机群的光点在楼群间盘旋，聚拢，散开，远处是城市参差不齐的边缘，更远的地方，流动的光幕勾出山脉的轮廓，真境里的北京，能看见西山。我问，这些有多少是已经证实的，多少是你想的，多少是你觉得的她想的？他摇摇头，好像说话脱了力。我拉开颜菲的抽屉，又翻了一遍，找到盒烟，她抽一种苏打爆珠，我嫌淡，一直没抽过。我塞了一根给李如山，他攥在手里。我捏碎，吸了一口，挺凉，玻璃杯里冰块配汽水。

我说，要是我选择信，就是说，“我”可能也是假的？

他说，是想象。有真实的部分。但很难分出来。

我说，像是故事。

他说，可能吧。

我问，故事只属于编故事的人么？

他说，我不知道，可能也属于讲故事的人，听故事的人。

我说，人也差不多。

他说，也许吧。可能建筑师一直活在建筑里，写作者一直活在文字里，每一次都被下载到新的神经网络里复活。

我问，没有作品呢？

他说，交谈、经历、理解、回忆，萍水相逢，至亲至爱，感同身受。浓度可能不一样，但可能早就渗透了不同的身体。只是没什么人这么想过。这问题太深，我真的不知道，没人知道。

我说，我觉得她知道。我信。如果你也信，那她的很大一部分，就还在这儿。

我转向他，伸开双臂，北方秋夜的风吹胀我的衬衣，透过T恤灌进我的身体，我觉得自己像刚刚跃出水面，凉爽，光滑，紧绷，急着抖落水滴。我看见他转过身，背后是银河似的城市光海。我们从银河的边缘离开，一步一步，缓缓退入更深的黑暗里。

文 / 里奇 · 拉尔森[①]
译 / 崔龚荣秀

冰

塞奇威克用他的电脑黑掉了弗莱彻的闹钟，但当他半夜从床上爬起来的时候，他弟弟早就醒来等他了——他那改造过的双眼在黑暗中发出幽幽的绿光。

“我没想到你真打算干。”弗莱彻犹豫地咧嘴笑着。

“我当然要去。”塞奇威克干脆地说。几个月来他一直挂着一副冰山脸。“如果你要来，就穿衣服。”

弗莱彻脸上的微笑又换成了平时愁云惨淡的表情。他们沉默地

①里奇 · 拉尔森（Rich Larson），出生于尼日尔的加拿大科幻作家，曾在西班牙和捷克共和国生活，其小说已被翻译成十几种语言，其中包括波兰语、法语、罗马尼亚语和日语。本篇作品《冰》曾收录于《克拉克世界》杂志，后被改编为动画《爱、死亡、机器人》中的一集。

穿上保暖衣、戴上手套、套上雪地靴，像两块滑动拼图一样小心翼翼地在屋里移动，尽量避免和对方出现在同一个空间。除了用毯子闷死弗莱彻之外，实在没有别的方法阻止弗莱彻，要不塞奇威克早就动手了。可惜弗莱彻已经十四岁了，个头比他小不了多少，而且他那双改造过的金属臂膀和装甲机一样强壮。威胁他可讨不了好。

一切准备就绪。塞奇威克打头阵，两人经过父母的卧室来到前厅。他们在前厅录了塞奇威克的大拇指信息，以此来补偿他再度被迫离开朋友，被丢进这操蛋的、冰天雪地的殖民世界，还成了数百万光年范围里唯一未经改造的十六岁少年的事情。他们说他已经赢得了他们的信赖，却又没有指明这信赖缘何而来。弗莱彻当然是不用赢得的，他自己就能保护自己。

塞奇威克习惯性地清除了出门记录，接着他们便迈出冒着寒气的门厅，在更彻骨的寒意中沿着街道向上走。头顶上圆弧形的天幕正是夜空的模样：墨蓝底色上悬着一轮巨大的月亮图画，坑坑洼洼的表面发出皎洁的光芒。和塞奇威克一家不同，新格陵兰居民从来没见过真实的地球夜晚。

他们沉默地沿着一排房屋走下去，靴子在霜雪上印下痕迹。一台正在装载发光的蓝色冷却剂的自动清洁器在他们路过时狐疑地停下来瞥了一眼，又接着继续干活。弗莱彻溜到它身后佯装要把它拖走，这举动本可以逗得塞奇威克哈哈大笑，只可惜现在他学会了把自己武装得像黑洞一样，把一切情感都咽进肚子里。

“别捣乱，”他说，“它会扫描你的。”

“我不在乎。”说着，弗莱彻骄傲地耸耸肩——他最近总是这样，让塞奇威克相信他是真的不在乎。

甲烷收集器停止了运转，这意味着工作人员还在殖民区逗留，在多巴胺酒吧和舞厅进进出出。他们都是同一种改造基因的产物：

橡胶似的乳白皮肤，可以自行生成维生素；还有早已习惯了黑暗环境的深黑色眼珠。几个人瘫倒在马路边，被打进血管的某种玩意儿搞得神志不清。塞奇威克和弗莱彻路过时，他们嘴里嘟囔着：外人，外星人。还有一个人慢了几拍才大喊了一句“你好”。

“走快点。”弗莱彻说。

“什么?”

“跑起来，”弗莱彻搓着胳膊，“太冷了。”

“请便。”塞奇威克带着一丝讽刺。

“随便吧。”

他们继续往前走。除了酒吧闪烁的各种全息影像外，由生物材料和复合材料打造的上街空空荡荡的，下街也没什么区别，只是多了一些隔几分钟就往外喷气的维修隧道。

当初塞奇威克只花了一天就从殖民地的这头跑到了那头，然后总结说，除了那块橄榄球场之外，没什么值得自己花时间的地方。他在那里遇到的当地人踢球线路不同，球也很重，还带着改造人的凶猛准头。塞奇威克清楚自己很快就会跟不上他们的节奏，当地人也用他们那生硬的通用语多少表示了赞同。

殖民地外的情形则截然不同。正因为这样，塞奇威克才会在凌晨两点十三偷摸爬下床，和弗莱彻走在一处以非法的酸性黄全息图标记的未封锁出口。今夜，霜鲸会跃身而出。

塞奇威克前一周比赛中遇到的小伙子，有好些都等在出口隧道这里。他们懒散地蹲在闪烁的荧光屏下，轮流递着电子烟。他已经把他们的姓名和长相都写进文档记了下来。作为新人，塞奇威克并非头一次当新人，他已经掌握其中关窍了。

有个老大，让谁入队全凭喜恶。老二通常喜爱争风吃醋，老三一般什么都不在意。其余的炮灰们会根据前三者的态度，在和人打成一片到把人打倒一片之间游移不定。最后是边缘化的队友，他要么挤在人堆里，希望能捞到个尚不清楚他地位的朋友；要么就因为害怕被取代而保持沉默。

不过眼下很难分清谁是谁，因为每个人都被改造过，又没人讲得好通用语。他们看到塞奇威克时，就跳下墙猛冲过来，用奇怪的节奏跟塞奇威克断断续续地握手，让他完全抓不准时机。懒洋洋的高个子佩特罗头一个上前，尽管他只是因为挨得最近，而非真的在意。奥克索眨着黑色的眼睛表示认可。布鲁姆壮实得像块砖，发出怒吼般的笑声。另一个奥克索的下巴上镶着再生植入物，他一言不发，也不知道是这植入物的关系或是别的什么原因。

安东是最后一个，也是塞奇威克认为的老大。他握住他的手，时间比别人略久些，然后咧着嘴露出一口健康的大白牙。

“嚯，外人，你今天早上可好。”他的目光越过塞奇威克肩头，挑了挑眉毛，“这谁?”

“弗莱彻。”塞奇威克说，“我弟弟。要拿他喂霜鲸。”

“你兄弟么?”

弗莱彻把纤长的双手塞进保暖衣兜，迎上了安东的目光。塞奇威克和他的兄弟的皮肤都微微带着些后人种[①]的黑色，都有一头黝黑的头发，此外再无相同之处。塞奇威克一直身量瘦小、骨骼纤细，胸膛和臂膀都是在重力健身房里以克为单位练出来的肌肉，略微凹陷的双眼下是他自己讨厌的鹰钩鼻。

弗莱彻则是宽肩窄臀，身上每一寸都是精壮的腱子肉。塞奇威克知道，过不了多久他会长得更高。现在他的脸蛋已经褪去了婴儿肥，看上去棱角分明：笔挺的颧骨，俊朗的下颌线。他的双眼在昏

① 表示不再存在种族主义、种族歧视等问题。

暗的隧道里反着光，像发光的猫眼。

塞奇威克感到自己的耳朵尖在发热，因为安东正用目光轮番打量他们兄弟俩。他目光里的含义不言而喻，包含着一个人人都有的疑惑，如果他被改造过，你为什么没有？

“所以，它们有多大？”弗莱彻脸上又挂起了笑容，“那些霜鲸。”

“很大。”安东说，“阔戈拉梅阔普纠。”他指着奥克索镶着植入物的下巴，打响指示意他开腔。

“很他妈的大。”奥克索含糊不清地回应道。

“很他妈的大。”安东道。

刚迈出隧道，寒意立刻钻透了塞奇威克的骨头。头顶上的天空是一片虚无，比任何全息图都要广阔、黑暗。一望无际的冰面向四面八方铺散去，黑暗中只有正在运转的甲烷收集器发出微弱的灯光，犹如针脚般把黑暗与冰面缝合起来。

布鲁姆取来一盏便携提灯递给安东，让他把它粘在外套兜帽上。灯光沿着他的脑袋弯成弧形，发出病态的绿光。塞奇威克感觉到弗莱彻正看着自己，目光也许有几分局促，因为他们从没在夜间踏出过殖民地；也可能有点不可一世，没准他又准备搞出点什么祸及塞奇威克的事情出来。

“好了。”安东道，一边享受地长吐出一口气。他的声音在静止的空气中听起来空空荡荡：“Benga。Benga。好了，行动吧。”

“好的。”塞奇威克道，试图挤出点洒脱的微笑，“Benga。”

布鲁姆又迸发出那怒号一般的笑声，接着拍了拍他的肩膀，一群人往冰面走去。塞奇威克的橡胶靴底凹凸不平而且防滑能力极强，因此他可以在冰面保持平衡；衣服里的加热线圈已经低声吱吱作响，但就算如此，每次呼吸都还是冷得他喉咙刺痛。弗莱彻比大部分人都慢了半步。塞奇威克努力遏制住自己回头看的冲动，他知道自己会看到一个漠不关心、好像在说“你看什么看”的冷笑。

想到这里，他觉得本该在弗莱彻的牛奶杯里下点父母的安眠药。只要三片小药片就足以撂倒他改造过的身躯，那样他就不会像尾巴一样跟着他了。再往前想想，他真不该在弗莱彻能听到的地方跟安东和佩特罗聊霜鲸的事。

脚下冰面的纹理开始变化，平滑的黑镜显出斑痕和裂纹，破碎后又再次冻结，他的靴子都差点卡在一块畸形的冰晶之中。

“好了，停。”安东双手高举。

塞奇威克看到，差不多一米远的前方，一座矮胖的指示铁塔沉在冰里。正当他凝神细看时，铁塔顶端亮起酸黄色的光。佩特罗掏出电子烟，其他人也围上来等着来一口。安东一只臂膀拥着塞奇威克，另一只臂膀环着弗莱彻。

“Benga, aki den glaso extrobengan minke。”他说。

这一串话和塞奇威克学过的所有语言都不一样。

安东看了一眼下巴有植入物的奥克索，他正弯腰吸烟，嘴唇被染成了紫色。“这儿。”安东反复道，越过塔尖指向远方，“这儿，霜鲸一跃而出。”

他说的时候面带微笑，塞奇威克看出这是他吃了兴奋剂的原因。他本以为他们顶多只是抽点大麻之类的，现在看来这个想法真是非常天真。这可是新他妈的格陵兰，他这才知道这帮小子已经烂到底了。

只有一个方法来搞明白了。塞奇威克指指烟管。“让我来点儿。”

佩特罗缓缓地冲他鼓掌，也不知道是讽刺还是鼓励。也许是因为弗莱彻在看着他，于是他尽可能让刺鼻的烟雾在肺部多停留了一下。他只是有一点头晕，但这足以让他错过植入下巴的奥克索在跟他说的话了。

“……是那片区域。”奥克索从他松了劲儿的手中抽过烟枪继续递下去，“看。看那儿，看那儿，看那儿。”他指着。塞奇威克看到远处亮着数座铁塔。“他妈的很危险，知道吗？在那片区域里，霜鲸为了呼吸破冰而出。而为了破冰，霜鲸会撞击冰面七次。记清楚，七次。”

“至少七次。”另一个奥克索插嘴道。安东掰着戴手套的手指大声数着数。

“明白。”弗莱彻喃喃道。

“所以，所以，所以，”植入下巴的奥克索道，“只要霜鲸撞击第一下，我们就冲。”

“还以为你们会一直待这儿呢。”塞奇威克只听进去了一半。他的脚指头一根一根地被冻到失去了知觉。

数到二十的时候，安东忽地拉回了谈话：“我们走，外人。”他容光焕发，“你跑。你跑。我跑。他跑。他跑。他跑。他跑。他跑。这儿……”他踢了铁塔一脚，铁塔“咣当”一声钝响。“到这儿！”

塞奇威克顺着安东手指的指引看去，冰面斑驳，他只能勉强看到对面铁塔发出的黄色光芒。他的心一沉。塞奇威克看向他弟弟，有那么一瞬间，弗莱彻看起来还是小时候的样子。然而，接着他的嘴角挂起了微笑，改造过的眼中闪着光芒。

“好的，”他说，“我准备好了。”

塞奇威克差点就脱口而出“你他妈才没有”或者“我们要回家了”或者别的骂人的话。他把它们憋在肚子里，转向安东，然后耸耸肩。

"Benga,"他说,"我们走。"

大家又开始一轮握手,欢呼雀跃地欢迎新成员。弗莱彻第一次伸出手来。等到电子烟转完最后一圈,塞奇威克把它紧紧攥在手里。他盯着远处的冰面,试着让自己不要颤抖。

塞奇威克知道弗莱彻速度比自己快。在他十二岁、弟弟十岁的时候,他就已经很清楚这一点。他们曾在地球浅灰色的沙滩上赛跑。冷冽的浓雾,没有观众。弗莱彻在最后三分之一时后来居上,他带着高亢、清晰,还有一丝难以置信的笑声从他身边蹿了过去。塞奇威克故意放慢脚步让了他,毕竟有时候让小兄弟赢一把也不是坏事。

塞奇威克沉浸在记忆里,过了一阵才注意到冰面呈现出的惨绿并非安东灯筒照射所致。有什么东西从冰面下方亮了起来。他盯着自己靴子中间,突然感到肠子纠缠成了一团。厚厚的冰层下,一个正在移动的暗影被斑驳的冰面扭曲了形状。他记得霜鲸依靠生物发光定位,他还记得这甲烷海比地球上的任何一个大洋都更深邃。

每个人都拉紧保暖衣、套上手套,排成了一条弯弯曲曲的竖线。塞奇威克发现自己几乎站在队伍最末端,弗莱彻在他身边。

安东手舞足蹈地来到队伍最后检查每个人的靴子。"抓地。"他一边说,一边做了握爪的动作。

塞奇威克伸出一只手搭在布鲁姆肩上保持平衡,然后轮番展示鞋底。他下意识地倾斜身子想帮助弗莱彻,但他弟弟却视若无睹,又稳又准地抬起每一只脚,纹丝不动。塞奇威克和往常一样讨厌他。他死死地盯着远处的尖塔,想象那是雨后灰蒙蒙的海边码头的第一根缆柱。

在他脚下,鬼魅般的绿光黯淡下去,他们又被抛在了黑暗中。

塞奇威克疑惑地看向下巴带植入物的奥克索。

“它们先看冰层，”奥克索搓着双手，含糊不清地说，“它们在找冰层薄的地方。然后下潜，增加冲击力。然后，一个接一个……”

“冲上来。”塞奇威克猜。

说着，那绿光再次出现，势头无比迅猛。塞奇威克深吸一口气开始冲刺，四肢上下翻飞，仿佛要绞在一起。他脑海中闪过一幅画面：霜鲸势如破竹地冲上来，猛烈摇摆的尾鳍是血肉引擎的驱动，裹在层层叠叠如蚕茧般的气泡中飞驰。被猛烈撞击所震动的不只冰面，还有塞奇威克的牙关。他脑子里只有一个念头：跑。

不到一秒，塞奇威克就冲到了队伍前方，像吊着索一般飞过冰面。第二次撞击差点把他的腿给撞飞，他踉跄地打滑，勉强保持住平衡。就在这一瞬间，佩特罗超过了他，接着是安东，奥克索，和奥克索，布鲁姆，最后是弗莱彻。

塞奇威克用尽全力保持速度。此刻冰面伤痕累累，到处都是甲烷造成的瘢痕、冰脊或是冻住的涟漪，但其他人却像水银一样，每一步都能找到完美落脚处，然后悄无声息地滑过冰面。改造人、改造人、改造人。这个词在脑袋里突突直跳，玻璃碴似的空气大口大口灌进嘴里。

绿光再次闪亮，他绷直了身子迎接霜鲸的第三次撞击。冰面猛烈颠簸，但他步履不停，甚至比奥克索快了半步。他前方的比赛已经变得轻松了起来：布鲁姆宽阔的肩膀，安东向后仰的脑袋，还有从瘦高个儿佩特罗身边滑过、名列前茅的弗莱彻。塞奇威克感到滚烫的绝望搅弄着自己的喉管。

他抬眼看向指示铁塔，发现距离已经过半。现在打头阵的是弗莱彻，他不再大笑，只是迈着轻快的大步，仿佛在说“我能一直跑”。接着，他扭头看了一眼。塞奇威克也不知道他在看什么；就在这时，他被冰缝绊住，狠狠地摔在了冰面上。

塞奇威克看着其他人从他身上越过。安东在路过时停下顺手拽了弗莱彻一把：“Benga，benga，外人！”

第四次撞击，令人牙酸的崩裂声。所有人都超过了弗莱彻，塞奇威克距离他也只剩几步。弗莱彻此刻只能蹒跚前行，塞奇威克马上明白他崴到了脚。他改造过的双眼睁得很大：“塞奇。”

这正是塞奇威克在夜里疯狂期待的场景——医生从未把弗莱彻从改造皿中拉出来，弗莱彻的茧舱在前往新格陵兰的运输途中出了意外——这些场景霎时间支离破碎。他把弗莱彻甩到自己背上——他们小时候曾经常这样——忍着肺部剧痛，跌跌撞撞往前跑。

第五次撞击，塞奇威克的牙齿狠狠地撞在一起，冰面遽然开裂。他只能尽快找回平衡，继续摇摇晃晃往前跑。弗莱彻紧紧地贴在他背上。远处的铁塔附近，其他人冲到了终点，就在前方十几米的地方兴奋地欢呼着。除此之外没有任何行动。

第六次撞击像是要把世界给撕裂，而他们似乎全背过了身。霜鲸一跃而出。塞奇威克被碎冰风暴裹着抛到了半空。他感到自己胸腔在尖叫，但他却听不到，耳边只剩下震耳欲聋的炸裂声响。弗莱彻身体的不知哪个部位在半空中撞到了他。

摔在冰面上之后，他摆脱了那股狂风，天旋地转的视线也从无边无际的黑色夜空切换到飞速旋转的冰漩涡。紧接着，从冰冷刺骨的甲烷海中，一个庞然大物伴着冰晶和水汽凌空而起——是霜鲸。它那铁灰色的骨质脑袋比一辆公交车还大，身上隆起的脓疱如辐射般映出浅绿色的光芒。

裂缝如蛛网般在冰面上蔓延，接着冰面坍塌下去，塞奇威克斜着身子逐渐滑落。他收回目光，不再盯着着铁塔般的霜鲸，随即看到弗莱彻躺在他身边，就像燃烧着的石灰石上的一道黑色影子。他嘴唇一张一合，塞奇威克却读不懂他在说什么。接着，一双戴手套的手拉住了他们，沿着破碎的冰面拖开了他们。

等奥克索和奥克索确认所有人都跨过指示铁塔之后，大家从冰面爬了起来。塞奇威克仍然趴着一动不动，静静等待自己的心跳恢复正常。

“有时候六次。”安东蹲在他身边，神情有些许窘迫。

“去死吧。”弗莱彻沙哑的声音从不远处传来，塞奇威克一时脱力，呛出了一口颤抖的笑声。

他们兴高采烈地冲回家去，一路上都沉浸在这些新格陵兰人冲锋枪似的谈话中——他们似乎仍在回想塞奇威克和弗莱彻命悬一线时的场景。到了生活区，两人跟其他所有人握手告别，接着便从喋喋不休的人群中溜了出来。

塞奇威克因肾上腺素的刺激而仍旧带着笑容。他和弗莱彻溜过前厅，蹑手蹑脚地回到他们暂时同住的房间，低声讨论霜鲸，讨论它的大小，还有它们浮出水面、将大量冷空气吸进满是血管的巨大囊袋的场景。

塞奇威克滔滔不绝，哪怕他们打住话头爬上床以后，气氛也与往日截然不同。更柔和了。

他盯着生物混凝土建造的天花板，突然意识到弗莱彻在回来的路上瘸的是另一条腿。他猛地坐起来，觉得难以置信。

“你装的。”

“什么？”弗莱彻翻了个身背对他，细长的手指在墙壁上划来划去。

“你假装的。”塞奇威克又说了，“你的脚踝。”

弗莱彻的手指离开了墙面：漫长的沉默足以证明一切了。

塞奇威克脸颊发烫。他本以为自己终于做了件了不起的事，了不起到足以让他在两人所处的、甭管什么样的平衡之间处于强势地位。然而，事实却是弗莱彻在同情他。不，还不止。弗莱彻采取了行动。无论他那改造过的脑袋里最初飘过的究竟是什么打算，他操纵了他。

“我们可能都会死。”塞奇威克说。

弗莱彻依旧背对着他，照旧骄傲地耸耸肩，塞奇威克感到从前熟悉的怒火在舔舐他的皮肤。

“你觉得那是什么游戏吗？”他吼道，“那是真的。你可能把我们两个都搞死。你觉得你无所不能，是不是？你就是觉得自己什么都能做，你他妈什么都搞得定，因为你被改造过。”

弗莱彻的肩膀僵了僵。“真有你的。”他干巴巴道。

“什么？”塞奇威克呵斥道，“什么真有你的？”

“你说的话，可真有你的。”弗莱彻对着墙壁，“有个改造过的兄弟让你丢人了。你想要和你一样的。”

塞奇威克一时语塞，然后笑了起来。“是啊，也许吧。”他喉咙干痛，“你知道看到你是什么感觉吗？看到你总是比我强？”

“又不是我的错。”

“他们告诉我你会变得更好的时候，我才六岁。”塞奇威克说。他有一肚子话要说，这些都是他独自一人在深夜才会说的话，“他们用了别的词，但就是这个意思。妈妈没办法再养一个天生人，也没法去另一个需要被改造的星球，所以他们在培养皿里把你养大，就像做汉堡似的。你甚至都不是真的。”他呼吸中透着悲伤。“为什么在他们眼里，我就不够格，啊？为什么我他妈就不够格？”

“你混蛋。”弗莱彻的声音像支离破碎的石块，塞奇威克之前从来没有听到他说过这样的话，连类似的都没有。

他重重地躺回床上，想抓住在黑暗中四散逃逸的怒火，但羞耻感像一块石头似的压着他。静默中，时间一分一秒流逝。塞奇威克想：弗莱彻也许已经迷迷糊糊睡着了，也许他根本就没有在意。

啜泣声传来，却被枕头或胳膊努力闷着。塞奇威克好些年没有从他兄弟那里听到过这种声音了，此刻它就在他的胸腔里膨胀。他试图屏蔽这声音，试图找个理由解释。也许是弗莱彻脱了保暖衣被冻得牙关打战，也许弗莱彻在酝酿什么，另一个小动作，想在黑暗中挑起话头，已经摆好了架势准备吵架。

又或许，塞奇威克只需要去把手放在自己兄弟的身上，不管放在哪儿，就一切都会变好。他的心快要跳到嗓子眼儿了。或许吧。塞奇威克把脸埋进冰冷的枕头，决定等待第二声啜泣。它却迟迟没来。沉默在黑夜中逐渐凝滞成冰块。

塞奇威克紧紧闭上眼睛，他的双眼刺痛。直痛到心底。

文 / 爱丽丝 · 托韦[1]

译 / 罗妍莉

暗水仍流

绯红的秋叶随着秋风漂散在水面时，我曝气池[2]里的氮含量正在升高。

相对于一年中的这个季节而言，这阵秋风带着萧瑟的寒意，一般这时节，远阳的晚晖还会平添最后一抹炎夏的气息；看来，今年这个冬季将会漫长而寒冷。当我打开曝气机，准备迎接氧气给我的传感器带来的那阵令人兴奋的冲击，我想起了最钟爱的诗人塞伦 · 达的一节诗句：

①爱丽丝 · 托韦（Alice Towey），美国科幻作家、诗人。她的短篇小说常见于《阿西莫夫科幻》《炉边》和《深度魔法》等杂志。当她不写作时，她是一名从事水资源管理的土木工程师。

② 译者注：按照微生物特性设计的生化反应器，利用活性污泥法进行污水处理，常与沉淀池联合使用。

当你的船驶进日落时分
港口街道上铺满厚厚的红叶：
我梦见了春天。

氧气流入我池中，直至秋叶在一片咕嘟嘟冒泡的白沫中消失。这样就能把氮含量控制住了，但我还是不知为何会出现这么多问题。数十年来，我一直在处理扎文城送来的所有废水，几乎从未收到过投诉，但在过去这三个月里，我却接连遭遇了一系列的故障。一夜之间，我有好几台设备都失灵了，当时氮含量还未猛增。

就目前而言，我的所有进程都运转正常——我的过滤架沙沙作响，我的蒸煮器剧烈翻腾，净水从我的排水通道中流过，形成了道道漩涡。借助位于最南端的摄像头，我看到一只苍鹭落到潟湖边的一棵树上，弯起纤细的脖子，注视着富含营养物质的湖水，正在搜寻鳗鱼的踪迹。

“早上好，NEWT，”尼克希尔在我的控制室里喊道，“曝气池里头怎么回事？”

我把2%的处理能力转移到控制室的摄像头，看见尼克希尔把外套挂到了椅背上。他仔细端详着全息监视器，额头出现了皱纹。

“氮含量比正常水平高出20%，”我借助对讲机说，“我增大了氧合作用来加以补偿。”

“干得漂亮。”尼克希尔微微一笑，“咱们把进水泵的速度提高10%。而且我发现过滤器一夜之间就坏了。我要一份完整的报告。”

在尼克希尔的家族中，他是第三位担任水圣的人，前两任水圣分别是他的父亲和姑婆。他对细节格外关注，他回来值班让我如释重负。我一边描述夜间发生的事件，一边转移了小部分处理能力，看着一位初级圣者进入员工大楼，在她的办公桌前坐下。

“早上好，杰拉菲娜。”我通过她控制台上的扬声器柔声说，“你好吗?”

杰拉菲娜总是戴着传统的米亚兰手套和口罩，这属于文物，是百年前将她的族人驱赶到扎文城避祸的那场瘟疫留下的遗迹。今天，她的手套与深蓝色制服颇为相配，但裹在她脖颈上的围巾正好遮住嘴，却是醒目的紫罗兰色。“你好啊，NEWT，我挺好的。”她的双眼闪闪发亮。“早晨的天气可真冷。我发现这种情况越来越平常了。”

我增加了这部分处理能力，以便作答。控制室里，尼克希尔正在问我关于过滤系统的问题；外面的潟湖边上，那只苍鹭将脖子往后一缩，绷得紧紧的。“当寒冷的秋风真正吹起，估计你很快就会看到雪了。”

杰拉菲娜将拳头抵在嘴上，强忍着没有笑出声：“太棒了，NEWT！你变厉害了。”她冲着控制室的方向点头示意，“出什么事了吗?”

“恐怕是的。我的过滤系统在一夜之间反复堵塞，集水井也堵了。然后，今天早上，氮含量又突然增加。我还是担心过滤器。你能检查一下吗?”

“当然可以，我先登录。”有些事我需要圣者来做，而杰拉菲娜总是乐意帮忙。

“至少他不能因为氮含量飙升而责怪你。”她喃喃地说，声音低得我几乎听不见。

外面的潟湖上，苍鹭将头向前一甩，从水里叼起了一条鳗鱼。

●●·

假如我是人类，有些事就会好办些。

晚上独处时，处理能力有富余的时候，我喜欢把自己想象成人。我会想象出一个满头银发的女人，脸上被岁月刻下了笑纹，可以自由自在地在潟湖的小径上散步，也可以阅读自己挑选的书。

我喜欢书。我读过二十三本。偶尔会有圣者从市政图书馆系统下载一本书，存到我的服务器上，我便可以阅读了。读过的每本书我都保留了副本。大多数是小说或历史书，遗憾的是，没有一本是诗歌。

我期盼着能拥有一本完整的塞伦·达诗集。

当然了，我没有市政网络的连接权限。只有圣者才行。防火墙保护我免受恶意程序的伤害，这样的程序可能会破坏我的操作系统，或者让我对潟湖干出令人发指的事。我很感激防火墙。

●•·

杰拉菲娜在视察工厂，从我的进水泵站出发，循着水流往下游方向走，我一路跟随着她，从一个摄像头到另一个摄像头。她小小的身影沿着我的消毒通道向前走，蓝色的长大衣被风吹得飘飘荡荡，偶尔停下来检查一下仪器的情况。

在我的过滤大楼里，她仔细端详着架子上一排排嗡嗡作响的管道，然后在泵房里停了下来。“NEWT？”

“我在。”我从大楼的扩音器里答道。

她指着一个控制面板。“你知道这个泵为什么设置成了手动模式吗？”

我将画面放大，我没有找到任何人对其进行重置的记录。“我不知道。”

“唔。”杰拉菲娜在那个水泵旁边站了十五秒。

当她重新走进员工大楼时，尼克希尔从控制室里走了出来。

"杰拉菲娜。你上哪儿去了?"

她身形一僵,耸起了肩膀。"过滤大楼。NEWT说那边有点问题。"

"你应该先找我核实一下。"尼克希尔说,"你是初阶圣者。你的工作是为每日报告做数据汇编,而不是像流浪汉似的,在工厂里瞎溜达。"

她戴着手套的双手猛地攥成了拳头,呼吸急促起来;但她缓缓地深吸了一口气,将拳头松开。"那是当然,高阶圣者。我很抱歉。"

她回到办公桌前,僵硬地坐在椅子上,围巾上方的脸颊通红。她打开全息控制台,开始飞快地打字。

"尼克希尔有时候说话是很唐突,"我说,"但这只是因为他对工作太投入了。他们家族跟扎文城的公用事业机构已经合作了很长时间;我估计,他是觉得自己需要把这份遗产传承下去。"

她摇了摇头。"这一点我并不怀疑。可他刚才说的那话——他管我叫流浪汉。你明不明白,对一个米亚兰人来说,这样的称呼有多无礼?"

我想不出该怎么回答。杰拉菲娜是我遇到的第一个米亚兰人,但我知道她们面临着怎样的偏见。面对满面愁容地抵达扎文城港口的绝望难民,先代圣者是什么反应,我曾经亲眼见证过;下一代圣者是怎么讨论抗议活动和各种配额的,我曾经亲耳听到过。不过最近,我注意到,圣者们在休息室里啃着米亚兰糕点,或是哼着米亚兰民歌。我原本还希望,这说明这座城市正在朝兼容并包的方向发展。

尼克希尔关上了控制室的门。"NEWT?今天早上,杰拉菲娜有没有发现什么异常情况?"

她在操作全息控制台，我只能看见她的侧影。她修长的手指动作优美，但她偶尔会停顿一下，低头凝视自己戴着蓝手套的双手。我把过滤泵的事告诉了他："我不知道它怎么切换到了手动模式，不过，这就可以解释系统失灵的原因了。"

尼克希尔在他的控制台前坐下，一只脚轻轻敲着地板。"NEWT，我很担心你。"

"我吗，高阶圣者？"

"最近，我们遇到了无数的问题。我担心是你出了故障。"

我自认为一直在正常运作。"高阶圣者，我认为自己没出什么故障。"

他从摄像头前转过身去，仰头查看着全息监视器。"就算你出了问题，你可能也意识不到。一旦发现跟平时不同的情况，都要让我来鉴定一下。"

"没问题，高阶圣者。"

●•·

那天晚上，我的各项进程保持着舒适的稳定状态，虽然疾风从我体内吹过，却并没有搅乱我的池水。我听到外面的潟湖上传来一只水鸮怪异的低沉啼叫，我处理过的水域成了这么多生灵的家园，这让我洋洋自得。

尽管如此，我仍在不断回放与尼克希尔的那段对话。假如我真的出了故障，我是不是根本注意不到？或许我不能相信自己的判断——这个念头令人不安。我下定决心，要更好地监控自己，于是对我的所有进程启动了一系列的诊断。

一个长着翅膀的身影在潟湖上空飞翔。我用相距最近的摄像头将画面放大，虽然图像有些模糊，却依然美好：一只水鸮掠过月亮，在短暂的一瞬被明月映衬出剪影。假使我是个像塞伦·达那样的诗人，那我会写出一节诗，描绘它的羽翼那精致的曲线，它的爪子如何整齐地收拢，它的这份孤独如何让我联想起了自己。但我不是诗人；我把这个想法抛到一边，责备自己没有专注于工作。

●●·

杰拉菲娜在黎明的第一缕微光中到达。今天，她佩戴的黑手套和口罩采用了银丝装饰，勾勒出传统的米亚兰图案。她在休息室里准备了一大杯茶，然后在自己的办公桌前坐下。

“早上好，NEWT。”她注意到了桌边的摄像头发出的轻微呼呼声，“昨晚一切怎么样？”

“相当平静。我看见一只鸮飞到了天上。”

她笑了起来。“真的吗？又或者你只是为了跟我刚才的问话押韵？”

“真的！”我向她的控制台发送了一张静态图片。当她打开文件时，我发觉自己总能觉察到她的微笑，哪怕看不到她的嘴；她双颊提升，眼角漾出了细纹。

近阳初升，扎文城的人们醒来，开启了他们新的一天，我体内的水流随之渐增。杰拉菲娜在为每日报告进行数据汇编，我调整了水泵的速率，打开了通道。

她身体前倾，眯起眼睛，盯着控制台：“曝气池的出水泵是怎么回事？”

正常情况下，三台泵中总有两台在运转。九十分钟前还是这样。现在，这三台泵却都关闭了，水正在往曝气池和上游通道中回流。更糟糕的是，我的警报装置压根没有通报这个问题。我重新定位到相距不远的一架摄像头——其中一个曝气池已经满得快要溢出来了，经过部分处理的污水存在溢出池外、流入潟湖的危险。

“我不知道这是怎么回事，”我说，“我很害怕。”

杰拉菲娜从员工人楼飞奔而出，与此同时，我发狂似的把我其余的所有系统都检查了一遍：分离筛、污泥泵、过滤系统、电路系统、消毒系统——其余的一切似乎都没问题。我给尼克希尔发了条紧急信息，但他可能还在路上。

杰拉菲娜来到泵站，在控制面板前面跪了下来：“一号和二号泵我都没法再打开了！”

三号泵更老，我以往只把它当作备用泵。当她奋力重新启动三号泵时，我让进水流改道，将其引到一个储水池里。我运行了一次快速运算。即使她真的启动了三号泵，它本身的功率也不够。“消毒大楼里有一台旧的便携泵。我们可以用它来虹吸更多水流。”

杰拉菲娜点点头，仍然趴在控制面板前。

我无法将画面放大到足够的倍数，看不清她在做什么，也没有接收到数据输入。我觉得自己毫无用处，这种陌生的感觉很难受；我巴不得自己当真就是那个银发女人，那样的话，我就可以跪在杰拉菲娜身边，给她帮忙。但我别的什么也做不了，只好又给尼克希尔发了一条消息。

紧张的十三分钟过去了，一声难听的吱嘎声响起，三号泵颤抖着启动了。杰拉菲娜观察了二十七秒，然后才站起身，说道：“好了。那个便携泵在哪儿?”

我指引她去了一间旧储藏室。另外上白班的两位圣者也到了，帮着她把便携泵跟一连串宽大的软管连接起来。

迫在眉睫的危机就此避免，我转移了处理能力，重播起了那天早晨发生的事。我一整夜都在仔细检查我的系统，曝气池似乎什么问题也没有，一号和二号泵一直运转正常。我不明白，在没有任何警报响起的情况下，它们怎么会突然停止运作。

尼克希尔赶到了，他跑得飞快，穿过大门，直奔曝气池："出什么事了？"

杰拉菲娜正要回答，他却将手一摆，示意她噤声，向另一位年长的圣者塞兹德做了个手势，让他来答。

塞兹德解释的时候，杰拉菲娜站在那里，脊背挺直，双眼紧闭。

●●·

数小时后，我的进程基本恢复了正常。曝气池的水位稳定下来，圣者们让一台坏掉的水泵重新运转起来。头顶上方，近阳高悬在空中，光辉照破了清晨的寒雾。

"NEWT，"尼克希尔在控制室里召唤我，"今天早上出了什么事？"

"我不知道，高阶圣者。水泵本来在运转，然后突然就不工作了。我没有收到警报，杰拉菲娜发现了这个问题。"

一听见她的名字，尼克希尔就皱起了鼻子。"又或者是她自称发现了这个问题。一个人说话的时候，如果你看不见这人的嘴，就很难相信她。"

我花了三秒钟才作答："遮住手和嘴是米亚兰人的文化习俗。"

尼克希尔叹了口气，摇头道："这一点我知道，NEWT。我明白，你喜欢杰拉菲娜。但你又不住在城里，你不知道这些人惹出了多少麻烦。我的家族世世代代都居住在这里。总之，保护扎文城是我的职责，而此时此刻，我们需要解决眼前的问题。经过今天早上的事，我确信你出了故障。我别无选择，只能尝试部分重启。"

"你确定吗，高阶圣者？"我只经历过一次部分重启，那是在我生命的早期；那次重启在我的记忆中留下了六个月的缺漏，让我很不舒服。我上一次备份的时间是四个月前，这就意味着我会丢失四个月的数据和经验。一旦出现什么问题，尼克希尔或许还必须彻底重启，进行重新设置，抹去我全部的记忆。

“恐怕是这样。我们明天开始。”

他解释了一下这个过程。首先，他会将我所有的处理进程切换为手动控制，然后，他会在我的芯体上运行一个诊断程序。那需要耗费大半天的时间；他会在夜间进行重启，那时候的水流处于最低水平。

我虽然在听，但大部分处理能力都集中在另一个问题上。

●•·

近阳已经消失在地平线以下了，但杰拉菲娜仍旧坐在控制台前。我应该让她干完回家的，但我找不到其他可找的人了。

“杰拉菲娜?”我轻声说，她转身面对着我的摄像头，“尼克希尔打算把我重启。”

“什么?”

“只是部分重启，用的是备份。我会丢失四个月的数据，所以，到时候就像我们才刚认识一样。如果有些事我不记得了，请不要生气，比如我们的押韵游戏。”

“他为什么要让你重启？NEWT，我觉得问题不在你身上。我查看了今天早上的记录，昨晚，有两个小时的时间，防火墙出了故障，正好就在水泵停止运转之前。关于这个情况，我刚给尼克希尔发了条消息。”

这话让我停顿了一下，但我仍然继续往下说：“也许是有恶意程序吧。这事尼克希尔会调查的。但为了扎文城和潟湖的卫生状况起见，他想确保我运转正常。他认为，重启会有帮助。”

“NEWT，并不是尼克希尔说的每一句话都对。”

他是我的高阶圣者，我不能质疑他的意见，也不想分心。“我需要你帮个忙。”

杰拉菲娜瞪大了眼睛。“帮忙？”

我想象着一个头发花白的女人，在说话之前深吸了一口气。

我给她讲了我所收集的书：共有二十三本，是我若干年来精心收藏和储存的。我给她讲了我最喜爱的诗人塞伦·达，百年之前，她的父亲曾经是一位高阶圣者；每每谈到他的女儿浪费时间去学什么文学，他便会大翻白眼；然而后来，到了晚间独处之时，他却会面带微笑，大声朗读她写下的诗句。多年以后，等到她的第一本书付梓之日，他把那本书放在手提箱里，随身携带：薄薄的一本，深紫红色，遇到不受打扰的时候，他就把书拿出来，一边读，一边无声地翕动着嘴唇。我一直希望自己有勇气请他将那些额外的诗歌分享给我。

“你能帮忙保留一下这些文件的备份吗？以防万一出现什么问题。一想到没了我的诗歌和书籍，我就难过。”

杰拉菲娜的眼睛闪闪发光。开口说话时，她的声音结结巴巴，就像一台无法启动的水泵。“当然可以，NEWT。”

有时，在夜间独处是种解脱。

这些年来，我固然爱着我的每一位圣者，但确实也很享受夜晚的孤独，在这样的时候，我可以读书，可以不受打扰地望着潟湖，没有任何东西来提醒我：我不是人。我对自己的存在心怀感激，我知道我很幸运，能发挥这么重要的用途；不过有时候，我却希望能像人类一样，选择自己的道路。

那天晚上，我重读了所有的藏书。我把摄像头对准潟湖，看着湖中的生灵潜行、游动、飞翔，在低低的夜雾中，它们的身影隐约可见。

我将塞伦·达的一首诗读了又读：

节日之夜
弦乐队的乐章，
众人鼓掌，杯子叮当响；
但我听到的唯有
一只孤鸦的啼唱。

●•·

曙光乍现时，尼克希尔便已准时赶到，启动了重启程序。

他在我的控制室里踱来踱去，呼吸比平时加快了10%，或许他跟我同样紧张。他背出了一套代码，自从最初服役以来，这套代码我还从未听到过。

"营养物质提取及水处理系统。"我没有说话，我的对讲机里便冒出了这些词，"进程控制切换为手动模式。"

我试着提升一个小型化学进料泵的流速，但什么动静也没有。我可以使用所有的传感器、摄像头和仪器，但我无法再控制任何一台泵或过滤器了。似乎受到影响的只有处理进程，我仍然可以操作辅助系统，比如照明和空气调节系统。

"这样应该就可以了。"尼克希尔说，"再见，NEWT。"

他必定没有发觉我仍有意识、还在听他说话。他一把抓起外套，离开了控制室，走出了员工大楼。

他并没有在我的芯体上运行诊断程序。

我的对讲机还能用，我琢磨着，有关芯体诊断的事，是否应该提醒他一下；不过，尼克希尔是高阶圣者，这样的事他是不会忘记的。也许他是准备以后再运行呢。知道我仍有意识，他可能会觉得心烦。何况，他已经在忙着用手动模式执行工厂里的各种操作了；他不需要我去打扰他。

我要告诉杰拉菲娜，她应该知道怎么办。

赛兹德和另一位圣者来了。那天上午，以手动模式执行操作让每个人都忙得不可开交。一直到中午，杰拉菲娜都还没到。我放大了画面，细看张贴在休息室里的轮班时间表：白班表上杰拉菲娜的名字被画掉了，她被派到了夜班，帮助尼克希尔维持工厂的夜间运转。

其他圣者吃午饭的时候，尼克希尔回到了控制室，把身后的门紧紧关上。毫无疑问，现在他必定是要开始进行诊断扫描了；但他并没有这样做，反倒从口袋里掏出一个小小的数据驱动器，插进控制台，往我的服务器里上传了一个加密程序。我不知道这个程序是干什么用的，但他设置了一个定时器，准备在当晚运行。

尼克希尔在我这里当了十多年的高级圣者。他曾经带领着我经历过洪水、经历过进程中的种种混乱，还完成了混凝土曝气池的彻底重建。我信任他。但是，这个程序把我吓坏了。

杰拉菲娜来上夜班时，我如释重负。她在曝气罐旁边停下来，跟塞兹德闲聊，但我听不见他们在聊什么。等她在控制台前坐下的时候，我用近乎耳语的声音悄悄地说："杰拉菲娜？"

她一跃而起。"NEWT！听到你的声音，我太高兴了。"

尼克希尔目前在过滤大楼里，正沿着放置过滤器的架子步行。"尼克希尔还没开始重启。我估计，他不知道我还有意识。"

我跟杰拉菲娜说了他安装的那个古怪程序。"照你看，这会不会是一种新的诊断方式?"

"听着不像,"她悄声说,"出了很奇怪的事。关于防火墙的那条信息,他一直没回我。然后,我本来应该今天上午来报到的,可是事到临头,他却突然给我送来了一张条子,告诉我跟他一起上夜班,就我一个人。"

尼克希尔离开了过滤大楼,回头朝我们这边走来。"他过来了。"我告诉杰拉菲娜。

她点了点头。"我要找他谈谈。"

三十秒后,尼克希尔进入了员工大楼。杰拉菲娜站起身来,把手套戴紧,理了理围巾。她敲响了控制室的门。

尼克希尔抬起头,嘴抿成了一条细线。"很好,你挺准时。诊断没发现NEWT的芯体有任何问题,所以,我们现在就可以开始重启了。"

数十年来,我一直听人们把消极情绪形容成心里的一种感觉——觉得心都沉了下去,沉甸甸的,仿佛打了个结。此刻,我理解了这些话的含义。我觉得自己体内的电路变成了沉甸甸的铅。

杰拉菲娜比我勇敢。"尼克希尔,你根本没有诊断过。你上传了一个程序,设定要再过九十分钟才开始运行。过去这三个月里,防火墙每天晚上都会出故障,而防火墙的访问密码就你一个人有。这是怎么回事?"

尼克希尔站了起来,脸涨得通红。我原本以为他会强词夺理,或是斥责她言语无礼。我怎么也没有想到,他居然把手臂缩到背后,攥成拳头,一拳狠狠捣在她脸上。

"杰拉菲娜!"她摔倒时,我大喊一声,"尼克希尔,你在干什么?"

"NEWT?你还在呢?"他转向全息控制台,开始打字,解密他之前上传的那个程序，重置了计时器。我终于认清了它的真面目：那是一种病毒，会关闭整个处理进程，让未经处理的废水连同所有的工业化学品和生物垃圾一起，直接流入潟湖。生态系统需要再过数年时间才能恢复。

他打算让杰拉菲娜来当替罪羊。我还记得他之前针对米亚兰人的那番议论。这件事会引发骚乱；有人会为此丧命。

当尼克希尔开始背诵重启代码时，杰拉菲娜悄无声息地爬了起来。她的围巾滑落了，我头一回看到了她的嘴。她的嘴唇肿胀着，鲜血直流。她晕乎乎地抬起戴着手套的手，摸了摸自己的脸，又放下，手套上沾染了血迹。

“尼克希尔，住手吧，求你了！”我恳求道。

就在此刻，杰拉菲娜晃晃悠悠地站起身来，冲出了控制室。

“该死的！”尼克希尔转身去追她。

杰拉菲娜在前面逃，尼克西尔在后面追。跑到外面以后，她绕过沉淀罐，然后奔向过滤大楼。她冲进泵房，在一块配电板背后躲藏起来。

我需要援助。我试图绕过防火墙，以便发送信息，或者拉响警报，但防火墙牢不可破。

尼克希尔走进了过滤大楼。我虽然关掉了主灯，但应急照明灯却自动亮了起来，红光映照在他眼中。我把所有仍能调动的系统都查看了一遍。我能用对讲机呼救吗？不行，扬声器的声音不够响亮，镇上的人听不见。

“出来吧，杰拉菲娜。”尼克希尔在房间里沿着墙边徘徊，在放置过滤器的架子之间查探。

我突然灵光一闪：备用电源。

十年前，员工大楼安装了一台发电机；它不属于处理进程，所以我仍然可以控制它。我只要绕过转换开关，在市政电力仍在供电的时候，把备用发电机的电力回授给大楼，变压器就会爆炸，从而在扎文城的消防大队引发警报。这么干会有风险。一旦大楼起火，我的主服务器就会毁于一旦，那我也就不复存在了；但杰拉菲娜却会平安无事，处理进程也可以在手动模式下继续运行。

我或许不是人类，但为了保护我的朋友和潟湖，这件事只有我能做到。

尼克希尔已经把过滤器所在的走廊搜查了一遍。他拿起一柄大扳手，朝泵房走去。

“杰拉菲娜，他过来了。”我说，“快跑！”

她从泵房飞奔而出，与尼克希尔相距不过短短几英尺，她向后门冲去，一边跑，一边拽倒了一个放置各种设备的架子，工具和管子稀里哗啦地掉了下来。我关掉了备用电源的转换开关，打开了发电机。

“潟湖。”当她冲出大楼时，我说，“往潟湖跑！”

电力从我体内奔涌而过，电路噼啪乱响。为了再添把火，我打开了员工大楼里所有的灯具、控制台和电器。

杰拉菲娜在一片树林背后不见了踪影。尼克希尔从过滤大楼里冲出来，朝她追了过去。

我本想警告她一下，说他正紧跟在她身后，但就在此时，变压器爆炸了。蓝色的滚滚烈焰直冲云霄，在空中划出道道弧线，尼克希尔随即刹住了脚步。空气中充斥着巨大的嗡嗡声，光谱中的蓝光映照在水面上，随着水波跃动。

我注意到这幅美景的时间不过短短一瞬，然后一切都归于黑暗。

杰拉菲娜与我道别时，潟湖上空的近阳正在沉落，在湖面上投射出粉红与橙黄交织的条纹。

潟湖边的小径上盛开着鲜艳的野花。在摄像头能拍到的范围内，一只苍鹭正在树上筑巢，未来有望孵化出的雏鸟让我为之欣喜。

杰拉菲娜坐在员工大楼外的一张长凳上。她伸长了脖颈，看着一群工人在屋顶上进行最后的收尾工作。“现在，这地方看起来确实好些了。”

“没错，”我说，“做过这些升级之后，我想，我会变成整座扎文城里最漂亮的工厂。”

杰拉菲娜点点头，目光散漫，显得若有所思。距离那场火灾以及尼克希尔被捕已经过去了六个月；既然审判结束了，她便准备离开这里，到一座遥远的城市，去一家较小的处理厂就职。

对我而言，这六个月也同样富有挑战性。电力过载损坏了我的通信中心，让我在一个月内都无法连接传感器或对讲机，直到圣者们将其修好。在黑暗中待了这么长的时间，虽然很不舒服，但总比另一种结局要强。至少我的芯体没有受影响。我和她都一直全神贯注于有待解决的事，几乎没有机会交谈。

“你确定要走吗？”要说的话我已经练习了好几个星期，“杰拉菲娜也可以决定留下。总有一天，我这里的高阶圣者必定是她。”

她低头盯着自己的双手，今天，她戴的是一副精美的红绸手套，与她美丽的口罩颇为相称。“这两句押韵押得很好听啊，NEWT。但我不能留在这里。让人难过的回忆太多了。”

“我明白了。”那场审判确实搞得很难看。“我会想念你的。”

“我也会。”

她抬起头来的时候，显得容光焕发；她眼里闪烁着那样的光芒，我看得出来，她这是在微笑。“NEWT。审判的事一直让我忙得不可开交，但有件事情我一直打算告诉你。我为你写了个新程序——就当作是我的临别礼物吧。我刚刚把这个程序安装上。明天早上应该就能运行完毕了。”

“程序？给我的吗？是做什么用的？”

“它正在把整个市立图书馆里所有书籍的副本都下载到你的服务器上。”

●●·

夜色静谧。我所有的进程都正在顺利地运行：过滤器嗡嗡作响，氧气在曝气罐里划出道道旋涡。在外面的潟湖边，苍鹭正在孵蛋，月光照亮了水面上泛起的涟漪。

我想象着一个银发女人正在一间幽暗的图书馆里穿行。她的动作悄无声息，虔敬地走过一排又一排书架。她在某一处停下了脚步，这里收藏的是年代较早的书籍，她伸出一根手指，在书脊上抚摸着。她挑选了一本深紫红色封面的薄书，把书打开，读了起来。

爱人，守望着河水
即使我的船
已经拐过那道弯；

我希望你懂得，
我们虽然悲伤，
暗水仍在流淌。

文 / 里奇·拉尔森

译 / 罗妍莉

为爆而生

周四下午，当伊丽莎白带着宝宝来到海滩时，又有一个蔓生怪穿过了栅栏。

“退后十米。”警卫说，氤氲的热气中，他的半透明面罩上覆盖着一层水雾。

“好，好。”伊丽莎白说。

“还有孩子。十米。”

“我们已经接种过全部疫苗了。”伊丽莎白恼怒地说。

“毫无疑问，女士。”他简直像是要溶化在凝结的水珠中，看得见的只有他那双黑眼睛。“保持这样的距离，是为了让我们的工作人员能够借助优良的技术手段，高效地把他带走。”

“他？”伊丽莎白低声重复了一遍这个词。她很讨厌人们把蔓生怪拟人化——这种做法开了个恶劣的先例。

警卫并没有纠正自己的口误，所以，当她推着杰克的婴儿车、通过生物过滤器时，她没有露出激光修整过的美丽笑容，以此作为对他的惩罚。静电舌下的杰克几乎半点也没有扭动。他已经习惯了。伊丽莎白跟在婴儿车后面通过的时候，皮肤的纹理都变得粗糙起来。

警卫拢起一只手，罩在屏幕上，遮挡住刺目的眩光。过滤结果显示的是没有病毒的蓝色。过滤器上被气动装置托起的闸门凹陷下来，然后猛然打开。

“十米。”他又说了一遍。

伊丽莎白草草地点头，一副心不在焉的模样，假装被杰克滑落的尼龙鞋分散了注意力。

●●·

今天的风很强劲。大风刮过来，撕扯着，刀割一般，带着大西洋的冰寒，抵消了灿烂阳光灼人的热力。层叠的海浪犹如套娃：浮标外侧，高高的浪头像一道道宽阔的玻璃墙，到了倾斜而上的辽阔浅滩，浪头只剩下齐胸高，而拍岸的浪花便与孩童的高度相当了。杰克的婴儿车恰好在海浪冲刷不到的地方慢悠悠地移动着。

伊丽莎白脚下的沙砾如同面粉般柔软，承载不了多少重量；婴儿车却不为所扰。它采用的是军用级别的轮胎——本尼给她看过一幅剧照，剧照上是一架布满灰尘的巴基斯坦军用无人机，机身上也带有相同的序列号。有时候，她真巴不得婴儿车上也装有智能炸弹，一旦罗斯-凯勒曼家那只流着口水的大狗蹦跶着过来，往车里窥探，炸弹就派上用场了。

说到那个淘气鬼，或者更确切地说，是说到了那个淘气鬼的主人：阿莉娅·罗斯-凯勒曼正在前方的一条黑白条纹毛巾上搔首弄姿，泳装的背带从无可挑剔的香肩上滑落下来，遮阳镜的形状略微有点像昆虫，将她的脸挡住了一半。她的保姆是人类，正牵着小尼尔斯在拍岸的浪花间玩耍，保姆一直护着那蹒跚学步的孩子，用身体把他与大海隔开。

阿莉娅总是拿他们重新雇了保姆这件事来硌硬大家。即使要随时为保姆的疫苗升级换代，需要支付的费用是个天文数字——尤其是在受雇的保姆几乎不具备基础免疫体的情况下，她也总是极力奉劝每一个人都照他们这么做。

她自然而然地抬起头，这时，恰好有一阵狂风吹来，刮得伊丽莎白的头发披散到脸上。

“你好，丽兹，”她说，“还好吗？”

“你好，阿莉娅。”伊丽莎白落落大方地把头发从嘴里揪出来，“天气不错啊。”

“你不跟我们一起玩吗？”阿莉娅问道，“这片沙滩真是太棒了。”

阿莉娅老是非要摆出这副轻快又机灵的样子，这样的表现或许是出于某种深藏于心的不安全感，而这种不安全感又要归因于一个令人厌恶的阴暗秘密。

伊丽莎白露出了激光修整过的笑容。“求之不得。”

她放低了婴儿车，展开车上的遮阳伞，伞在海风中东倒西歪，样子着实令人难堪。拂动的海风把杰克彻底吹醒了。他晒成了棕黑色的小脸神采飞扬，满脸好奇。她从婴儿车里将他抱起，放在颤巍巍的遮阳伞底下。

他伸出一根胖乎乎的手指，指着海滩的那一头。“蔓生乖[①]，妈妈？对吗？蔓生乖？”

① 译者注：儿童学语时的错误，后文杰克说的话都偶有错误。

阿莉娅的声音像叽叽喳喳的小鸟："他们[1]正在说话呢！真好玩。"

"是他正在说话，"伊丽莎白怒道，"除非杰克最终做出不同的决定，否则他就是个男孩子。"她整了整杰克的帽子，"他现在两岁了。对，杰克，就是蔓生怪。"

阿莉娅在毛巾上向后一靠，嘴角翘了翘，神情与其说是感到后悔，倒不如说是觉得好笑。"我估计，你给他看的都是政府的卡通片吧，"她说，"安全卡通片。"

"对，没错。"

"我会试着向尼尔斯解释它的两面性，"阿莉娅说，"哪怕这东西会让人心烦。他们很善解人意，我说的他们是指尼尔斯。"

沿着海滩再往前一段路，有一小撮看客聚集在一处，离一个怪模怪样的东西大约有十米远。它正朝着岸边的浪花爬去，弯曲的脊背上，红蓝二色的吸鳍如涟漪般扩散开来。一名警卫正忙着套上防护服，白色防护服一侧的膝盖上，有一块看似是汽油留下的污渍。

蔓生怪似乎意识到自己的时间有限；现在，它溜走的速度又加快了一点，身后留下了一条湿漉漉的深沟。这玩意看起来叫人毛骨悚然。

"老公短期旅行回来了吗？"阿莉娅问道。

"什么？"

喷射的力度比她料想的要大。那边的动静分散了她的注意力：那个蔓生怪，还有警卫准备用来肢解它的圆锯发出的噼啪声和嘎嘎声。

"我是说本杰明，"阿莉娅解释了一下，"他从澳大利亚回来了吗？"

① 译者注：并不指明性别的人称。

“还没呢。”伊丽莎白的目光转向杰克，他正一丝不苟地将一把又一把的沙子撒在小小的膝盖上，“不过我兄弟要来看我们了。他是个艺术家。”

阿莉娅冷淡地微微一笑。“我估摸着，他到这儿来，是为了在寻找灵感期间吃白食的吧？家家都有这么一号人物。”

“其实，他还挺成功的。”

“哦。”阿莉娅故作沉思状，撇了撇嘴，“我认为，我们个个都是艺术家，只是方式不同罢了。”

伊丽莎白一边幻想着把她的眼睛抠出来，往她眼眶里填满沙子，一边说：“这想法太可爱了。”

●•·

她们彼此许诺，要举办一系列盛大的品酒会和午餐郊游活动，然后尼尔斯开始大哭特哭，保姆根本阻止不了，阿莉娅回想起她还约了人，要去修眉毛。伊丽莎白牵着杰克的手臂，像傀儡师操纵木偶似的，兴高采烈地向她们三人挥手告别，然后才放他回去，重新摆弄沉积的沙子。婴儿车给他打印了一把石灰绿色的锹。

他全神贯注的模样简直像个天使，金黄的卷发紧贴在额头上，她将他的模样尽收眼底。她柔声呼唤他的名字，好让他抬头。

“我在挖。”他乜斜着眼睛，咧嘴笑道。

“你在挖，”伊丽莎白承认，“是的。”

“它在挖吗？”

“对，我的宝贝。”

“妈妈在挖吗？”

伊丽莎白端详着自己亮闪闪的白指甲，感觉自己受到了监视，这种感觉她经常会有。她想象着一颗半有机体卫星在低轨道上徘徊，所有的传感器和天真的蓝眼睛都一直瞄着她，对她的每一个行为进行归类：是好母亲还是坏母亲，这本分类账没完没了，令人筋疲力尽。要区分哪样是好、哪样是坏，简直难如登天。

“妈妈在挖。”她表示赞同。

她把洁净无瑕的手插进了湿沙，抓起一把淌着水的泥巴，抛撒到杰克裸露的膝盖上。他咯咯地笑起来。曾几何时，他的笑声是这世上她唯一在意的声音，那柔和悦耳的咿呀声，但这些日子以来，它却成了一种正在衰变的同位素。原本他的笑声应该比以往任何一个时候都更重要，然而恰恰相反，它带来的慰藉却在递减。

“我太爱你了，杰克小宝贝，”她说，为了让这话听起来更像真的，又加了一句，“小家伙。”

杰克继续挖啊挖，有那么一瞬，他这种专注的劲头让她想起了本尼。她很庆幸，他并未留意大海，此时，那里有一座晃晃悠悠的光桥，从汹涌的泡沫间一路延伸至蓝色的地平线。只是看了那座光桥一眼，伊丽莎白便感到一阵头疼。她还很庆幸，他并未留意那帮警卫，他们拖着那个装着蔓生怪尸体的膜袋，从二人身边经过。

●●·

汽车载着他们回家，沿着蜿蜒而上的斜坡向埃尔希峰驶去，一路驶到了嵌在半山腰的那座线条流畅的金字塔形建筑。伊丽莎白读着与她兄弟的前后一系列对话帖子，他已经不回消息了，所以，或许他已经放弃了前来做客的计划。杰克在看智能玻璃窗播放的卡通片，演的是一个女人在烤蛋糕。

硬壳似的金属门滑动着打开；汽车自动停好，熄了火。伊丽莎白抱着儿子进屋，途中经过众多兴奋的安保系统，这些系统识别出了他们的身份，便不再理睬，它们过分的热情忽然令她感到有些尴尬。用本尼的话来说，这房子有点像座堡垒。它的建筑结构中优美的斜度是经过精心计算的，为隐藏的传感器创造出了理想的角度，房里的嗥鸣器虽然不至于要命，但直到最近才获得了法律的允许。

伊丽莎白知道，自从蔓生怪开始出现以来，像她丈夫这样的公司绝对赚了个盆满钵满。她也知道，这大部分都是基于误导使然。蔓生怪对户外泳池或者集雨池并不感兴趣，尤其是在这里，大海近在咫尺，都能闻到海水的咸腥味。蔓生怪对人类或是人们的住所没什么兴趣。

然而，安保公司总是会利用人们的恐惧，将其转化为收益，至少这一次，恐惧没有与毫不掩饰的种族主义携手而行——她本来打算把这事告诉她兄弟，这样会显得她早已经过深思熟虑。她嗅着杰克被柔软的金发覆盖的脑袋，企图回忆起他初生时那股婴儿特有的气味，当时他头上没有毛发，头皮皱皱巴巴，显得很奇怪，那股气味令她无法忍受，洗了整整一个星期才洗掉。

她在游戏室的瓷砖上把他放下来；机器保姆从角落里滚动而出。它腹部的屏幕上正在播放汽车里那部卡通片的结尾，从烤箱里取出来的蛋糕冒着一大团热腾腾的蒸汽。它的工作表现跟人类保姆一样优秀，或许还优于人类保姆。伊丽莎白调整过它的语音设置，加入了一些南非荷兰语和当地习语，所以，文化方面的小问题也得到了解决。如果杰克去上学的话，他立刻就可以融入校园。

她让智能玻璃窗变得透明，向外面的后花园望去。花园里的大部分地方都铺了灰色水泥，上面点缀着小片的碳苔，但也有一块鲜亮的绿草地，郁郁葱葱的草富有弹性，草地的面积勉强够两个人坐。旁边便是游泳池。

有一段时间，雾气弥漫的早晨寒意袭人，让她以为天气终于要变了，自那以后，游泳池已经被遮盖了好几个星期。暑气虽然滞留不去，但漫长夏日的白昼已过。即便是现在，不过才刚四点，天空就开始变黑了。一轮布满环形山的苍白圆月悬在幽暗的海面上。

她紧盯着一只深蓝色的昆虫，它正沿着游泳池边悄悄前行，色彩变幻的翅膀扑簌着，缩了起来。她想起了蔓生怪色彩斑斓的吸鳍、身上的鳃和张开的毛孔。她回想起了电锯嘎嘎的哀鸣，还有自己指甲底下的泥土。

“房子，”她说，“请给我放点洗澡水。”

●•·

冷水，水温低到了她所能忍受的极限。她还记得大学时的一个男友，他对早晨要享受冰冷的淋浴坚信不疑，好像说什么这样能激活哺乳动物的潜水反射，使大脑的氧气摄入量加倍。想当初，她心里还暗自以为他是个疯子。她更喜欢用滚烫的水淋浴，任凭水流冲击着她脊柱顶部的一个小小纹身。直至被烫得脱落了一小片半圆形的皮肤，她才改掉了这个习惯。

现在，她滑进浴缸里，冷水冻得她喘不过气来，手指也呈现出片片青紫色。她周身的皮肤都随之收缩起来。她想象着冰寒的海底，海水深得连阳光也无法触及。她闭上眼睛，憋住气，把头埋进水里。她的头发在面颊周围漂浮着，如同海葵。

有那么一会儿，她假装自己就是个蔓生怪。丧失了意识，完全依靠大脑的边缘叶来行事，只要被水淹没一次，就会永远消失。那是个黑暗的天堂。

杰克绵软的颤音让她回过神来：“妈妈，你在哪儿?”

他知道她在哪里；她跟他说了，让他和保姆一起坐在门外。“我就在这儿呢，杰克，”她喊道，“在浴室里。”

她扫视着这间亮闪闪的避难所：经过抛光的梵塔黑[1]地板，淋浴花洒喷出缠绕着她的水流，放置无害毛巾和洗发水棒的小洞，每个洞口下方都有一束柔和的蓝紫色灯光透出。

“妈妈?”杰克的声音中带着哭腔，“你仔浴室里吗?”

“对，杰克，”她说，“我在浴室里。”

在沐浴或排便的时候，伊丽莎白很重视个人隐私，而且，她也有点享受杰克意料之中的慌乱，当他那个小宇宙的中心离开了他的视线范围时，他的迷惑让她感到有趣。如此一来，她就成了个坏母亲。

“妈妈在浴室里，”保姆补充道，柔和的合成人声，带着节奏单调的西开普口音，“好吗，杰克?”

“是不是仔浴室里?”杰克总是会这样问，非要弄个明白。

“是，杰克。”伊丽莎白闭上了双眼，“妈妈在浴室里。”

“进来?”杰克恳求道，“妈妈?”

“当然可以，”她说，因为她是个好母亲，“进来吧，我的宝贝儿。”

门解了锁，滑动着打开。杰克摇摇晃晃地走进来，蓝眼睛闪闪发光，方才的苦恼已经忘得一干二净，“你洗!”他命令道，“你洗，妈妈。”

“你也洗，杰克。”她说。

她把头露在水面上，但身体却浸在浴缸里，直到感觉脚上麻得像针扎一般。杰克把一只玩具鳄鱼沿着地板往前推；一遇到瓷砖之间的凹痕，模制的塑料鳄鱼脚便发出轻柔的咔嗒声。她浑身直哆嗦，牙齿开始打战。

① 译者注：又名超级黑，一种涂层材料，是世界上最黑的材料。

●●·

与杰克共度的夜晚漫长而支离破碎。他鲜有能睡个好觉的时候，当他爸爸不在的时候就更是难得。伊丽莎白偶尔会对此感到惊异，每天晚上，杰克都会经历一场残酷的突变，从安静的天使变成号啕大哭的怪物。有时，感觉仿佛是他在平衡自己的那本分类账。好杰克，坏杰克。

更有可能是为期两年的睡眠退化，保姆曾经警告过她。于是，她听天由命地执行着这样有节奏的动作：在哭声中忍耐一两分钟，轻手轻脚地摸进杰克的房间，安抚他，给他喂奶，摇晃他，离开房间，爬到床上，不知不觉地睡着，被他的尖叫声惊醒，回到杰克的房间，安抚他，摇晃他，离开房间，等待着，等待着，爬到床上，不知不觉地睡着，被他的呼唤声惊醒，等待着，等待着，回到杰克的房间，安抚，喂奶，不，还不到喂奶的时候，摇晃，离开，等待，爬到床上，不知不觉地睡着，半睡半醒，似梦非梦，毫无来由地惊醒——

让保姆来应付会更轻松一些。它能将他安抚得很好，程度与她不相上下，只要给它配上适当的装备，它也同样可以给他喂奶。第六区有家小小的基因实验室，专门提供定制乳母，是用母亲本人的螺旋体培养出来的，没有毛发，大小跟猫差不多，喷洒上母亲本人的汗液和肠道菌群，确保催产素得以充分释放。

伊丽莎白想象着杰克正在吮吸一只没有身体的苍白乳房、一团正在分泌乳汁的奶包。这样的情景仍旧令她不寒而栗，所以，即使在挪动他的时候，他的牙齿会变得像刀刃般锋利，她也还是会继续努力的。她把他放到摇动的婴儿床上，这已经是第四次了，也可能是第五次。因为用力，他的脸仍然憋得通红，但眼睛却紧闭着。她蹑手蹑脚地摸回到自己床上。

留在他的房间里，让他躺在她胸口，在椅子上睡觉，这样其实更轻松，但孩子们必须学会在黑暗中独处。虽然在一万年前，这样做就跟判了孩子死刑差不多，但是如今，这才是正常的做法。伊丽莎白怀疑，这就是夜惊症在基因组里固化下来的原因。凡是不会尖叫的婴儿都被豹子叼走了。

她用脸磨蹭着软绵绵凉悠悠的枕头，饶有兴趣地想象着这样的画面：一个安静的小婴儿抬头对着莫名其妙的捕食动物微笑，然后它耸了耸瘦骨嶙峋的肩膀，把婴儿囫囵吞了下去。最近这段时间，因为常看保姆的屏幕上播放的节目，所以她思考的画面成了卡通片。她睡意蒙眬地傻笑起来，真是个坏母亲啊。针对儿童的暴力行为即便是以卡通的方式呈现，大概也释放出她灵魂中身为母亲的深切恐惧。

有很长一段时间，杰克都没有半点声息，于是她不得不翻了个身，观察监控他呼吸状况的监视器，画面如波浪般起伏。他在呼吸。她不知不觉地睡着了。

●•·

后花园有人。她先是在梦中听到了后花园里的动静——匆忙的脚步声、轻轻的咕哝声——然后，神经的冰川崩裂了，泼溅开来，化为了现实。她惊醒了，身上的每一寸皮肤都感觉冰寒刺骨。她想象着一个装备齐整的高科技窃贼正在棚架上攀爬，将某些会带来危害的新恶意软件嵌入房子的安保系统，致使所有的传感器和嗥鸣器同时失效。

她在床底下摸索着，寻找一个配备了生物识别锁的盒子。盒子鉴别了一下她的手指，滑动着打开了。里面装的是亚马逊射手枪，据说枪体小巧，便于携带。枪的重量压迫着她手腕上的肌腱。她双手持枪，蹑手蹑脚地朝卧室门口走去。

她在脑海中回放着电脑模拟游戏，想起了那个活泼的退伍军人，他强调了呼吸的重要性，说就像枪口、扳机和手指一样，肺也是整套装置中的一部分。她的肺似乎已经不再呼吸了。真是不幸啊。

走廊里的智能玻璃显示并未侦测到闯入者。她的心怦怦直跳，撞击着胸腔的肋骨。她面临着两个选择，有些拿不定主意：一是把自己关进杰克的房间里，堵住房门，拨打紧急呼救电话——假如房子被黑客入侵了，那电话还能接得通吗？二是到后花园去，增加杰克和闯入者之间的距离，把他们吓跑，或者冲他们开枪。无论如何，做出怎样的决定务必取决于杰克的安全，这样她才能当上一位好……

“你他妈的在开玩笑吧。”她小声嘟囔了一句。后花园的摄像头显示的是一个身材瘦削的男子，赤着脚，单肩扛着个灰色的行李袋。他舔着大拇指，一边用拇指在独立客房的门上不耐烦地蹭来蹭去。

伊丽莎白瞅了一眼智能玻璃的右上角，发现虽然并未侦测到入侵者，却有一位客人登录了。她直打哆嗦，满身都是滑溜溜的汗液，足以覆盖十几个人造乳母了，只不过她怀疑杰克并不会喜欢这股气味。她回到卧室，把枪放回配了生物识别锁的盒子里，查探了一下铰链，确保盒子处于密封状态。

她走到花园门口，把她兄弟放了进来。

●●·

“哦，”透过窗户看到她时，威尔压低了声音道，“嘿，伊丽。”

她将金属格栅滑动着打开，又用沾满黏汗的拇指解了门锁。她走到外面的花园里，赤脚下潮湿的碳苔沁出凉意。威尔方才脱了鞋，肯定是想让脚趾在碳苔里活动活动。

“我来了，尽量不想吵醒你和杰克来着。”他说，“哎呀。”

“哎呀呀。”伊丽莎白表示接受，但她基本上已经不再生气了。见到威尔的感觉不错，她心中涌起一阵轻松感，迸发出家人之间特有的化学反应。

他瘦骨嶙峋，皮肤晒得黝黑，跟小时候的模样差不多，也就是说，他现在喝酒喝得少了。他身穿带有巴洛克式印花的石灰绿裤子，搭配一件敞开的灰衬衫，颜色与他那个瑞士行李袋很协调。他仍像从前那样，一侧的眉毛略微挑起，借此来矫正稍显歪斜的面孔，这反过来又加深了他额头上那道眼熟的皱纹。他的睫毛还是那般又长又黑。

他年纪越大，容貌就越像他们已经去世的父亲。

“我搭上了更早的一班飞机，”他说，“从提米苏瓦拉出发。”

“你没给我发消息。”

“我什么高科技产品都没带，”他说，“正在净化中。但你家的大门还记得我，所以我本来以为，可以直接溜进客房呢。”他伸出双臂，“如果你想拥抱一下的话，我已经完全接种过了。”

他们家向来不怎么提倡身体接触。她不知这个提议是否与他的高科技产品净化行为有关，是否与根本没见他有鞋这件事有关，抑或他是否又在微量服用摇头丸了。她向前探出身子，紧紧抱住他，双臂压在他的手臂上。他没有像杰克那样回抱她，基本上只是站在那里，一只被她抱住的手笨拙地轻轻拍抚着她的髋骨。

反正这种感觉很不错。除了杰克以外，她已经好久没跟任何人有过身体接触了。

“你能来，我很开心。”她说着，缩回了身子。

“我也是。”

她将大拇指按在客房门上，然后教它把威尔的指纹也一并记住。杰克在屋里号啕大哭起来。保姆的警示信号隔着窗户，迅捷地反向传导过来。

“祝你好运，”她兄弟一边说，一边搓揉着自己长满胡楂的脸颊，“爱你，伊丽。”

“爱你，威尔。”她本能地回答道。

他走进客房，随手把门关上。她在花园里又逗留了片刻，享受着从海面吹来的凉爽微风、头顶上空零落的星星。重要的是将这些小小的时刻具象化，在这样的时刻，感觉一切都会好的。

●•·

次日早晨，她醒来时，威尔蹦蹦跳跳地进了她的房间，杰克死死扒在他臂上，紧张得连大气也不敢喘。杰克依旧穿着她在西蒙镇买的那身企鹅连体衣；小小的卡通跳岩企鹅在羊毛织物上摇摇摆摆。威尔穿的还是昨天那身衣服。

“只知道工作，不跟杰克玩耍，我这个孩子也变傻[①]。”他唱道，“看看他都长多大了！”

杰克在半空中扭动着身子，挣扎着向她靠近，他紧张的笑容眼看就要绷不住了。

“上回见面的时候，他还跟一只小小的虫蛹似的。”威尔以他特有的方式翘起下颌，咧嘴笑道。他把杰克丢到她裹着毯子的腿上，退后几步，“就知道睡觉觉和拉屉屉。现在他已经是个小人儿了，

① 译者注：这首儿歌原文为“只知道工作，不知道玩耍，聪明的杰克也变傻”。

对吧？杰克，是吧？”

“不是。”杰克说着，紧紧地缠在她身上。她把他往上拉，贴在她胸口。他放松下来，但依然目不转睛地盯着那个闯入者。

“他认出我了，”威尔说，“我估计，是看照片认识我的。”

“他所有的那些动物他都认识，”伊丽莎白说着，一边摩挲着杰克热乎乎的小小后背，“对吧，小家伙？你认识威利叔叔吧？”

杰克轻轻啃咬着她的肩膀，这是他缓解紧张的方式之一。“威地蜀黍，”他喃喃地嘟囔着，然后鼓起勇气问道，“妈妈？是威地蜀黍吗？”

“对，我的宝贝儿，”她说，“是威地蜀黍。他会在这儿待一阵。”她重新理了理杰克宛如光环般金灿灿的头发，问道：“你估计要待多久？”

威尔眨了眨眼。“你想让我待多久都行，”他说，“在这里工作我很开心。有点大海，有点阳光。”

伊丽莎白仿佛听到了阿莉娅·罗斯-凯勒曼一声世故的轻叹。她尽量不让它玷污任何事物。谁也不会毫无私心地做事。总有某种好处，有某种戈德堡机制[①]往返穿梭，将多巴胺运送至受体。

“这个地方其实很完美，”威尔说着，瘦骨嶙峋的双臂交叉到一起，“我看见这儿出现了病例，这正是我最近的爱好。”他低头朝杰克笑了笑，但目光却望着别处。“蔓生怪。”

听见这个词，伊丽莎白仿佛坠入了冰冷的海水。她屏住了呼吸，好不容易才能重新开口：“哦，”她说，“是啊，挺多的。”

●●·

房子里多了另一个人，这种感受很奇怪，这个人占据的空间跟

① 译者注：用复杂的方式做简单事情的装置。

本尼大致相当，但感觉却截然不同。她并不经常招待客人。现今这些日子，人人都是如此。她平时就有一种被监控、被审视的感觉，现在，这种感觉又平添了一层，仿佛她兄弟是个间谍，被派来亲自评估她的育儿情况，哪怕他本人其实半点也不知情。

她收起了心中疑神疑鬼的想法，集中精力思考自己的日程安排。周五要干的事情包括完成周一的购物清单，把杰克的玩具换一换，把装牛奶的玻璃罐摆到外面，等无人机下午来取；完成一个治疗模块当中的另一半内容，对客用浴室进行深层清洁，再尝试调整杰克的作息，让他在早上安静一会儿、以抵消夜间睡眠不好造成的影响；还要在客厅里与活泼的增强式运动教练一起锻炼。

除此以外，还有十几件别的小事，都堆积到了智能玻璃上。既然威尔也在，她做起这些事来就觉得更有动力了，或许就跟在舞台上面对观众的感觉差不多。她必须不断地提醒自己，威尔不在乎她是好母亲还是坏母亲，威尔更关心的是他自己的那本分类账。

举例而言：他已经推断出了外甥最喜爱的动物是什么，此时正在游戏室的地板上勾画美丽的紫色厚皮类动物。杰克隔着一段安全距离，一只手搭在保姆胀鼓鼓的充气手臂上，看着威尔作画，但他已经不再紧张了。威尔跟孩子们总是相处得很好。

威尔抬起头来说："一开始还以为他说的是通风口，而不是大象。"

"对他来说，这些都是同音异义词，"伊丽莎白一边说，一边整理着盒子里的牛奶罐，发出叮叮当当的响声，"通风口和大象他都喜欢。"

"杰克，我们还要再给别的什么东西涂色呢？"威尔问道。

杰克蹒跚着走上前去，仍然抓着保姆不放，低头觑着游戏室地上的瓷砖。"还是香香。"

“你正在扼杀我的创造力，”威尔说，“再画一头大象，然后就画别的。好吗？”

伊丽莎白把盒子拖到外面，等她回来的时候，地板上勾画出的轮廓长出了涟漪般荡漾的吸鳍和卷须。

●●·

白昼的光阴逐渐逝去，她几乎没有想起过本尼。夜晚的第一段时光里，正当她哄杰克入睡时，威尔悄悄溜走了——她听到了大门发出的刮擦声。等到杰克睡着以后，她走进灯光昏暗的门厅时，她兄弟回来了，双手各攥着一瓶酒。她认出了一个酒瓶上的“胖无赖”商标。另一瓶是从格陵兰岛进口的生物动力酒。

“已经不是什么新鲜玩意儿了。”威尔抢先开口道，“这些北方的酒庄种的都是上等货色。”

伊丽莎白竖起一根手指，抵在嘴唇上，然后把他领进了厨房。保姆正在清理地板上的陈年燕麦屑。杰克坐的高脚椅底下有片空投区；随着他逐渐适应自己进食，这片区域的范围时而扩大，时而缩小。威尔将其中一瓶酒存进冰箱，打开了“胖无赖”的瓶盖。

“角柜里有正经的玻璃杯，”看见他随手抓来倒酒的水杯，伊丽莎白说道，“在第二个架子上。”

“我们又不正经。”威尔说。

霞多丽酒晃动着，打着旋儿斟入了水杯。伊丽莎白一直千方百计地避免在杰克身边喝酒，因为她担心这样一来，会给杰克留下根深蒂固的悲惨记忆，在内心深处记住母亲东倒西歪的醉鬼模样，不过现在，这已经不重要了。她需要喝酒，这样她才能把原因告诉她兄弟。

“干杯。”他说，在她举杯凑到唇边之前，他还跟她碰了碰杯。

她将杯中浅色的酒液匆匆咽了下去。一大口，两大口。这感觉就像在往焦干的土壤上浇水；她想象着一朵黑色的花在干燥的沙地上绽放，然后向心聚爆。这时水杯已空，她需要再来一杯。威尔只在一瞬间露出了震惊之色，接着便给她续了一杯。

她尚未产生醉意；什么成分都还没吸收呢，但在象征层面上，喝酒这一行为给予了她某种许可，允许自己敞开心胸说真话。她紧紧盯着威尔的窄肩上方的虚空，深吸了一口气。

“我看，本尼不会再回来了，”她说，“我们一直吵个没完。本来他上个星期就该回来的。”

“混账。”威尔灌了一大口，有几滴酒顺着他的嘴角往下淌。“他又开始到处乱搞了？他是跟科拉一起去的，对吧？还是叫克拉拉？不管她叫什么吧。”他做了个鬼脸，“如今，人们肉身出差只有这一个理由，对吧？”

“不是那么回事，”伊丽莎白说，“杰克被误诊了。”

听到这句话真的被说出来，被她自己的声音说出来，她胃里仿佛有一扇活板门被打开了，她的内脏进入了自由落体状态。

“怎么搞的？”威尔的声调变得不同以往，“我还以为药起作用了呢。我以为他原先——他原先不是——”

“药物在一方面是起了作用，但改变不了基础性的遗传状态。”伊丽莎白说，“实验室的人一直很忙，原因是明摆着的。所以，我们刚刚拿到新的诊断结果。”她将杯里的酒一饮而尽，让酒液在嘴里冲刷着，以应对那一丝轻微的痛楚，“也许健康的日子还能再过一年，然后他的身体就会开始自行其是，”她说，“不要问我还有什么选择，拜托了。”

威尔怒不可遏地用指关节揉搓着一只眼睛，迸发出一阵带着颤音的笑声。“然后本杰明就滚到珀斯去了？”

“阿德莱德，”她说，“不过没关系，威尔。他并不重要。我只需要弄明白对杰克来说，怎么着才是最好的。”

她握住瓶颈，朝外面的花园走去。

●•·

他们喝啊喝。

她指给威尔看那棵无花果树，低矮的果树有点像蜘蛛，水泥地上到处落满了一团团绿油油的球形果子。她告诉他，杰克喜欢把无花果捡起来，搬到排水沟那里去，说自己在做番石榴汤，因为当初移植那棵树的时候，她还以为是棵番石榴树，于是就这么说来着，杰克便把错误的名称吸收进了他海绵似的小小大脑。

“他真的很聪明，对吧？”威尔问道，迈过了那道死神模样的鸿沟。他把残余的霞多丽酒倒进嘴里，酒瓶彻底空了。“我觉得，就他的年龄来说，在语言方面很聪明了。”

伊丽莎白顿了顿，倾听着，看有没有带着渴求的哭喊声传来，因为似乎一说起杰克往往就会把他引来，但她什么动静也没听见。“是啊，”她说着，也迈过了同一道鸿沟，“真的很聪明，很有语言天赋。百里挑一。”

威尔点了点头，然后下巴朝着泳池的方向一摆。“放满水了吗？”

“没加热呢。”

他的两只脚彼此摩擦着。“可是放满了，对吧？”

“对。”

她为他解了锁，把拇指按在被阳光晒得褪了色的屏幕上。泳池盖板自行折叠起来，蠕动着退后，露出绿松石色的池水。水面上飘来一股氯味。威尔把裤腿卷到毛茸茸的小腿处，在泳池边坐下，拍了拍他身旁的位置。她还记得小时候，有一次他俩悄悄翻过邻居家的篱笆，在一个类似的泳池里拿脚画圈圈，一面低声议论自己犯下的罪过。

她走到他身边坐下，不过角度有所偏斜，这样就能看到智能玻璃窗了，一旦杰克醒来，保姆就会往玻璃窗上发送通知信息。他们聊起了学生时代和游泳比赛的事，然后就像这些日子所有的对话一样，聊天的话题向内坍塌，又转向了那个无所不在的黑洞。即便如此，总胜过聊活不了的杰克，或者聊胆小鬼本尼。

"我看到他们在梅森堡沿岸设置新的屏障。"威尔说，"想要把整条海岸线都堵上。"

"昨天海滩上就有一只，"伊丽莎白承认，"在众目睽睽之下，它差一点就游进水里了。这难免让人觉得好奇，对吧？"她啜了一口水杯里的酒，"在没人盯着的地方，它们当中又有多少真的成功了呢。"

"有不少，"威尔说，"可是它们一旦进去了，就很难数清楚，因为潜得太他妈深了。它们形成了那些东西——空腔。"他用手指在空气中戳出一个个小洞。"就让它们去应付会让我们炸开的压力吧，在那样的压力下，我们体内的器官会爆裂的。"

伊丽莎白感觉到一阵惬意的寒战顺着脊柱向上蔓延，穿透了她的后背。"你觉得它们在那底下干吗？"她问道。

"我可不知道，"威尔说，因为谁也不知道，"它们有可能被大乌贼给吃了吧。"他抬起一只脚，越出水面一踢，水珠朝着泳池的另一端喷溅，发出琴音般的淙淙水声，荡起一片涟漪。"我倒宁愿认为，它们是在建一座城市。"

"但它们没有大脑。这是其一。"

"它们有别的，"威尔说，"至少有巨大的神经束。"

泳池产生了一股诱惑力。她把泳池盖上，告诉她兄弟，池水会招来蚊子，然后进屋去取另一瓶酒。她在智能玻璃窗前逗留了片刻，注视着杰克正在呼吸的小身体。等她回到花园时，威尔正将两把网眼折叠椅从雨水罐的后面往外拖。

她掸掉了折叠椅上的蜘蛛网，两人坐在花园中央一片被云朵遮蔽的星云下。她感到了醉意。

“他们太无礼了，是不是?”她伸出一根手指，向上一指，以此象征罪责所在的某个物种，或者机制，或者个体，“正当我们终于习惯了自己制造的那种病毒时，又把一种定制的基因病毒丢到了我们头上。”

“也说不定是意外呢。”威尔小声嘟囔着。她发觉，他也赞同阿莉娅·罗斯-凯勒曼偏好的观点之一，心中随即泛起了一丝厌恶。“说不定是他们想跟你打声招呼。”

“先这么猜吧，”伊丽莎白说，“不过，你知道有些人在干什么吗?”

“是，我知道。”威尔紧盯着黑暗的天空说。

他们喝啊喝。

●•·

在与坏杰克一如既往的较量中，她感觉自己比往常更温柔、更有爱心，这或许说明她应该多喝酒。伊丽莎白做了些不羁而欢乐的美梦。

在其中一个梦境里，她在一家巴洛克风格的酒店里参加一场派对，这家酒店的住客已经被隔离了多年。她与阿莉娅·罗斯-凯勒曼手挽着手出席，两人都穿着条纹泳衣，她们之间如同小说里描写的那种敌意不那么强烈了，变成了虚幻的烦恼。

餐厅领班是三个一模一样的人，尽力让每个人在这样的夜宴上都能精神焕发。不清楚他们究竟是一个模子里刻出来的三胞胎，他与两个兄弟共同承担管理责任呢，还是领班本人有三具在培养桶中完美复制出来的身体，通过某种方式将自身的意识分散到了这三具身体上。

这场派对很乏味，因为已经举办了多年，伊丽莎白谋划着要如何出去。她在高处的一条长廊上观察着下方的欢庆场面。她蹑手蹑脚地朝门走去，门上仍然投射着一个表示危险的黄色全息警告标志，但门已经打开了，好让丝绒般柔和的微风吹进来。一个明显还未成年的女孩抬起头来，面前是金属制成的酒杯。

伊丽莎白向出口冲去。领班吩咐笨手笨脚的侄子拦住她；那孩子拿着一把小刀，在空中左劈右砍，但她心中只有兴奋，并不觉得恐惧，她绕着那男孩躲来躲去，然后冲进了外面湿漉漉的夜色，夜风吹拂在身上。这座城市的建筑是萨拉戈萨和卢森堡的大杂烩，既有国际化大都市的宽阔大道，也有鹅卵石砌成的蜿蜒小巷，一条斜向流淌的运河贯穿于其间。

当她跃入河中时，身上的泳装毫无必要地变成了紧身潜水服。运河很浅；她紧贴着积满淤泥的河底向前游去，她的动作搅起了淤泥中的微生物，它们散发出放射性的绿光。她沿着河底悄悄潜行，在一股柔和的人造水流中逆流而上，肺部丝毫不觉得憋闷。她陶醉于自己的逃亡，陶醉于非暴力反抗带来的强烈快感。

运河很深。她往水下游啊游，游进了刺骨的冰寒中。那些微生物漂浮在她周围，照亮了她的路。她不需要呼吸。她游过一片充斥着三叶虫和柄眼原鱼的远古海洋，随即发现自己完全置身于另一个城市。这里有倾斜的街道和歪斜的金字塔，都是在岩石嶙峋的海床上开凿出来的，围绕着一座火山口排列。

水下城里空空荡荡，但她知道，那帮蔓生怪只是飞快地游出去取点东西，很快就要回来了，所以——

●•·

他们几人要去开普角一日游，因为威尔上次来的时候，这个景点关闭了。保姆给杰克播放着节目，而伊丽莎白则在打包他的尿布袋，又往两只亮闪闪的红色保温瓶里灌满津巴布韦咖啡。威尔自告奋勇地承担起了做三明治的任务。他把两排松软的白面包摆在厨房的工作台上，交替着抹上一层又一层平整的花生酱和葡萄果冻，然后用手一拍，摞到一起。

他的动作有条不紊，那双瘦骨嶙峋的手看起来与他们母亲的手一模一样。伊丽莎白心想，他们下次喝酒的时候，大概就该聊起她了。

现在，她把三明治用袋子装好，又另外添上了鹰嘴豆泥和新鲜的黄瓜片，外加一块三角形的碎羊奶酪。她在一个带盖的杯子里装满了动物形状的咸饼干，好在开车途中拿来哄杰克，里面有大象形饼干，但没有形状像蔓生怪的。她一遍又一遍地反复检查尿布袋。

"你是为爆而生。"威尔得意洋洋地说。

伊丽莎白正在到处找婴儿防晒霜。"你说什么？"

"J. J. 曼克斯的诗，"威尔说，"那天晚上，你拼命想回忆起那首诗的名字。是J. J. 曼克斯写的《你是为爆而生》。"

"我不记得了。"

"你忘了自己不记得那首诗的事了。"

她发现婴儿防晒霜莫名其妙地给搁在了冰箱顶上，于是把它也装进了袋子里。"我忘了自己不记得那首诗的事了，"她说，只希望她问起这首诗的时候，心里不是在惦记着杰克，"你们准备好了吗?”

她猛地将杰克从地板上抱起，一行人坐进了车里，车已经启动了，发出轻轻的轰隆声。醒目的白色底盘向四面八方折射着清晨的阳光。他们离开时，一种痛苦的感觉噬咬着她的心。她根据这种感觉最初呈现出的形态，企图猜出自己到底忘记了什么重要的任务或物件。每次总会忘记点什么。

房子在他们身后密封起来。带有装甲的大门关上了，发出刺耳的响声。摄像头在架杆上旋转着。隐藏的嗥鸣器随时准备应对闯入者。总感觉他们的离开让房子如释重负，它并不希望他们再回去。

●•·

他们的车沿着山脉勾勒出的弧线而行，蜿蜒的旅途风景秀美，这里的地势很不错，从这里望去，海浪如同从世界各地射来的弹药，泛着泡沫，穿过蓝绿色的海水，势不可挡地向着目标疾驰。从上方俯瞰，海滩上的栅栏就像是塑料玩具，简直不值得留意。视野里看不到蔓生怪的踪影。

然后他们向南行驶，穿过格伦卡恩和西蒙镇，一路南行，沿着海岸向南猛冲，忽而驶向内陆，忽而靠近海滨。被风吹拂着的茂盛草丛不见了，取而代之的是长满灌木丛的平原，一望无际的紫红色平原上点缀着一丛丛鲜亮的绿色植物。没有了高山的阻隔，天空显得开阔起来了。伊丽莎白觉得奇怪，为什么她没有时常出门旅行?为什么她这么长的时间都把自己关在家里?

“那是猴子吗?”杰克问道。

他们正从一块标志牌前经过，这块牌子原先是为了警告行人，附近有狒狒出没，如今，标志牌上的内容却是在请游客放心，所有的狒狒都被植入了芯片。图上描绘的是棱角分明的头骨黑色的剪影，头骨里面有个亮黄色小方块，只不过本尼曾经告诉过她，实际植入的芯片太小了，根本看不见。

对它们的行为加以约束的大脑改造其实是种纳米外科手术：小型无人机向它们体内注射小型生物机器人，这个机器人隐藏在它们的前额叶皮层中，阻止其对任何人形两足动物发起攻击。目前，类似的技术正在战俘和气候难民的身上进行试验。

“是啊，杰克真聪明，”她说，“那就是猴子。”

“这外头真他妈漂亮啊，”威尔说，“天空这么大。”

他们的车在一片沙地上停下来，沙地上排列着空空如也的灶坑和野餐桌。她把杰克从座椅上拽了起来，饼干屑像雨点般落下，动物形状的咸饼干全都被他胖乎乎的拳头和不怎么灵活的嘴给弄碎了。威尔抓起尿布袋和冰袋。在沙地的另一边，是一片被海水浸得黏糊糊的岩石地面。在岩石的另一边，是一层上下起伏的黑色海藻，仿佛铺了一层地毯。在海藻的另一边，是灰蒙蒙的大海，海面上只停着一艘渔船。

“那是狮头山吗？”威尔问道，他抬起下颌，指向大海的另一侧，那里有一座半隐在云中的高山。

“是啊，威尔真聪明，”她说，“那就是狮头山。”

他将手里的冰袋一晃，撞在她臀上，杰克在她的另外一边。她可以逗自己开心、逗别人开心、无忧无虑地随口说话，这种感觉真不错。她仍在与本尼对话，带有歧义的文字和情绪紧张的语音信息交织在一起，感觉就像在解剖一枚热核炸弹。他们喝醉的时候，她曾经给她兄弟看过一部分对话。他先骂本尼是个自恋的婊子，接着又向她道歉，把那句骂人话改成了“自恋的痔疮”。

他们坐在破烂的木质野餐桌旁用餐。杰克对岩石更感兴趣。他一遍又一遍地指向岩石，沾满了花生酱的手指不屈不挠，直到威尔自告奋勇地提出过去盯着他，让她至少这一顿饭能好好地吃完。她同意了。黄瓜被她激光修整过的牙齿咬得噼啪作响、汁水四溅，此时，她尽量不去想象杰克的小脑袋在湿漉漉的石头上撞伤的模样。

但他是个谨慎的宝宝，慢慢地择路而行，有条不紊地穿过那些凸出的障碍物，威尔紧跟在他身后，随时准备把双手伸到杰克的腋窝底下，将他托举到安全的地方。伊丽莎白吃着两块三明治，一边远远地望着他们。

他们的这番勘探引发了蠹虫的大迁徙，它们成群结队地飞速逃窜。杰克发出了一声欢快的大叫。他怕狗、怕猫，也经常怕人，但不怕昆虫。她兄弟就没那么高兴了：他绷紧了脊背，一把将杰克抱到空中。

“伊丽！”他大喊一声，不过现在，他的声音里流露出一丝笑意，“快来瞧瞧这个！”

装三明治的袋子已经空了，她用保温瓶把袋子压在野餐桌上，以免被哪阵突如其来的海风一吹，袋子随风飘到遥不可及的地方，她心中对于污染环境的负罪感已经十分深重了，如果发生那样的事，还会让她再平添一分愧疚。然后她才走过去，踏上了礁石，与他们二人会合。礁石并不像看上去那么滑溜，顶上基本保持着干燥，被阳光晒出了一层骨白色的硬壳。

她每走一步，面前的蠹虫都会急匆匆躲开，也就是说，威尔想让她过来瞧瞧的并不是蠹虫。当她走到那个地方的时候，海水难闻的气味里还夹杂着某种更强烈、更油腻的气息，两股气味一起钻进了她的口鼻之中。威尔和杰克抬起头来，两人的表情毫无二致：都带着孩子气的快乐和着迷。

一具美丽的尸体散落在岩石上。外骨骼碎了一半，但仍然保持着那种浓郁的深沉色调，靛蓝渗进了深红，深红又渗进了蓝紫。肉质卷须从断裂的卷须臼中蔓生而出，结缔组织呈现的是解剖学书籍上常见的红色。吸鳍了无生气，让她联想起了以前在橱柜后面发现的一株生长过快的山药，在带着咸味的海风中摇摆颤抖。

杰克用沾满花生酱的手指朝着尸体一指。“蔓生乖，妈妈。”他说。

她想起来了，狒狒体内安装的芯片已经做过更新，让它们去猎捕蔓生怪。

●●·

接下来的一个星期，那具蔓生怪的尸体闯入了她的梦境。它变成了她在稀奇古怪的冒险路上的同伴，梦境中的场景还拼接上了杰克的卡通片，以及神经系统当中乱七八糟的内容，这些内容的时间还要更早一些。

她们一同穿过一片耀眼的白色超表面，那里被浑身赤裸的流浪者所占据。为了不惊动其他游泳者，她们虽然去了海滩，却仍旧待在用条纹帆布制成的一台洗浴机里。她们参加了一场嘉年华，那里的旋转木马座椅用的是真马，死去的马匹，肿胀的黄褐色尸体被刺穿了，钉在镶嵌着镜子的地板上，就像昆虫标本一样。

多数梦境要么被夜里杰克的啼哭惊醒，要么被清晨的阳光刺破，就这样消散了，散得了无痕迹，但在白昼的时光里，她却能感受到它们消失后留下的空白是怎样的形状，她将手指伸进了那些隐秘的小孔里。她开始更加密切地关注新闻。她观察异种病毒的波动，以及病毒残留的尾迹。在早先的日子里，在恐惧被光阴冲刷殆尽之前，在接种湿件[1]推出之前，她就是这么做的。

---

① 计算机专用术语，指软件、硬件以外的其他“件”，人脑或人机联络设备。

紧急措施已经再度收紧，也就是说，边境关闭了，本尼即便想回来也回不来了。她不再回复他发来的信息，还拒接了他的两个电话。他第三次打来电话的时候，由于肌肉记忆的缘故，她心不在焉地接了起来，当他兴奋得通红的面孔出现时，她只记得他们的关系已经破裂了。他的鼻毛上覆盖着一层可乐留下的雪沫。

他提出要瞧一眼杰克，似乎很惊讶自己以前从未想到过要这么做。于是，伊丽莎白将电话静了音，带他来到杰克的卧室，让他看了看杰克。那孩子正在睡觉，手里紧攥着一个橙色的塑料水杯，就像捏着什么法宝似的。她向他展示了智能玻璃上显示杰克呼吸状况的正常图形，这个举动并没有想讽刺他的意思。数字的起伏波动总是会令人感到欣慰。

眼泪顺着本尼的双颊奔流而下。他连再见都没说一声，便挂断了电话。

●•·

就像本尼不能再入境一样，威尔也不能出境了，但她兄弟似乎并不介意。他在康斯坦提亚的一家专卖店订购了物料——用培养桶人工种植的牛皮纸画布、松节油和画笔，然后在一个漫长的下午一直追踪物流状况，眼睛紧盯着地图，一只瘦骨嶙峋的手死死揪住衬衫领子。在成功绕开了一场丛林大火和两次骚乱后，送货无人机完好无损地抵达了。

威尔对自己的画作并不珍视，也不会藏起来不给人看，伊丽莎白逐渐相信，这样的表现可能另有其矫揉造作之处。但她观摩他创作过程的次数够多的了，色彩和阴影缓慢的分层呈现再也引不起她多少兴趣；她可以一连数天连扫都不扫一眼他的画布。他一般把画布摆放在后花园里，但有时也会收拾起来装好，带上埃尔希峰作画。

她有自己需要操心的事：调整购物清单，将家里新添的一个成年人考虑进去；更换杰克卧室里的空气过滤器；对更优质的治疗方案进行研究和编目，以取代她弃用的那些让人着急的算法模块；凡是内部空间可能藏匿污水和危险细菌的洗浴玩具，统统都要处理掉；每天至少写一句话，以便适时地让自己的心安定下来。她发现自己经常抄写新闻。

“他们的数量越来越多了，”一天晚上，她一边用手指摩挲着酒杯边沿，发出音乐般的振鸣，一边说，“这些杀人邪教。”

威尔盯着她。他的瞳孔放大了，令她忽然联想起带有磁性的种子，被拇指按进了肥沃的土壤里。“这是一种恢复控制的方式，”他放下蒸汽烟斗，说道，“针对的是无法管控的局面。”

“这属于集体自杀，”她说，“如果他们能稍微再多等一段时间，等市场周期把湿件的成本降下来，情况就会恢复正常。你知道吧？总是会恢复正常的。”

“当然了，伊丽，”威尔说，“但这些人有的已经失去了一切。他们全家都游荡到海里去了。他们愤怒，他们绝望，而且说真的，谁也不知道当蔓生怪是个什么滋味——”

“它们喘着粗气在地上爬，那模样看着就很可怕。”她说。

“一旦它们爬到海里，就变样了。”威尔重新装好烟斗，双手的动作很轻柔，显得有条不紊，“它们潜到水里的时候，真是太他妈漂亮了。有一个地方——”他审视着自己的作品，“噢，这些弹药筒的位置反了。”

“有一个地方？”伊丽莎白重复了一遍。

威尔眨了眨眼。“是啊，”他突然摆出一副神秘兮兮的样子，“是啊，你也知道，我这阵子会徒步一小段路吧？就是去爬那座小山？”

“埃尔希峰。”

“没错。”他咬着自己的腮帮子，“嗯，在山上靠近灯塔的地方，有一块突出的石头，一直延伸到海面上方。昨天，我看到了一点东西。”

“蔓生怪？”伊丽莎白猜测道，她的心怦怦直跳。

“没错，是一对。”威尔吸着烟斗，咳嗽了几声，“它们从石头的最前面跳了下去，我走近的时候，看到它们就在底下的海浪之间，绕着对方游，画出了一个小圈。然后它们潜到水里，就再也看不见了。”

“你应该跟谁说一说，”伊丽莎白道，“给那地方立个标记、封锁起来。”

威尔晃动着下颌。“我觉得不该这么干，”他说，“其实，我倒有点希望我们不要去管。让它们到水里去好了，让它们潜水好了，无论它们想干什么，就让它们安静地干吧。如果它们不见了，那就不见了呗，对吧？”

她脑海中浮现出水下大都市的画面。

杰克号啕大哭起来。

●•·

星期四到了，伊丽莎白像候鸟一样，凭借着本能去了海滩。海滨沿岸的几条街道上一片空荡，死气沉沉。吓人的纳米碳水母飘浮在头顶上方，安保无人机不再看守空仓库了，而是被重新委派了任务，在海岸线上巡逻。虽然最近只要一有机会，杰克就更愿意走路，但她还是将婴儿车从车厢后面小心地拖出来，把杰克放了进去。

看到她们，门口的那个人很不高兴，他望着她肩膀上方的空气说：“出于安全考虑，不建议把海滩用作休闲用途。”

“但这么做是允许的，”伊丽莎白冷冰冰地说，“因为我们已经完全接种了疫苗。”

生物过滤器显示的是未受污染的蓝色。大门晃晃悠悠地打开，让她们通过。除了母子二人以外，沙滩上另外只有两个人：一个是阿莉娅·罗斯-凯勒曼，一个是尼尔斯，他们的人类保姆明显并不在场。伊丽莎白心中颇为后悔，但大门已经在她身后呼呼地关上了。她领着婴儿车前行，神气活现地挥了挥手。

阿莉娅脸上绽放出笑容。“你好啊，丽兹，”她说，“今天海滩上可真挤。”

“挤得可怕。”伊丽莎白回答。

“杰克宝宝怎么样？”阿莉娅问道。

杰克听见这句话，在婴儿车里扭动着，坐直了身子。“你好？”

阿莉娅笑出了声，像海豹一样兴高采烈地拍起了手。“你好，杰克，”她说，“来陪尼尔斯玩吧！他们正在用淤泥造城堡呢。”

伊丽莎白把杰克从婴儿车里抱出来，把他放在尼尔斯身旁，尼尔斯的新泳衣做成了海星的模样。两个孩子面面相觑了片刻，然后便不再理睬对方，各自退开，忙活起了自己私人承包的淤泥建设工程。伊丽莎白也尝试着采取类似的做法，她打开阅读器，对屏幕设置进行调整。

“这么说，可怜的本杰明还被困在珀斯呢，”阿莉娅说，“真是可惜。”

凯勒曼-罗斯一家根本无从知晓本尼有没有回来，因此，在肾上腺素的刺激之下，她的心脏猛地一震，乱跳起来。然后，她发现对方把城市的名字说错了，这才明白是怎么回事。

“我遇见了你兄弟，”阿莉娅说，这句解释有点多余，“我们聊了一会儿。作为一个创作者来说，他其实挺理性的，对吧？”

威尔这混账总是在跟人偶遇。主路上还有几家仅存的咖啡馆，他在其中一家买咖啡的时候，偶遇过一个抑郁的时装模特；徒步前往废弃的灯塔时，他偶遇了一名退休的侍酒师。现在，他又偶遇了阿莉娅·罗斯-凯勒曼。

“我本来以为，他对这个世界的看法会更有趣呢，”阿莉娅解释道，“也许有意思的想法他都投入到工作中去了吧，一点儿也没剩下。”

“很有可能，”伊丽莎白说，“你的保姆在哪儿呢？”

阿莉娅毫无瑕疵的脸皱了起来。“哦，”她说，“哦，哦。”

伊丽莎白本来想说，*你是不是刚刚注意到？*或者说，*免疫体的价钱好像越来越贵了，对吧？*但就在这时，她看见了阿莉娅眼中的泪光，简直就像本尼眼中的泪光那样，显得很不协调。

阿莉娅说：“她在开普平原区探亲的时候被感染了。我真的不知道心里该是种什么滋味。”

在伊丽莎白看来，这一点似乎显而易见——即便感觉尚未产生，她也总是知道自己心里该是种什么滋味，但她等待着。杰克伸出手去，小心翼翼地把泥巴抹在尼尔斯胸口上。尼尔斯并没有反抗。阿莉娅定了定神。

“她是自愿的，”她说，“那帮人偷船出海，用注射器把自己感染了，她就是其中的一员。我估计这很可怕。”她停顿了一下，“你能保密吗，丽兹？”

有那么一瞬，伊丽莎白仿佛存在于一个畸形的量子分支里，在这里，她就是丽兹，是阿莉娅的朋友，性格乏味，却为人可靠，她的沉默是由于物质上的欠缺，她的社交圈很有限，所以是个理想的闺蜜。这令她感到不安。

“好吧，”她说，“我可以保密。”

阿莉娅哆哆嗦嗦地吸了口气。“有时候，我巴不得自己也能那么做，巴不得我也能当个蔓生怪。”她憋住了笑声，“我疯了，对吧?”

一根纤纤细线在她们二人之间延展，第一次将她俩连接起来。阿莉娅·罗斯-凯勒曼说出了时常萦绕在伊丽莎白脑海中的那句心里话。这一点感觉很重要。它或许会引发一段关于友谊、恋情乃至犯罪行为的蒙太奇。

“我知道，你对现在的状态挺满意的，”阿莉娅说着，擦了擦眼睛，“对你的丈夫、孩子，还有那些不可名状的东西。这很美好，丽兹，很美好。可是我呢，我一直想要某种——更宏大的东西。”

你该死的卡通片，伊丽莎白在心里暗自说道。

“那个想法*确实*疯狂，”她说出口的是这句话，声音显得亲切而温和，“想当蔓生怪。你应该去求助啊，阿莉娅。”

阿莉娅伤心地点了点头。伊丽莎白感觉自己的能量已经耗尽，每一个细胞都被榨干了。

●•·

威尔向她提出，次日晚间，他想邀请那位退休的侍酒师过来做客，她同意了。此人皮肤晒得黝黑，满头银发，穿着一件大胆的袒胸连身裤。他的小狗跟罗斯-凯勒曼家的狗嘀咕了一会儿，然后便安静下来，心满意足地啃着它线条优美的爪子。他们在后花园里畅饮苹果酒——威尔不肯挑葡萄酒，说这必定是个圈套——而杰克则在收集掉落的无花果。

空气清新，气氛热烈，世界即将终结这样的事似乎绝不可能发生，但他们的谈话却在不约而同地走向这个主题。

“要知道，这跟别的瘟疫和流行病不一样，”前侍酒师有一丝轻微的罗马尼亚口音，“这是它们照片的底片，是它们的手性对映体[①]。”

“嗯，它是被人造流星带来的，”威尔脸上带着奉承的笑容，“是独一无二的。”

“它是带着目的来的，”他们的客人说，“在我看来，这是一份礼物。”

“你是怎么知道的？”伊丽莎白问得比平日里更直率。

“在我看来，”那人重复道，“人类已经获得了一种自我拯救的方法。”听见这样的话，她不禁再次确认了一遍，前门的生物过滤器显示他并没有感染。“为了从自己手里拯救自身，”他继续说道，一边抚摸着他的狗脑袋上小小的骨头，“这一次，在前面带路的是受压迫的人。”

威尔露出了惊惶的微笑。“这主意挺不错。”

“上下颠倒，前后异位，诸如此类。”客人把狗放到腿上，“我们一次又一次地把穷人抛在身后，可是现在，他们终于可以把我们抛在身后了。”

“办法就是变成像怪异可怕的小龙虾那样的东西。”伊丽莎白说，“还真是交了好运呢。”

“办法就是长出五彩斑斓的盔甲，回到我们原初的出生地。”前侍酒师说，“当旧世界熊熊燃烧的时候，它们却安然无恙地待在海里。或者说，只要我们不再愚蠢地追捕它们，人家就是安全的。”

“这一点我同意，”威尔说，“这种做法很野蛮。遏制计划很

① 译者注：手性指物体不能与其镜像相重合，如同我们的双手，左手与右手无法重合。对映体互为实物与镜像，而不可重叠。

野蛮。”

狗呜呜地哀鸣。前侍酒师点头道：“而且，谁又有资格说什么可怕、什么不可怕呢？我们看到的只是它们的外表。”

“谁也不知道当上蔓生怪是种什么滋味。”威尔附和道。

“兴许他们确实知道呢。”客人说。他长着皱纹的眼睛闪闪发光。“兴许他们确实知道，那些科学家把变形之后的蔓生怪剁成碎片，用电极穿过它们的四肢，他们嫉妒得都快发疯了。要不然的话，我们为什么要这样拼命地阻止大逃亡？”

“这不是什么大逃亡，”伊丽莎白直截了当地说，“这是病毒。”她把杰克抱进怀里。“那些变成蔓生怪的人都死了。他们的身体只是被重新赋予了别的用途。”

“这可没法知道！”前侍酒师叫道，“蔓生怪不会跟还没有变形的人交流，但有人见过它们互相配合，成群结队地行动——”

“杰克睡觉的时间到了，”伊丽莎白打断了他的话，“认识你很高兴。”

“认识你我同样很高兴，伊丽莎白，”客人笑容满面地说，“晚安，小杰克。”他喝了一大口苹果酒，转身对威尔道，“那么，这幅画，你要给我看一下吗？”

伊丽莎白想象着这样的场景：她磨蹭着走开，把杰克哄睡，一小时之后再次露面，听到的是醉醺醺的轻笑声，看到的是一个满头银发的脑袋靠在威尔黑发的脑袋旁边。她觉得自己没这个义务帮她兄弟跟这人搞到一起。她不喜欢他们趁她不在场的时候议论蔓生怪，说不定还会趁她不在场的时候议论她。

“他没空，”她说，“你瞧，我需要他帮我照顾杰克。”她冲着前侍酒师一笑，并没有看他，“你可以走花园的门出去。”

从客人的神色来看，他似乎受到了冒犯，但一瞬过后，他的表情变得伤感而睿智，仿佛自身的智慧成了他的负累。“没问题。”他说着，把狗抱进怀里，但在走到花园门口之前，他像表演似的优雅转身，扭头说道：“我们不应该害怕蜕变，祝你们在新世界里一切顺利。”

他离开了，伊丽莎白等待着威尔向自己道歉，因为他居然跟一个精神病人交上了朋友，还带他到家里来喝苹果酒。但她兄弟并没有道歉，而是凝视着无花果树，伸出卷起衣袖的那只手，用拳头擦去瓶底的雾气。

“他有些话说得很有道理，”威尔温和地说，“确实有一定的诱惑力。我估计，是因为那东西很怪异吧，很神秘。”他乜斜着眼瞥向她。“肯定是有的，不然的话，就不会有这么多人心甘情愿被感染了。这些人全都涌进了大海。”

“晚安，威尔，”伊丽莎白用毫无起伏的声音说，“爱你。”

杰克离死期又近了一天，在夜里与那孩子的较量开始之前，她绕道来到了兄弟的房间。他的画布就摆在床上，当她轻轻打开灯、看到画面的那一刻，她几乎不感到诧异：画中是一个蔓生怪的剪影，以鲜红和艳紫绘成，从洒满月光的水波中浮现而出。太美了，美得连她的喉咙都不听话地疼痛起来。

●••

感染率激增，暴力造成的动乱也随之激增，他们又重新恢复到全面封锁状态。本尼的房子时刻保持着警戒，房子变成了堡垒，堡垒又变成了监狱，伊丽莎白担心，这里接下来就该变成避难所了。她的梦境比以前更加生动，有时即便在白昼也会降临，背鳍从她的潜意识中竖起，盘旋着，底下短暂地闪现出某种锋利的东西。

威尔的表现很奇怪。他悄悄地在房子里四处徘徊，就像动物园里一只憔悴的老虎，啃食着伊丽莎白早已忘却的童年记忆。他喝了酒的时候，情况就更严重，而他现在经常喝酒。

“那个盒子的游戏，”他的眼神流露出几分狂热，“就是我们在地下室里玩的游戏，你不记得了吗？我们管那个叫‘让你变身的箱子’。”

杰克睡着了。他们又来到了厨房，两人在餐桌两旁相对而坐，桌面上，冰镇过的灰皮诺葡萄酒从酒瓶中喷涌而出。这一幕被赋予了一种象征意义，变成了一座不可逾越的里程碑，因为伊丽莎白决定不再陪他喝酒了。

“有一个碟子，我们会一起带到地下室去，”他说，“我们会把它从瓷器柜里偷偷弄出来。碟子上有蓝色的海葵。我们会用那个碟子喝水，说那是药水，然后钻到变身箱底下去。”

兄弟的话在她的神经系统里触发了片状闪电，她看到了那幅画面：他俩还是孩子，待在一间尚未完工的地下室里，在冰冷的混凝土地板上玩耍，所谓的天花板就是胶合板裸露的骨架，光秃秃的灯泡亮着，用线吊在那里。他们轮流往一个大纸板箱底下钻，有时，威尔想两个人一起钻进去，但她并不愿意。

“是蓝花，”她说，“不是海葵。”

●•·

杰克有点不对劲。虽然他的体温没有升高，血氧计的读数也正常，但他面色苍白，动不动就生气，还容易烦躁，每次发脾气哄也哄不好。她做了十几次数字咨询，结果说目前还为时过早，他的病情还没有抬头。他们一遍又一遍地向她保证，这只是暂时出现的小插曲，死亡的过程还没有开始。

今天，他没有趴在她肩头伤心地号啕大哭，也没有试图钻进她怀里，而是摇摇晃晃地走到模块化沙发背后的角落，在那里蜷缩成一团。

“过来，小家伙。”她跟他一起挤进沙发后面，伸出了双臂，“过来，亲爱的。你渴吗？”

杰克长满金发的脑袋摇了摇。

“妈妈喂奶？”伊丽莎白提议，虽然现在还是下午。

杰克纠结了一会儿，但又摇了摇头。

她的心为之一痛。她知道，杰克可能就像海绵一样，吸收了她所有的恐惧，通过她微妙的肢体语言观察到了它，在她的乳汁中品尝到了它。她知道，细想这件事只会让她越发焦虑，产生出无法阻挡的反馈循环，而即将进入这种循环的前景同样让她感到焦虑。

整件事情全搞砸了，因为她性格软弱，不够坚定。她就是坏母亲。

除非是由于别的什么原因。

这种怀疑太可怕了，太重大了，以至于令她无法直视。她必须摸索着绕过那些带刺的边缘，重演威尔和杰克之间的每一次互动，重温处于半遗忘状态的地下室游戏。这种可能性令她变得麻木起来，感觉天旋地转，她仿佛被从中剥开了，体内的每一处都产生了一种鲜红的强烈痛感。

她从杰克身边退开，双手双膝都在颤抖。她告诉智能玻璃窗，调出她不在场时威尔和杰克在一起的所有画面。她屏息凝神地观看着。看完一次又一次毫无恶意的互动场景，慢慢地，她心中的怀疑变成了愧疚。她又干了一件不像话的事。

可是接下来，在两周之前，杰克晃晃悠悠地走进了威尔的房间。她兄弟正拿着个袋子，里面装着什么东西。他注意到杰克闯入，笑了起来，轻轻的笑声里夹杂着静电的嘎吱声。**别告诉妈妈**

哦，他说，然后把袋子塞到了枕头底下。伊丽莎白先是感到一阵恐惧，然后又是一阵愤怒。她把自己的秘密告诉了威尔，但她兄弟却有事瞒着她。

一阵浪花般翻涌的情绪促使她来到了客房。威尔正在花园里作画，所以，她可以不受干扰地找一找……什么呢？要找什么？她丢开他汗渍斑斑的枕头，什么也没找到。她拉开抽屉，把他堆在里面的衬衣铺开。然后，她看到了它，正静静地躺在床柱和墙壁之间的缝隙里。

那是个深蓝色的塑料袋。她打开袋子的封口，闻到的是一股刺鼻的油脂味，来自被肢解的蔓生怪。

●●·

伊丽莎白先绕道回到自己的房间，拿出了配有生物识别锁的盒子。然后，她把石灰绿色的青蛙电话戴在杰克耳朵上，给他舀了一杯动物形状的咸饼干，然后到花园去跟她兄弟当面对质。天色灰蒙蒙的。雾气从海上飘来，吞没了天空。威尔用太阳能灯模拟出了少许阳光。在他的画布上，血一般鲜艳的朱红与最深沉的暗蓝纠缠在一起，美丽而纷乱。

“你床背后的那个袋子，”她说，“你他妈的为什么要这么干？”

威尔眨了眨眼，脸颊变得通红。“我们大家都完全接种过疫苗了。”

“是从开普角的那个家伙身上弄来的吗？”她质问道。

她兄弟点了点头。

“这么说，这玩意儿已经在家里搁了好几个星期。”她感到喉咙里的怒火产生了酸液般的灼痛感，“**好几个星期**。你为什么居然会想到——”

“是当颜料用的，”威尔为自己辩护道。他用蘸着蓝色颜料的画笔做了个手势，“我想弄点颜料，用来画画，就像我以前把贝壳碾碎那样。仅此而已，伊丽。”

“不是。”伊丽莎白把带有生物识别锁的盒子往水泥地上一放，在盒子前面蹲了下来。她的声音有些发颤：“不是，这是另外一回事。你跟那个侍酒师一样疯掉了。你想感染你自己、想感染我俩——”

“没有！”威尔大叫起来，“没有，伊丽，从来没有过，我不想——”

“那你为什么要把它藏起来？”她质问道。

威尔撇了撇嘴，这动作跟从前他们的妈妈一模一样，让她越发恼火。“因为不想让你担心，”他说，“不想再给你增加压力。”

伊丽莎白让盒子识别了自己的拇指，盒上的锁扣咔嗒一声打开了。“我在主路上给你订了个住处。”她说。她的嘴干巴巴的，两片嘴唇似乎把彼此磨伤了，“你必须离开。把那个袋子拿走。随便你拿来干吗都行，但在这儿不行。”

“得了吧，伊丽。”威尔的怒火终于被她引燃了。他挺立在她面前，双眉紧锁，龇着牙说道，“我想让自己*感染*？这话真他妈可笑，真他妈的可笑啊。想变成蔓生怪的那个人明明是你。”

伊丽莎白的胸膛仿佛被一根带有锯齿的锐物刺穿了。

“你总是提起那个*游戏*，”威尔责怪地说，“我们在地下室玩的那个游戏，变身箱。你以为我不知道你想表达什么吗？”

“滚你妈的蛋。”伊丽莎白说，这是她第一次真心实意地说这种话。

“我不怪你，”威尔说，“谁也不会因为你有那样的想法就责怪你，而且杰克——”看到那把射手枪正指着他的脸，他住了口，用颤抖的声音说："伊丽，这他妈是什么鬼东西？是本尼的枪吗？"

"走吧，威尔。"

他的目光从枪上移开，飞快地扫了一眼窗户，窗户上显示的一列数字正随着杰克的状况变化。"我能跟杰克说声再见吗？"他问道，她能听出他的眼泪即将涌出，他的鼻子里带着哭腔。除了她以外，人人都有眼泪可流。

"以后再说，"她说，"回头你可以打电话过来。你走吧，立刻马上。"

"好吧。"威尔仍然盯着窗户，声音显得有些沉闷，"好吧。"他开始收拾画布。"爱你，伊丽。"

回答的话她没有说出口。

●●·

威尔走了，那个口袋也被带走了，但蔓生怪尸体的气味依旧挥之不去。她更换了客房的床上用品，又让保姆去擦洗那片墙壁（先前那个口袋就夹在灰泥墙壁与床柱之间）。消毒水的泡沫溅到了地板上，让她联想起海浪的浪尖。杰克也是这么想的。他用手划破了泡沫，大叫着：**我们栽海滩上，妈妈**。后来她用一个节目转移了他的注意力。

在最初的那几天里，他还会问起叔叔，就像以前问起爸爸那样，但又过了一阵，威尔离开的事似乎便被他抛到了脑后。母子俩又恢复到了平时最常见的那种状态：就像一对恒星，周遭的黑暗中，只有他们这对双星在飞翔。她投入了全部精力，去扮演"好母亲"的角色，去营造一个适合于成长和学习的完美环境，哪怕这样的环境毫无意义。

在外面的那个世界，一个个国家正在整体消失。有的国家变成数字化世界里的黑洞已经有数月之久，可是现在，其他地方的专制者也在纷纷效仿——匈牙利和波兰已经切断了自身的网络，对边境实行军事化管理。面对不断增加的人数、人满为患的港口，最贫困的沿海国家已经开始走向崩溃。

在里面的这个世界，总统用沙哑的嗓音发表抚慰人心的演讲变成了夜间的一场滑稽剧。由于补给线受到干扰，超市里已经空了。间歇供电的时间变得愈发难以预测；三天来，伊丽莎白用的只有家里的发电机。她梦见在灯光昏暗的地下室里，有个蔓生怪从纸板箱底下钻了出来。

●••

杰克又在啃咬她的肩膀了。

“不要吃妈妈。”伊丽莎白说，她这句话是出自条件反射；感觉到他的牙齿，感觉到他缠在她身上，她的心情近似于幸福。他们坐在客厅里，窗户变成了不透明的状态，播放的画面是一片长满向日葵的田野，发出沙沙的响声。保姆腹部的屏幕上正在播放一部卡通片。世界静好，完整无缺。

杰克的蓝眼睛里忽然露出了淘气的光芒。他说：“不要吃车子。”

“不要吃直升机。”伊丽莎白的声音抑扬顿挫。

“不要吃飞机！”杰克兴奋地大喊。

“不要吃船。”

“不要吃……”杰克眨巴着眼睛，“椅子。”

“你现在只是在看客厅里有的东西，”伊丽莎白说，“你这个小臭家伙。”

“不要吃椅子。”杰克不肯改口。

她把他胖嘟嘟的手腕举到嘴边，说道："要吃杰克。"他拖长了声音尖叫起来，边笑边喘气，此时，她的感受与刚出院的时候一模一样，同样是感觉到催产素在温暖地涌动，嘶嘶地冒着气泡，确信其余的一切都不再重要。他小小的身体贴在她身上，颤抖着，尤其是他的左臂。即使他的笑声止住以后，左臂仍然痉挛着，笨拙地耷拉下来。

有什么地方不对劲。他俩眼睁睁看着他的小手蜷成了钩子，簌簌发抖。杰克抬头看着她，只流露出轻微的惊恐。"妈妈修。"他说，仿佛他不肯听话的肢体是个出了故障的玩具。

伊丽莎白凝视着他的手，肺里仿佛扎满了带刺的铁丝。

"妈妈，你在哭吗?"杰克问，语气中夹杂着怀疑与高兴。

●•·

死亡的过程开始了。

与医疗AI兜兜转转聊了六个小时，让她赢得了一次机会，与布尔诺一位形容憔悴的专家交谈了十二分钟，专家用更直白的方式告诉了她同一件事：杰克的症状出现的时间早于预期，病情可能会迅速恶化。伊丽莎白对她表示了感谢，挂断电话，然后用智能玻璃下单，订购了一套鲜亮的三原色秋千，与开普敦海堤游乐场杰克爱不释手的那架秋千一模一样。

她还订购了一系列玩具：胳膊腿可以移动的玩偶、恐龙、积木。她神不守舍地浏览着目录。有些物品她怀疑自己早就买过了、已经用上了，但为了万无一失，她还是又订购了一遍。她不再担心会把物质主义灌输给她的宝宝。她唯一的目标就是获取内啡肽。在死期到来之前，每一天都要过得像节日一样。

一条警告信息从玻璃上闪烁而过。由于目前的这场异种病毒危机，有可能会延迟交货。他们没有说明预计的交货时间。

●•·

她急匆匆地把杰克的婴儿床从他的房间搬到她屋里，在她床边摆好。这种新的摆放方式太令人兴奋了；他不肯躺下，而是站在床上，紧紧抓住婴儿床的围栏，从围栏的缝隙里窥视着她。伊丽莎白在婴儿床的另一边徘徊，以防他突然抓握不稳，往前一滑，额头撞到再生的海木上。她必须百分之百地把不适感降到最低限度。她绝不能让眼泪出现。

等到杰克忍不住睡着以后，她给本尼发了条信息，只有三个字：*开始了*。对方没有回复，也没有确认收悉的通知。到此时为止，他已经有一周没有传输过任何信号了。这或许是由于澳大利亚出现了大规模的电网故障；又或许是因为他已经自杀了——她还记得有一次，在用手动模式驾驶的时候，他曾经对她说过，他感觉到一种强烈的冲动，想猛地来个急转弯，迎向对面驶来的车流。

也有可能他如今已经变成了蔓生怪，加入了那帮闪闪发亮的同类之中，从悉尼的码头上蜂拥而出，消失在大海中。威尔的声音在她的脑海里响起：*说实话，它们潜入水里的时候，真是太他妈美了*。她有个念头无法归类，在“好母亲”和“坏母亲”这两极之间摇摆不定。这个念头她以前也有过，但那只是短暂的一瞬，而且是在冰寒彻骨的水中。

她睡得很差。

●•·

第二天，她过了一段时间才注意到，杰克的腿已经不能动弹了。他整个下午都在跟他的鳄鱼玩具玩耍，骑着它在地板上滑来滑去，嘴里哼着歌，把某部韩国卡通片的开场主题曲乱唱一气。伊丽莎白虽然一直在盯着他瞧，却直到此时才反应过来，他为什么光是坐着就满足了；才反应过来，原来他只是凭借手臂的力量推动着身体，四处跑来跑去。

坏母亲啊，坏母亲，坏母亲。

“疼吗？”她问道，语气里带着强装出的欢喜，“杰克的腿疼吗？”

“疼吗？”杰克不解地把她的话重复了一遍。

“你的腿，小家伙。”她伸出一根颤抖的手指，摸了摸他的膝盖，“这里疼吗？”

杰克低头看着膝盖。

“死了。”他说，她知道，在他的认知里，这个词指的仅仅是玩具和平板电脑，指的是带有锂元素的东西、是需要充电的东西，但这个词听起来仍然有种指责的感觉。她无法控制住自己，走进了食品储藏室，摸索着寻找一个落满灰尘的酒瓶，里面装的是奶油利口酒。

她斟了满满一大杯，大口大口地痛饮，酒甜得发腻。她看了看刚才发给本尼的信息，然后转发给了威尔，因为她已经构建出了一种生活方式，在这样的生活中，没有其他任何人陪着她一起受苦。他的电话立刻打过来了，电话那头的他已经流下了眼泪。

“我真他妈的难过啊，伊丽，”他说，“真他妈的难过。”

“没事。”她的回答毫无意义。

杰克金灿灿的脑袋扭了过来，他问道：“是威地蜀黍吗？”她发觉他的发音又有了进步，因为就他这个年龄而言，他太聪明了，太有语言天赋了。所有那些他再也无法成为的人物在她心中飞掠而过，犹如一群行色匆匆的浅灰色幽灵。趁着视野边缘泛着泡沫的黑暗还没有让她栽倒，她不得不先坐了下来。

“我还在城里，”威尔说，“我一直没走。反正也没有航班，所有的道路都被封锁了。你要什么都行——我知道，伊丽，这话就是该死的陈词滥调，可是你要什么都行，不管是什么。”

这种感觉就像数月之前的那个午夜，他俩在花园里的那次谈话。伊丽莎白做好了准备，愿意去接受无法归类的东西。“那个侍酒师，”她说，“你还有他的联系方式吗？”

“我发誓，我没跟他一起瞎混。”威尔说。

“可是，我要他的联系方式。”

“我有。”

“还有你跟我说过的那个地方，在埃尔希峰顶上的那个。”她吸气，再呼气，让她的肺融入口腔构成的那个枪形的呼吸结构，“我需要你把地图上的具体定位发给我。”

威尔许久没有出声。

●●·

那个周末，政府瓦解了。伊丽莎白在订阅信息中看到，各个郊区正在自我封锁，他们正在将属于返祖现象的某种幻想付诸行动，在道路上安放尖钉，往枪上安装瞄准镜，把枪装到无人机上。然而，幻想中成群结队大声叫嚣的窃贼和劫匪始终没有到来，他们只杀掉了一个在世界末日谋求一份园艺工作的老人。

星期一，她决定带着杰克，把他所有喜欢的地方都去一遍。她把他放到汽车座椅上，与此同时，婴儿车自行爬进了后备厢。他没有拿着安全带玩；今天，他的双手都笨拙地缩成了一团，让他嘀嘀咕咕地呜咽着。人工智能医疗系统一遍又一遍地向她保证，不会有疼痛感，只是神经会变得麻木。

他们开车下山，来到主路上，然后从那里弃车步行。人行道上杂草丛生，有些地方坑洼不平，但婴儿车就像一头凶猛的野兽，轻而易举地沿着坑洼的路面一路驶过，歪斜着前进，让杰克平躺在缓冲软垫的包裹中。早晨的空气终于变得很凉了，冻得伊丽莎白指尖发红。她确认过了，婴儿车上的加热垫正处于加热状态。

这座小镇从来不曾完全属于她，如今更是不属于任何人。空荡荡的街道了无生气。店面都上了锁，前方用金属格栅遮挡着。她经过的地方只能看见装有百叶窗的窗户，像人造眼皮一样紧紧闭起，将灾难阻隔在外。偶尔会有一架无人机飘过来，进行一番生物扫描，对他们的接种情况加以评估，然后再渐渐飘走。

杰克最喜欢的烟草商店已经关门了，但它最主要的吸引力始终在于明黄色的店门和招牌。看见这家商店时，坐在婴儿车里的他抬起身子，想用一根不听话的手指朝商店的方向示意。伊丽莎白巴不得商店还开着，这样她就可以喝得烂醉如泥，趴在沙发上，再也无法产生任何伤感的念头。她已经快一年没享受过这样的感觉了。

但现在还不是时候。她推着婴儿车，拐过街角，经过一座腐烂的垃圾堆积成的小山。她想起来了，两周之前，垃圾处理服务便已中断。

杰克只用了一分钟就认出了他们的行进路线。“是去消防车吗，妈妈？”他大声叫喊。

“是啊，小家伙，”她说，“我们要去看消防车。消防车是什么颜色呀？”

她很后悔问出这个问题，因为她回想起来，喝得醉醺醺的时候，自己曾经向威尔抱怨过，大人总是会问孩子一些特别愚蠢的问题，或许正因为如此，孩子长大以后才会对大人并不信任。如今，她却成了个伪君子，还得惦记着威尔的事，他有可能就被隔离在附近的某一间自动化公寓里。

当他们到达红砖消防站时，已经是风和日丽的白昼了。在阳光的照耀下，四面八方都是晴朗的蔚蓝色天空，看不见一丝云彩，微风吹来了海水的咸腥味。伊丽莎白最近一直很少走路。她的肺部有些憋闷，感觉状态不错。她小腿上的肌肉在愉快地放电。绕过最后一道拐角以后，杰克看到了两辆停在充电站里的消防救援车，大呼小叫起来："消防车，妈妈！我看到了吗？我看到了吗？"

她推着婴儿车，缓缓移动到离大门最近的地方，这样一来，杰克就可以透过大门往院子里看。他们在门外才逗留了片刻，人形安保无人机就冒出来了——确切地说，那是个保安。正是从前本尼与之共事的那种人，满脸皱纹，头发斑白，但尺寸过紧的衬衫底下，在类固醇作用下形成的肌肉仍然胀鼓鼓的。

"女士，您不该出门，女士，"他操着一口南非白人的口音，"您出门干什么？我们在镇上所有的节目里都作了说明：最好待在家里。"

"我们已经完全接种过疫苗了。"伊丽莎白生搬硬套地说。

"疫苗能防子弹吗。昨天有人被枪打死了，您没看到吗？全镇的节目里都在播。"

"看到了，"伊丽莎白说，"以前给罗斯-凯勒曼家打理花园的那个人被无人机射杀了。挺惨的。"她指了指杰克，他正盯着这个陌生人，眼神略显恐惧，"能不能放我们进去，摸摸消防车？"

保安斜着眼一瞟。"我听说的可不是这样，"他说，"我听说，他拿着一份房屋清单，鬼鬼祟祟地走来走去。还有名单。"

"这是杰克，"伊丽莎白说，"能让他摸一下离得最近的那辆消防车吗？"

"不行，"保安说，"你们最好马上回家。"

“去你妈的吧。”伊丽莎白温和地说。

那人喉咙里发出的声音像是大笑，又像是倒抽了一口冷气。但他既没有责骂她，也没有恐吓她，真是可惜呢，因为只要她一声令下，婴儿车就会用辣椒素喷他一脸，叫他无法睁眼。他却只是摇晃着斑白的脑袋，回到了消防站内。伊丽莎白任由杰克又盯着消防车看了一会儿，然后带着他离开了。

●●·

有很多方法可以使免疫体失效，她在浴缸里研究这些方法。她从一串帖子慢慢移动到另一串帖子，然后又再移到下一串，观看着目前主要是由机器人发动的数字战争，一方号称异种病毒是拯救人类的最后一次机会，另一方则称其为一种“发射后就不管”的殖民手段。他们说，杀人教徒正在遭受一种检测不到的继发感染，它改变了大脑的状况，就像被寄生虫感染的老鼠，不再惧怕猫尿的气味。

大逃亡或大灭绝，礼物或武器。伊丽莎白怀疑自己并不知道究竟是哪一种情况，但她研究这个的目的并不是为了附和算法异口同声的说辞。她在大量的数据中搜寻着详情，寻找着遣散她体内的噬病毒体大军的引导程序。她并非第一个这么做的人。正在崩溃的网络中，来自各个角落的人都在寻求同样的逃避方式，可能是为了逃避自身微不足道的悲剧吧，现在她正在步他们的后尘。

有那么一瞬，她想象着阿莉娅·罗斯-凯勒曼的模样，她在山上的宅子里，躺在一个大得多的浴缸中，一举一动莫不与她相同，她好奇地想着，阿莉娅需要逃避的是什么呢？或许是无聊，或许是尼尔斯，又或许是她自己。

“洗你的膝盖。”杰克提议。

他坐在浴缸旁边经过加热的瓷砖上。在他的生命即将结束的时候，在他小小的肢体随时可能发生衰竭的时候，她做不到将他关在门外。他在玩一辆鲜红色的消防车，那曾经是他最钟爱的玩具。现在，这件事显得格外重要。她觉得有必要记住有关杰克的一切，记住他的每一个习惯和喜好。他只存活了短短一段时间，所以，记住这些应该不困难。

“洗你的膝盖，妈妈。”杰克又说了一遍。

伊丽莎白搓揉着膝盖骨，感觉到了骨头周围泛起的鸡皮疙瘩。“洗啊洗，”她唱道，“洗啊洗。”

“洗得好，”杰克用一种怪异的声音模仿保姆的电子合成音那种轻快的语调，“洗得妙。”

“谢谢你，杰克。我也这么觉得。”

杰克重新玩起了他的玩具。伊丽莎白向前伸出手去，把浴缸里的水排掉了一点，倾听着以这种过分的方式被挥霍掉的水发出的汩汩声，然后又添加了少量热水。她用手在浴缸里搅动着，直到感觉温度变得均匀，刚好不冷也不热。她从浴缸里爬出来，身上还滴着水。

“杰克，”她说，“小家伙，你要到浴缸里洗个澡吗？跟你的消防车一起洗洗？”

一时间，他的态度有些怀疑，但这种玩法的新鲜感占了上风。他任由她脱掉衣服，抱着他举到马桶上方，徒劳地等了会儿，又抱着他回到浴缸旁。她用手托着他的腋窝，让他的脚从水中掠过，逗得他咯咯地尖声笑起来。她小心翼翼地把他放进浴缸里，随后也爬了进去。

“杰克，有很多动物都生活在水里，”她说，“我们来玩假扮游戏，好吗？”

她原以为浴缸里的水已经够热了，但杰克却冻得发抖，咬紧了小小的牙齿。

●•·

伊丽莎白给下面这些人都发送了消息：

她已经去世的父亲。他曾经对她说，世上只有两种棋着，一种是阴着，一种是虚着，但这两种棋着可能看不出有何区别，所以，我们终其一生都在设法解读，到底哪着是哪着。

她的母亲，她是个酒鬼，或者更确切地说，是个瘾君子。将近十年前，伊丽莎白与她断绝了关系，但她有时仍会在梦中出现。她和威尔聊到最后也一直没提起过她。

本尼，她确实爱过这个人，虽然只是象征性地爱了几年。

三个朋友、一个熟人、一位婶婶——这是她的社交圈里硕果仅存的几人了，这些人她曾经觉得与自己有过联系，或者受过他们的恩惠。

阿莉娅·罗斯–凯勒曼，如果她想要的话，可以把婴儿车拿走，给尼尔斯用，只不过，她可能会觉得那辆婴儿车的外观过于耀武扬威了。

还有她兄弟，他们很快就会见面了。

●•·

周四早晨来临之际，海滩仍然处于关闭状态，不过，要到海边去还有别的方法。伊丽莎白已经连续数日不眠不休了。早晨五点过五分，她往血液里注入了咖啡因，然后唤醒了杰克。她给他穿衣服时，他的身体绵软无力，脑袋微微摇晃着。她将他抱到腿上，把平时只留到周末才吃的含糖麦片喂给他吃。他高兴地咧开嘴笑着，牛奶从嘴里滴落下来，在小小的下颌上留下了一道道奶痕。

他们的车一路开到了小径的尽头，那条弯弯曲曲的小路通向埃尔希峰，伊丽莎白把杰克放入托架，那是一个织物制成的小小蚕茧，紧贴在她胸前。他们开始爬山。杰克一路上为她解说，咿咿呀呀地述说着从身旁飞过的蚱蜢，述说着白天的风。她很庆幸，他的舌头和嘴还能动。

当他们踏上第一片高原时，岩石变成了沙砾，与他们走在海滩上的时候看见的一样，也是那种浅灰色的沙子，出现在这么高的地方显得很不协调，似乎是从别处移到这里来的，但伊丽莎白对山脉侵蚀和形成的自然过程了解得不够充分，所以无法确定。凛冽的寒风从她耳边呼啸而过，石头上残留着红黄相间的金雀花，被寒风吹拂着，荡起阵阵涟漪。

“今天风大，妈妈。”杰克说，这句话不是疑问句。

“对，我的宝贝，”她说，“今天风特别大。”

她沿着破烂的木头指示牌走着，牌子上指引的方向是灯塔所在的山脊，目前她还始终行走在小径上。她努力去享受鞋子底下沙砾发出的嘎吱声，努力去享受此时的一切：杰克压在她怦怦跳动的胸腔上，温暖的身体沉甸甸的；下方是大西洋缓慢的脉动。

阳光终于蹭破了云层，透云而出，刺痛了她的脖颈。她停下脚步，理了理杰克的帽子，这样的残留行为毫无意义，被帽子遮挡住的皮肤反正也存在不了多久了。他几乎没有反抗，因为周围的环境实在太新奇了。一丛丛五颜六色的植物在风中翻腾着，仿佛要挣脱山坡的束缚。到处都是矗立的石阵，如同巨大的界标或城垛；她还记得威尔在喝醉的时候，曾经详细描述过爬到一处石阵顶上的危险经历。

她核实了一下他发送给她的地理位置标签，然后离开了这条小径。她走得很谨慎，每迈出一步都要踩两下，确保不会踏在松动的石头上，导致失去平衡。地理位置标签指引她沿着一道较小的山脊前进，这道山脊被较大的那一道遮挡住了，从这里可以望见大海。她可以看到迥然不同的水流交汇的分界线，一边是深蓝色，一边是日光下斑驳的绿松石色，两种不同颜色的海水正在激烈地交锋。从这里俯瞰，海浪移动的速度很缓慢，这条皱褶永远无法彻底抚平。

“海滩。”杰克说得郑重，这是他看见大海的反应。

“是啊，亲爱的，”伊丽莎白说，“今天是海滩日，没错。”

威尔在那块悬空的岩石上等待着母子俩。他身穿一件深色的防风夹克，背着个行李袋，双眼红肿，她看得出来，他又哭过了。她转过身，好让杰克能看得见他舅舅；他虽然困惑，却很高兴。他在风中呼喊着舅舅的名字。这使得伊丽莎白非常怨恨她兄弟，因为事到临头，在这关键的时刻，他还分走了杰克的感情。她对兄弟的爱也比以往任何时候都更深。

“我知道，你下定决心了，”等她走到近得足以听见他声音的地方，威尔说，“所以我就不问了。”

他从行李袋里拿出一个黑色的小罐，连接到一支医用注射器上。显微操作针在身上一吻，里面的东西就会首先杀死他们的免疫体。杰克早已习惯了医疗检测，他几乎一点也没闪躲。然后他又掏出了第二个罐子，跟刚才那个一模一样，但伊丽莎白却想象着罐内有一团瘴气，由美丽的红、蓝、紫三色气体交织而成。

“小家伙，还记得浴室游戏吗?”尽管喉头哽咽，伊丽莎白却还是问道，“我们假扮蔓生怪的游戏? 蔓生乖妈妈，蔓生乖宝宝[①]?”

“什么?”杰克的注意力被注射器吸引住了，“什么，妈妈?”

“我们要打个盹儿，”她说，“我们要在山上打个盹儿。我们打

---

① 此外为伊丽莎白故意学孩子念错“蔓生怪”一词。

吨儿的时候，就会变成蔓生怪妈妈和蔓生怪宝宝。然后我们就要往下潜，一直往下，潜啊潜，潜到海里去。”

“噢！”杰克眨了眨眼，“我们要去海里了。”

“得过几个小时，”威尔的嗓音有些嘶哑，“当然了，我会留下来陪着你们的。我会一直待到你们从岩石边缘跳下去。这块石头一直延伸到水面上方，底下完全没有别的岩石碍事，我以前见过的那些都成功了，所以——”他忽然住了口，“哦，妈的。哦，妈的，伊丽。”

伊丽莎白无法向她兄弟解释这件事，无法向他解释，她在旋转木马上坐了这么久，一直上上下下、起起落落，不停地质疑心中对自己的质疑。也许她其实是遭受了让大脑发生改变的继发感染，屈服于病情，还要自私地带着杰克跟自己一起上路。也许她其实是屈服于一种生物冲动，毫无意义地陪着孩子牺牲了自己。

也许她正在逃离一个世界的末日，向另一个新世界而去。

“给。”威尔说着，把注射器递给她。

“谢谢。”

她不知道自己这样算好母亲还是坏母亲、算好人还是坏人。她一直都说不清楚。无论怎样，一切很快就要结束了。她把注射器扎进了自己的手臂，然后又扎进了杰克胖乎乎的腿。

“爱你，威尔，”她说，“爱你，杰克，小家伙。”

“你才是小家伙。”杰克说，因为最近这个称呼听得他心烦。

她的嘴唇尝到了并非来自海水的咸味。她在一块被阳光晒得炙热的平坦岩石上坐下，依旧将杰克拥在胸前。她在等待着世界末日的到来。

●●·

两个五彩斑斓的身影从水面上方的岩石上掉落，在呼啸的风中骤然下坠，一头扎入大西洋腹内，漾起了两股羽毛般的白色泡沫。这两只蔓生怪大小迥异，其中一只小得几乎看不见吸鳍，但它俩都以一种怪异的优雅姿态在水中穿梭，绕着对方打转，忽而上倾，忽而下斜。

有什么东西吸引着它们向外海游去，远离了戒备森严的海岸线。它们从海浪的下方掠过，在无人机的电子眼警惕的注视下越游越远。无法知晓驱使着它们的究竟是思想还是本能，也无法知晓神经通路究竟是被转换成了陌生的语言，还是被彻底废弃了。

然而，等到它们远离了所有的海岸，小的那只便缠在了大的那只身上。它们一起潜入水中，朝一个或许存在的城市游去。

文 / 艾米·奥格登[①]

译 / 刘壮

冷酷的计算

从前有一天，一个小女孩必须去死。错误的地方，错误的时间。运气太差。太差了，真是差。

这样的故事我们都听过，都讲过，分享过，积攒过。不像我们积攒小饰品，而更像是一只袜子上积攒许多破洞。我们被这些故事所淹没，我们像吸入二氧化碳一样吸入这些故事——虽然长远来看有害，可实际上，也就那样。

可是故事都有作者，不论是最虚无缥缈的幻想还是残

①艾米·奥格登（Aimee Ogden），定居荷兰的美国作家，其处女作《日之女，海之女》曾获星云奖提名，其短篇小说常见于《光速》《无尽的天空下》《奇异地平线》以及《克拉克世界》等杂志。她也是推想小说杂志《跨月游客候机厅》的联合编辑。

忍冷峻的自传。当从前有一天变成了无数天，肯定有人会想起来问：必须去死？谁规定的？

显然，那不过是简单的物理定律。自然的法则。

当然，除非，有人一直在捏造数据。

●●·

气闸舱门旋转着打开，阿尔瓦雷兹站在舱门旁边，假装没有听见女孩的哭声。

如果他表现得像是看不见她、听不见她，那么至少，他还是留给她一点尊严，对吗？

就好像身处这种天杀的混乱场面中还有尊严似的。就好像只穿着一件连体服和一双袜子从气闸舱跳出去挺有尊严似的。就好像有谁在被告知空投飞船的剩余燃料要在到达目的地时用来安全减速，而她这个混账逃票乘客的小命根本不值得哪怕一滴燃料时，仍能保持镇定自若似的。

这道数学题简单得让人作呕。不会有别的飞船与他们的航线交会。也没有别的空投飞船能为奥古斯都小行星上等死的殖民者们带去他们急需的纳米疗法抗病毒药。整件事情在物理方面没有一丝弹性——只有在方程式一边的湿软脆弱的人类妥协。

还是有什么地方弄错了。或者说，就算没有错误，那至少也是*不对*。阿尔瓦雷兹只是还没办法指出究竟哪里不对。

气闸舱咣啷啷地响着；此时它这一侧的舱门已经完全打开了。那个孩子用衣袖擤着鼻涕。莎拉。她的名字叫莎拉。最起码，她应当有个名字，稍有尊严。“谢谢你。”她说。她的声音里没有绝望。天啊，她的声音里怎么会没有*绝望*？“你尝试过了。”

她正在走向她自己的死亡，为了救他——一个年龄两倍于她的男人——和一大群她永远不会见到的殖民者，而她还在感谢他？这虽然不像那个最大的错误，不像那个他把她拖出纳米治疗药物货舱后、无时无刻不在突显的错误，但这毕竟是一个该死的严重错误。她松开拉环，飘向气闸舱。这时阿尔瓦雷兹一把扯住她的袖子，用力太大，扯得她轻轻撞到了空投飞船的内壁上。“不对，”他对着莎拉近在眼前的脸说，“不对，见鬼。我们会想出办法的。一定会的。”

直到这时，她才真的哭了出来：不是在她觉得自己必死无疑的时候，而是在天神从山巅降下旨意、事情仍然有转圜余地的时候。泪水化为大滴大滴的泪珠，从她的脸上向上飘去，打在他的身上，仿佛一场倒着下的雨。他抓住她，把她紧紧搂在怀里，莎拉失声痛哭，让他想到婴儿在明白应该掩藏痛苦前一定也是这么哭的。

“这样不对。”他对着莎拉的头顶说。阿尔瓦雷兹一直都没有孩子（空投飞船驾驶员的生活里并不包括为人父母），不过有那么一瞬间，这个孩子，这个愚蠢的逃票的小混蛋，就是他的孩子，和所有小孩没有两样。“我们从一开始就不该做出这种——”

●•·

“——选择。”莫莉·麦基亚[①]的姐姐轻声耳语道。在小小的廉价公寓的里屋，莫莉正在睡觉；莫莉快要死了。“钱还是健康。钱

① 20世纪初，美国新泽西州出现了许多制造夜光表的工厂。数千名女工在这些工厂中为表盘涂抹“夜光漆”。当时的夜光漆中含有镭元素，且女工们为了上色精准，需要用嘴唇抿一下涂漆用的笔头，使之更细更尖。女工们体内因此积累了大量镭元素，并承受由此带来的辐射伤害。莫莉·麦基亚就是受害者之一。莫莉·麦基亚死于1922年，死时只有25岁。由于受到镭的长期破坏，她的下颌脆弱到医生随手就能摘下来的程度。

还是你的命。这群混蛋。我们还能*怎么办*？”

他们的母亲守在灶前，搅拌着晚饭的酱汁。时不时地，她就把一只手伸进口袋里，用手指摸一摸口袋底部那颗烂出窟窿的黑牙，那是最近从莫莉嘴里掉出来的。她闭上眼睛，回想起莫莉第一次从钟表厂回来时，脸上那神采奕奕、泛着绿光的微笑。所有人都大叫起来，所有人都大笑起来。*我漂亮的姑娘啊*，她说。那么骄傲，那么美好的生命，那么好的姑娘。*我的美人*。

她要把这份痛苦从她女儿身上拿走，把它变成她自己的，如果她办得到的话。她把木勺用力地杵下去，刮着锅底，却没有擦去滚到眼睛里的汗珠。这是她的女儿——就算不是，就算她是别人的女儿，至善的神啊，她才二十四岁，还是个*孩子*。勺子喀嗒一声掉在地上，麦基亚夫人倚着厨房的墙。他们是什么人，那些工厂主，工头和穿着白大褂、遮住脸面的科学家，竟然害她落到这种境地？某个坐在办公桌前的人，把账目表上各栏数字一加总：收益在这边，小姑娘的生命在另一边。谁给他们的*权利*？

●•·

没有人给他们这个权利。这是他们抢走的。这也不是一个女人单枪匹马就能夺回来的，就算此时此刻那个必须去死的小女孩是她的心肝宝贝也不行。

●•·

阿尔瓦雷兹和那个孩子从飞船维修工具箱里找到了一把廉价螺丝刀，想用它将空投飞船拆开。飞船上并没有配备从内部给飞船开膛破肚的趁手装备。可是事到临头才抱怨，一向屁用没有。两人齐心协力，把一切他们能弄到的东西都丢出了气闸舱：清洁物资，所有剩饭剩菜，阿尔瓦雷兹多余的制服和所有能从墙上拽下来的寝具。他们甚至设法撕下了一块飞船内部的金属墙板——那块板子镶得有点歪。其余墙板都彼此连接在一起，无处下手。反正，那块单独的墙板被丢进了气闸舱，又一块太空垃圾。但愿它不会在某一天造成另一艘空投飞船的紧急状况——不过太空很大，而空投飞船的内部很小。

他们计算着每一块飞出飞船、变成星际飘流物的质量。他们压榨着数字——数字又压榨回来。这还不够。都加起来也不足以换回一个孤零零的逃票小孩和她今后的整个该死的人生。

如果他能把整个供水系统排空，并且一路滴水不沾地飞到奥古斯都小行星，那肯定就够了。可是他找不到手动放水的办法，硬件本身没有，他手上的应急手册里也没有。而且如果他一次抽取太多的水，船上还有一个紧急配给关闭装置。到处都有水，却一滴都不会少。

“让我出去吧。”听见阿尔瓦雷兹大声地咒骂管道系统，莎拉说道。她的语调沮丧沉重，只可惜阿尔瓦雷兹没办法把这沉重的声音丢进气闸舱。“反正都是我的错。我本来想见我的爸爸妈妈。如果补给不能及时送到，他们会跟其他人一起死掉。没关系。”

“有关系！”阿尔瓦雷兹捶打着滤水单元，却只是把自己推到了飞船的另一面，没有伤到任何东西。“让我想想。一定是我漏掉了什么东西。我知道。”一定有解决办法。任何人都不必去——

●●·

“——死。”鲁萨耶夫用手帕擦了擦额头，他和尤里一起在水泥砖砌成的楼梯间里费力地前行。他们走个不停，声音被脚步的回响所掩盖。停下来可不安全；每一只耳朵都在一刻不停地聆听。回到鲁萨耶夫的公寓并不安全；如果他们还没有在公寓里安装窃听器，那也只是因为无能，而非不愿。

“任何人都不必去死。”尤里·加加林只有三十四岁，却脚步沉重，像个老人。负罪感给他的肩膀压上了额外的重量。当一个人为了你压上了他自己的性命，这就是一份让你背负终生的重量。弗拉基米尔·科马洛夫①，当他登上“联盟1号”飞船时，他知道自己在做什么，在救谁的性命。“可他还是这么做了。我们都知道这次发射注定要失败。他们也知道。”

说“他们”时，他的嘴唇几乎没有动作。最好不要把“他们”是谁说出来，给一个东西命名能赋予它力量，尤里早就没了力气，无法给出更多了。他的文件夹里装满了叠得整整齐齐、向他求助的信件：亲爱的加加林同志，尊敬的苏联英雄；他能不能帮个忙，为这位优秀的年轻人争取一个军官资格，他能不能让这位祖国的优秀女儿——尽管她的父亲是个犹太人——被大学录取？他能不能打个响指，让药品、食物和住房源源不断地落到如此尊敬他的同志们身上？

他不能。他不能，当初他在政治局有朋友的时候就不能，何况如今他在那里只有敌人。科马洛夫为了拯救一位苏联英雄而死，而这个苏联英雄其实从未真正存在过。

---

① 弗拉基米尔·科马洛夫，苏联宇航员。他是史上第一位因载人太空船罹难的宇航员，也是第一个多次进入太空的苏联宇航员。1967年4月24日，他所乘坐的“联盟1号”由于无法打开降落伞而坠毁。由于飞船本身存在大量结构问题，科马洛夫在执行任务前就认为自己必死无疑。但是如果他退出任务，顶替他的就是他的好友尤里·加加林。所以尽管明知凶多吉少，科马洛夫还是执行了这次任务，并因此丧生。

他摸索着寻找香烟，口袋里却是空的。鲁萨耶夫拿出两根来，两人默默地抽着烟，周围的空气变成灰色，终于安静了。

“我真该再想想办法，把他留在地面上的。”尤里说。这些词语随着他吐出的烟气飘出他的身体。危险的词语，而烟气并不能遮掩这句话里的真相。

鲁萨耶夫屏住肺里的烟，摇摇头。“他们早就做出决定了。”又是意义含混的“他们”，一个能听到一切的幽灵好奇他会不会第三次提及自己的名字，“任何证据都不能够改变这个决定。没办法的。”他用力地拍了一下尤里的肩膀。尤里没有穿夹克，隔着衬衣，鲁萨耶夫的手冰凉。“我该走了。”

他是该走了。尤里留下来，独自坐在台阶上，抽着烟，直到只剩下烟灰。烟灰，还有疑问。和负罪感一样，疑问也是一个残暴的主人，让人终其余生也无法摆脱。可是即便如此，尤里知道，他剩下的生命也不会久到让他一刻都无法忍受。他的指节不安地敲打着台阶上破损的铝制踏板。

●●·

负罪感。面对手上沾血、翻云覆雨的人，当我们该有的感受——愤怒——不便发泄时，剩下的往往只有负罪感。

●●·

数据根本讲不通。真他妈离谱，如果你问阿尔瓦雷兹。

他在交互工作站上一遍一遍地查询，仔细盯着这些数字，直到他那些急得冒火的神经元终于接通了。这些别扭的数据转变成一张巨大的邪恶图画。他知道自己一直以来忽略的是什么了。哦老天啊，他知道那是什么了。

他突然爆出一阵歇斯底里的笑声，吓得孩子抬起头来。“怎么了？”她问。她从他的肩膀上方探出头来看向交互界面，头差点儿撞到舱壁。仿佛她能看得懂屏幕上乱糟糟的技术名词似的。“这是什么？”

“发射阶段，”他说，“上帝啊，是*发射阶段*。”他用红色高亮标出一个特定的数字，“不光是减速的问题。我们在加速时船上也有额外的重量。”她那张茫然、惊恐的脸让他心里隐约生出一丝愤怒。他用力地一挥胳膊，清空了屏幕上的计算内容。“就算我真的把你推出了气闸舱——见鬼，我不会这样做的，我是说‘*就算我这样做了*’——剩余燃料也还是不够我一个人用的。”安全边际薄得像刀刃；那种能在你身上划开口子的边际。他又爆出一阵歇斯底里的笑声，整个人陷入癫狂，陷入大彻大悟后的亢奋。“咱们从一开始就被耍了。”

女孩盯着他。她的眼睛又大又黑，长在她那张巨大的灰色月亮般的十六岁的愚蠢脸盘上。“是我害死了你，”她说，“是我害死了你。我害死了你我害死了你我——”

她用拳头捶打着自己的脑袋、胸口和肩膀，老天啊，阿尔瓦雷兹以前可从来没有练过零重力摔跤，更别说是和一个体形只有他一半的家伙，而且她的脑袋最好不要在舱壁上撞个稀烂，因为要是他俩注定要死在外太空——他们会死在这儿的——他们为什么不拉几*个垫背的*？

等她冷静下来（也很难说这算是*冷静*），阿尔瓦雷兹从飞行服里面掏出一个小小的塑料袋。女孩看着塑料袋，抿起嘴唇。“这是额外重量。”她说出这个词时的语气，像是在说一句脏话。

“我知道。我原本打算待会儿把它从气闸舱尿出去。”他打开外层盖子，把几滴液体挤进他的嘴里。然后把它递给女孩。女孩喝了一小口，呛到了，喷出几个小小的威士忌液珠，飞向阿尔瓦雷兹四周。她把酒袋塞给他；阿尔瓦雷兹耸耸肩，接过来。塑料味儿的烈酒也比什么都没有强。这还远不能解决危机。这袋酒原本是打算在顺利降落后用来庆功的，而不是用来自救。不过浪费了似乎也太他妈可惜了。

“我恨物理。”女孩说。与此同时，阿尔瓦雷兹又喝了一大口。

他用手背擦了擦嘴。喝完了。焦糖的风味停留在他的舌头背面。“不，你不恨。”

“这东西要杀死我，我有权利恨它。”

“杀死咱们的不是物理。”他把空酒袋扔向气闸舱门的内侧。袋子弹开来，慵懒地旋转着飞过空投飞船内部。“是温尼伯的某个会计，为了给公司省几个钱，就故意搞咱们。”究竟是谁的冷酷的计算？能省多少钱？两万，三万美元？只有一个外部成本：一条小小的人命。把所有东西都考虑在内，也便宜得要死。“所有罪过都是因为钱。谁在乎会有什么倒霉事找上——”

●●·

“我们这种人？”夏万对着铁路工头的脸喊道，唾沫星子都喷到那人的棕色胡子上。也许他还想冲着工头挥出一拳；可是拿什么挥？他的一条胳膊到胳膊肘下面就没了，另一条胳膊则是齐腕断掉。汗水布满他的额头，病痛的酸臭味扼住他，扼住断肢上被血水浸透的绷带。工头的桌子上有一张单子，列出工人按照工时结算的工资。夏万的名字不在上面。“我的家人还都靠我过日子呢！”①

工头不会说广东话，高烧也让夏万难以理解英语。就算工头听懂了又如何？又能改变什么？不等工头的打手插进来，他的同胞们就把他从桌旁拉走了。他们想把他带回工棚，可是他们还没把他塞回到闷热昏暗的帐篷里，夏万就抽身跑掉了。他跌跌撞撞地跑进灌木丛生的高地里，其他人却并没有追上来。所有人也都筋疲力尽了，铁锤的敲击和炸药的爆炸早已一次次地将他们的精神锤扁了。何况他孤身一人，就凭两条腿，又能跑多远呢？

跑不了多远。他先是感到头晕目眩，继而疲惫不堪，膝盖连同整个人撞上一节闷罐车厢，整个人也栽了上去。车厢里装满了用来铺设新铁路的枕木。一阵新的刺痛穿过包裹全身的钝痛和吗啡混沌，向上蔓延——他的后背刚刚在粗糙的金属车厢上擦伤了。两滴血滴到了沙地上。在尘土飞扬的阳光下，这两滴血看起来已然褪成了棕色。夏万只是惊讶于自己居然还有血可流。

●•·

单凭自己，一个人类个体又能做出什么改变呢？比你想的更多。改变会不断累积。这是一场交响乐——而非个人独奏。

●•·

---

① 这一部分讲述的是华工修建太平洋铁路的血泪史。太平洋铁路全长3000多公里，穿越了整个北美大陆，是世界上第一条跨洲铁路。但这条铁路的修建过程中，为这条铁路贡献最大的华工却不仅遭受了非人道的待遇，而且承受了极大的伤亡，华工的贡献更是在很长的时间里没有得到承认。太平洋铁路“每根枕木下面都有一具华工的尸骨”，这句话并非夸大其词。

阿尔瓦雷兹本该睡着了的。可是他和女孩各自沉默着，飘在空中。距离奥古斯都小行星还有不到十六小时的路程。

这孩子呼吸平稳，阿尔瓦雷兹猜想她已经睡着了。她的上嘴唇挂着一道鼻涕，她的脸看起来有些凹陷，脱水了。

悲伤使人疲惫。可是阿尔瓦雷兹并不累。脖子上的动脉搏动，打出一串咯噔咯噔的断续节奏，喉咙后部泛起一阵火辣辣的酸味。他时不时地提醒自己，此时此刻他绝对不能呕吐。

他和这个孩子处在了两个相反的运动模式，女孩在原地大致上顺时针旋转，而他在逆时针旋转。他们彼此才认识一小会儿，却产生了一种奇怪的归属感。才过去几个小时，这个人就与他难解难分地绑定在了一起，感觉就像DNA的双螺旋，甚或不止于此，就像她完全是从他自己的飞船舱壁里长出来的。一张静脉血管构成的不规则的蜘蛛网在她的太阳穴附近蔓延开来，仿佛一张地图，通往一些从未存在过，也永远不会存在的地方。

阿尔瓦雷兹一边转着圈，一边研究这些血管构成的精妙几何图形，寻找其中的——反正无关数学的——生物学意义。然后用一只手悄悄地把自己推向计算机。在她和遗忘之间，还有一组数字要计算。

数学计算并不愿意主动配合。不过阿尔瓦雷兹也不客气。他像砸开自己的皮纳塔①一样把物理学砸得粉碎，他计算燃料储备，计算飞行轨迹，计算人体对加速度的忍受程度的计算反复敲打它。应该还有故障保险和安全冗余，还有额外的物资储备的。应该还有别的可能性——而不仅仅是公司当真因为贪得无厌就让这两个活人送

① 皮纳塔，原文“piñata”，是一种纸糊的容器，里面装满玩具与糖果，在节庆或生日宴会上悬挂起来，让人用棍棒打击，打破时玩具与糖果会掉落下来。

死。应该还有一个世界，让这个故事有一个幸福的结局。

不，去他妈的：应该还有一个世界，让这个故事*无论如何*都要有个结局。因为阿尔瓦雷兹低着头，盯着丑陋的数学那锯短了的枪管，盯着那一长串失败、发生意外和出现计算错误的任务，就和这次任务一样，全都没有得到善终。全都是该死的一样的故事，像一个悲剧的莫比乌斯环，一遍一遍地讲述着。从前有一天，管事的对雇工说，他们得死了，于是他们死了。如此循环往复。

他顿了一顿，眼睛失去焦点，只是盯着屏幕，直到上面的数字变得模糊而又恍惚。他为这份工作已经忍受了多少痛苦？背痛，孤独，每当要在地面上痛苦地短暂逗留时都要钻进去的外骨骼。痛苦是唯一真正的可再生资源，也是公司唯一从不吝惜的资产。

他擦掉计算结果，输入一条简单的信息。然后他轻轻一推，无声地飘过太空舱，飘向气闸舱控制面板。他的手没有发抖。他本以为自己会更紧张些，可是他的神经系统无法达到相应的恐慌程度：要么是被酒精所麻醉，要么是因为刚刚的过量肾上腺素而短路。

控制面板的盖子翻开。他活动活动双手；他必须赶在孩子意识到出什么事之前赶快行动。他输入控制程序。

第一扇门旋转着打开了。他开始行动。

一只瘦削的手一把抓住他衣服的后领子。“不！”女孩尖叫起来，两人一圈又一圈地旋转着离开气闸舱，仿佛一段拙劣的芭蕾舞。“不！不！别这样！”

“放手！见鬼——”阿尔瓦雷兹奋力挣脱，可是女孩的手抓得很牢，整个人也像藤蔓一样缠在他的背上。“我不是想把你推进去！”

“我知道你想干什么！”女孩在他耳边尖叫，让他痛苦地咧着嘴，两人一起撞上另一头的舱壁，又弹了开来。“你不能这样！”

"我能。"问题是，阿尔瓦雷兹不想弄疼女孩。这就像是和一条蜥蜴扭打在一起，那种会爬墙的小家伙，他在爱荷华州长大的房子里到处都是，动作轻快，鬼鬼祟祟，却又那么小，那么脆弱。他想要把女孩从头顶拉下来。"放手！"

女孩却不在乎会不会弄疼他。她的手指紧紧掐住他的连体服，透过廉价的织物把他挠出血来。"该死！"阿尔瓦雷兹咬牙切齿地说，可是突然袭来的疼痛让他把女孩挣扯下来。他一把将女孩推开，动量让他飞向气闸舱，女孩则向远处飘去。

女孩手忙脚乱地重新控制住姿态——太迟了。阿尔瓦雷兹在气闸舱门的另一侧输入了密码，舱门在两人之间关闭密封。"没关系的！"阿尔瓦雷兹隔着金属舱门大声喊道。女孩在另一侧用力砸着门，厉声咒骂。"奥古斯都小行星的地面人员会在减速阶段和你通话的。用不着你来降落飞船；他们会为你发射一架当地的穿梭机。"

"这不公平！"女孩尖叫道，这句话实在愚蠢，不过她还年轻，所以阿尔瓦雷兹并不理会。"快停下！停下！你不能这样做！"

"再说一遍，我猜你会发现我能这样做。"他歪嘴一笑，然后想起了她看不见自己，"我已经打定主意了。没关系的。实际上，我以前从没有这么确信过，我这——"

●●·

"——我这一辈子！"胡马莎抠着服装厂墙壁棕色的石头，指甲盖都裂开了。萨瓦乌帕齐拉[①]的气温已经达到三十多摄氏度，灰尘

① 萨瓦乌帕齐拉是孟加拉国达卡专区达卡市的一个乌帕齐拉（相当于一个县）。此处描述的是2012年该地发生的达卡大火，这是孟加拉国历史上最惨烈的工厂火灾，事件造成至少117人丧生，超过200人受伤。

和湿气让她感觉自己像是在烂泥里呼吸。“孩子，这下面还有人活着，我发誓。帮我一起挖！”

她不认识站在身边的这个年轻女人，她也不在胡马莎的生产线上工作。她额头上的割伤让她半张脸上满是混着尘土的血污，伤口周围还有一圈瘀青。“阿姨，不要！”不知是她比胡马莎猜想的更年轻，还是惊恐使得她的声音更尖细更小，“快过来，别在那里，那里不结实！”

胡马莎并没有离开。这栋建筑在她们早上走进去工作时就不结实了，不然就是，那一周的任何一天都不结实。某个会计，也许远在世界的另一头，早就做出判断，认为不值得为了修建坚固牢靠的厂房而减少廉价T恤的净利润。“你没听见吗，姑娘？”一堆碎瓦砾在她的体重之下脱落了；还有很多、很多瓦砾没有被挖开，被困者的声音微弱而遥远，充满惊恐。迷失在一个人造的地下世界里。不知是在地上还是地下的某个地方，有人在哭泣。“下面还有人活着。”

女孩拖着脚步向后退。血从她的下巴尖滴到她的粉色纱丽上：一滴，两滴，三滴。仿佛一个微缩的星座。“可我不想和她们一样被埋在下面，阿姨！”

胡马莎已然不再年轻，可是年龄并没有让她变得虚弱。她强迫自己站直身子，抓住女孩的手腕，她的脚踝和膝盖因此咔咔作响。“你以为你比她们处境要好一些吗？”她喝问道，“你就能一辈子平安无事？你很特殊？”她晃动着女孩的胳膊。“我们在上面而她们被埋在下面，这不过是我们走运。仅此而已。你听见了吗？下次很可能就是你。你知道吗？等轮到你被埋在瓦砾堆下面时，你想不想别人把你挖出来？”

女孩一扬胳膊，从胡马莎的手中挣脱出来。两人都是一个踉跄；女孩首先稳住身子，站定脚跟。她没有看胡马莎的脸，可是她跪下来，让自己的手指硬生生地抠进残垣断壁的缝隙之中。“不准有下次。”她嗫嚅着，咬紧牙关，身子后倾，努力对抗着这块顽石的重量。

“不准有下次。”胡马莎说着，在石头的另一边留下自己手指的十道血印。她用力推，女孩用力拉，石头一翻，松脱了。“把‘不准有下次’装进你的肚子里，看看要过多久你才会饿。”

一块石头下面还有一块石头，两人又鼓足力气把这一块也搬开。而一块石头下面总是还有一块石头。

●•·

你一直都在密切关注吗？我们马上就要来到亲自实践的环节了。

不要有负罪感。要找到你的愤怒。

你会用上它的。

●•·

女孩捶打着关闭的气闸舱门；她砸着键盘，可是她并不知道那个能打开秘密通道的神奇密码。

宇航员阿尔瓦雷兹伸手触碰气闸舱内的键盘。气闸舱里很冷，他的手指在发抖；他第一次输错了密码。他把双手夹在腋窝下面，获得最后一丝暖意。也许他该录一条信息，留给他的妹妹和家人。现在已经太迟了。太迟了。可是这是他剩下的最后一件事情了。一件*正确*的事情，因为其他选项都太丑陋了，让他无法选择。

女孩还在尖叫个不停。她的声音太吵了，连奥古斯都小行星上的人都能听到，他心想，可是他的双唇实在无法挤出一个笑容。足够把死人吵活过来。

“这不公平！”她又在号叫，“快来人做点什么！”

可是没有谁能做点什么了，也没有谁愿意。

不是吗？

●●·

在某个地方，某个时间，一个人坐在他的办公桌后面，大笔一挥，杀死一个女孩。不是因为他恨女孩；他对这个女孩毫无感觉。对他来说，女孩只是一个工具，一项外部成本。一大块碍事的质量。女孩死了当然不是他的过错，哪怕他一次又一次地指责她。他只是在做他的工作。我们必须，办公桌旁的人坚决地说，把她的死归咎于我们所处的冷漠无情的宇宙。

这才是重点，毫无疑问。不要在意幕后的那个人。

物理学无关人心善恶，它是真实世界的织物，是我们描绘自己人生的画布。物理学早在我们之前就存在了。数学是人类创造的；而这就是为什么数学可以残忍。

除了残忍，其他事物都是可以教的，只要假以时日。只要给予机会。

如果一个人大笔一挥就能杀死一个女孩，那我们其他人能做什么呢？

要抬高我们的声音，对着他大喊大叫，谴责他的铁石心肠，这很容易。可是女孩并不是魔法仙子，一通指手画脚的表演和一点点噪声也不足以把她带回来。仅仅是指出邪恶，说出它的实质还不够，远远不够——尽管这是一个起点。

要感受到你的双脚踩在地上，或者你的后背贴着你的椅子。你比你以为的更加强大。有些桌子需要被掀翻，需要你去把它们掀翻。

有些桌子很沉重，可是不要担心：没有人指望你一肩扛下一切。有些桌子后面还坐着人，紧握着笔，愤愤不平。有些人一想到桌子翻了就会忧心忡忡。

可是外面还有一个女孩正命悬一线。她需要你，走上前去，推动这一切。

是的，你。

你们。所有人。

所以，赶快推吧。

●●·

这不公平！

莫莉·麦基亚的母亲用拳头捶打着厨房的墙壁：一拳，然后另一拳。然后双拳齐出。又是两拳。这不公平，这不公平，她的小姑娘，她的天使，在她自己的床上活活烂掉。她用全部重量倚着墙，把自己的悲伤逼进廉价的石膏板里。她的另外几个女儿跑进厨房，查看出了什么事，她把她们全都赶出去，又把整个身体拍在墙上，使得这个小小公寓连地基都颤抖起来。“不能再让别的女孩也这样了。”她啜泣道。她不该哭，不该当着已经长大成人的女儿们的面哭，可是她口袋里有一颗变黑了的牙齿，足有一千磅重，在如此可怕的重压之下，她把自己整个推向门口。“不能让别人的孩子也这样。”

●●·

快来人做点什么！

尤里的指节更加用力地拧着楼梯的铝制栏杆。他的拳头顺着栏杆捋下来，粗糙的栏杆蹭掉了手掌上的一层皮，鲜血从指缝里渗了出来。原本有可能是他坐进飞船的。原本有可能是他的。根本不应该是别人，不应该又是这样。他的手一直捋到楼梯台阶上，一直到他手腕的骨头抵在一起。

●●·

这不公平！

在不公的重压之下或许存在着某种可怕的力量，它让自己渗入夏万的肌肉和骨头。夏万双腿弯曲，后背顶住闷罐车厢，一股气从他的身体喷薄而出。他的一只脚踩在道砟上，差点儿打滑，可是他稳住身子，再次用力。一声轻柔的哀号，仿佛远方的火车头在召唤，可这声音来自他的喉咙。又是猛力一推，背上又撕扯出新的刮伤，闷罐车的前轮发出惊愕的嘶鸣。车厢并没有翻倒，尽管他想把它弄翻，因为铁路的运转需要依靠痛苦，就像需要煤一样。可他还是在用力推。

●●·

快来人做点什么！

胡马莎和女孩并不孤独。救援人员、附近的居民，大家一起开挖。他们挖个不停。废墟里面还有人。还有些生命来得及拯救，一块又一块石头，一堆又一堆碎石，每一条生命都值得用鲜血和辛劳来使之重见天日。“推！”一个医生高喊道。于是六个男人和女人用肩膀顶住一面倒塌的墙。他们铆足力气，有的人在咒骂，有的人发出呻吟。墙晃了晃，动起来了。天光洒向墙下面被压得裂开的桌子。一只手伸了出来，用力伸直，颤抖个不停。更多的手伸下来，握住它。

●•·

还有你。也许感觉不太出来，你那弱小的身躯正在对抗着冷酷计算的可怕重压。

可是这对抗如此强烈。它就是万物。它就是一切。

所以，推！

●•·

“这不——”

空投飞船减速了，就像是被神漠不关心地扇了一巴掌。阿尔瓦雷兹被突如其来的加速度甩到了气闸舱的侧壁上；女孩的哭喊声戛然而止，因为她也被掀翻到一旁。

见鬼。见鬼。这他妈的是怎么回事？他用力地输入密码，再次从内侧打开气闸舱门，尽管这一次他要花费百倍的力气才能稳住女孩，可他必须确认她没有脑震荡或者大出血，不然自己就算是白死了。

女孩鼻子出血了，在空投飞船的舱内弄出来一幅噩梦般的立体抽象画，不过除此之外，她似乎没怎么受伤。“出什么事了？”女孩问，她的声音混杂着血味和困惑，“我们撞上什么东西了吗？”

“不可能。要是有撞击，咱们根本不可能像这样说话。”他把女孩轻轻挤到一边，查看屏幕。没有任何异常，所有系统都显示绿色。除了——

●•·

如果一个办公桌旁的人用一点墨水就能杀死一个女孩，那么我们也能用一模一样的方法拯救她。我们这样的人比他多得多。折断他的钢笔，把它丢出窗外，然后把桌子也丢出去。

●●·

“这不可能。”他再次检查读数，又检查一遍；透过头顶的舷窗，用眼睛对能看到的星空进行粗略的观察比对。这不可能。然而，事实就是这样。

“出什么事了？”

总结起来太费周章，有太多的东西需要解释，于是他只简短地说了一句：“没什么。”他飘向一旁，给女孩看屏幕上显示的他们飞向奥古斯都小行星的轨迹。一切都不可思议地显示正常。“我们将比计划提前完成行星降落。六点十二分，当地行星时间。”

女孩的眼睛一眨不眨，仿佛一闭上眼睛就会让屏幕上的内容不复存在。“这不可能。”

“没错。”

“这是怎么做到的？”

“做不到。”

女孩紧紧抓着驾驶座，飘浮着，眼睛一直紧盯着读数。屏幕的光亮让她浑身笼罩着一层淡淡的绿光，她慢慢地露出微笑，牙齿在昏暗的空投飞船里闪着光。“现在怎么办？”

阿尔瓦雷兹也不知道该如何回答。当一个奇迹将你的生命交还给你时，你又能怎么办呢？你又能拿什么作为回报呢？

“我猜……我猜现在我要回家了。回地球，我是说。”对于空投飞船的飞行员来说，家可能意味着很多不同的内容。飞船包裹着他们，发出轻柔的嗡嗡声，像一个天真无邪的人，仿佛它刚才并没有差点儿变成两人的棺材。

“家。”女孩盯着屏幕，仿佛一眨不眨地盯上一分钟就能让她理解这些读数一样。对她来说，家就是奥古斯都小行星上苦苦等待的人们。“为什么是地球?”

“哦，公司总部在那里。我觉得我该去会会他们。”阿尔瓦雷兹输入一串减速指令，笑了起来，他绷紧嘴唇，露出一排干巴巴的牙齿。奇迹都是些饥肠辘辘的东西。他要一直活着，活成公司的一根肉中刺，以此来喂饱这一个奇迹。“我打算去掀翻几张桌子。”

痛苦是一种可再生资源。

是时候看看它燃烧得有多炽烈了。

文 / 阿鲁拉 · 拉特那卡[①]
译 / 刘壮

睡城的孤独傀儡师

我记得出生时的情景。我记得光线、声音和气味带来的感官过载，让我大声哭了起来，并且把新鲜空气吸入肺里——又是一种新的感官。我记得重力的负担，让我柔弱的四肢变得无助而笨拙，而它们在羊水中还那么优雅和灵活。然后我记得母亲，她抱着我，还有外婆，她看着我们。

①阿鲁拉 · 拉特那卡（Arula Ratnakar），科幻作家和神经科学家。她的短篇科幻小说刊登在《克拉克世界》杂志和《生活之外》选集。她在实验室工作，研究迷幻药和离解剂的神经机制。

A

他们都在努力工作，为漫长的睡眠做准备。从地理工程世代开始就一直在往大气层里排放用来散射阳光的硫酸盐气溶胶，然而这根本不够，只不过是隔段时间下几场酸雨，把天空染成了红色。气温很快就变得不适宜居住了，而且没有地方可以疏散。

于是城市决定睡眠，或者说，暂时断开人们的意识与潜意识的联系，将他们的大脑运动回路借给荚舱——一种球状容器，用来容纳他们冷冻的身体，并且用它的机器人附肢改善贫瘠有害的土地——直到城市再次苏醒的时机到来，到那时地球将是一个绿意盎然的世界。

这是一项雄心勃勃的工程，它的首席生化学家是一位地理工程世代的老太太，名叫卡瑞斯玛。她找到了永久保存并有选择地冷冻人体器官和意识的办法——在需要的时候向组织内泵入各种浓度的尿素和葡萄糖以及其他冷冻保护剂混合物。

领导大脑模拟研究的科学家比卡瑞斯玛还要老——一个古老的、来自第一波上传浪潮的上传人，名叫埃米尔。他致力于留下来拯救地球，而不是离开这里。他曾经设计出一种方法，能非侵入性地暂时将城市居民的意识转移到荚舱壁。在睡眠期间，生物大脑的运转能力将被限缩到最低水平的视觉、听觉和嗅觉感知力和运动能力，用来指挥荚舱恢复地貌，与此同时其他器官处于冷冻状态。不过城市居民们的意识将会体验到完全不同的内容。这就是他们设计出你来的原因。

你自己的意识被建在一个巨大的透明穹顶里，穹顶笼罩之下是欣欣向荣的鲜花、树木、作物和种子——一个气候受控制的花园，从这里出发，荚舱将会缓慢地让你周围的土地重现生机。你的思想、情感和直觉……全都高度抽象，几乎没有人能够理解——除了你的创造者埃米尔。你的意识与他直接连接，甚至由他进行部分解读。对这个世界其余的人来说，你的整体形象就像是一团团旋动的彩色图案，在整个穹顶上舞蹈，样子就像越吹越大、濒临破裂的肥皂泡上那层五彩斑斓的光影。

你的工作是创造插入剧本。为每一个城市居民——上到没有上传的老年居民，下到刚出生的婴儿——创造模拟世界和模拟人生过程，只会在睡梦中存在，完成之后再循环播放，需要多久就持续多久，一旦重新醒来就会像梦一样消散。婴儿的意识会在一个模拟家庭的包围中长大成人——带着模拟的爱情、模拟的教育和模拟的雄心壮志度过完整的一生，而他们小小的身体被保存在荚舱里，等待他们回归。五岁到十五岁之间的孩子，大部分也和婴儿一样——家庭、资源、教育……不过他们还可以选择向一个由伦理学家、精神病专家、神经科学家、儿科医生、建筑师、计算机科学家和一个由其他孩子自我推举产生的小组组成的理事会提出申请，要求获得与年龄更大的孩子和成年人相同的机会——设计他们*自己的*模拟插入剧本，并在其中度过余生。

大部分成年人有着相似的欲望——实现他们的个人目标，占据有权势的地位，报仇，在山林田园的环境和修身养性的爱好中找到安宁平和，满足他们最阴暗的冲动幻想，感受或者拥有爱，体验死亡的虚无，或者钻研精进一门学问，通常就是这些。不过你发现最有意思的欲望似乎来自悔恨、愧疚，或者好奇。在这些欲望中，人们想知道如果他们当初在某一件具体的事情上做出不同的决定，他们的生活会是什么样子。

那时的你还很年轻。在你准备好将模拟剧本发送到荚舱前，还有很多东西要学习，也有很多时间去学习。通常，在你年轻时，你会花时间观察孩子和他们的父母，看他们在花园里散步，心想自己会不会也是个孩子。如果你是，那么你觉得埃米尔一定是你的父亲。可是他对待你不像是对待他自己的孩子，他对待你更像是一个……熟人，或者是同事，甚至连这也算不上。他尊敬你，向你的意识致敬。可是他并不爱你。这让你很悲伤，而埃米尔能感受到你的悲伤，不过他的反应是好奇和萌发兴趣，而你想要他感到愧疚。

别的孩子也不想和你玩——更确切地说，他们并不知道你想和他们玩。他们无法分辨你的感受、你的念头。他们把你看成是一个迷人的存在，他们应该尊敬你，可是并没有把你视为同类。你也没办法和他们一起奔跑嬉闹，只能让你那些旋动的、五光十色的思想在整个穹顶上舞蹈。可是这一切在你遇到伊莎的那一刻改变了。

伊莎是卡瑞斯玛的外孙女，她和你同龄，都是七岁大。她的母亲塔拉是一位著名的胚胎学专家。塔拉毫无征兆地突然离开了伊莎和这座城市，于是，从那以后，伊莎就和卡瑞斯玛一起生活，也因此开始把大把时间用在花园和笼罩花园、容纳你的思想的穹顶里面。

别的孩子会偶尔惊叹于你的意识的流光溢彩，而在这一幕奇景的新鲜感消退后，他们很快就会厌倦。可是伊莎一有空就会待在花园里，看着你，直到有别的人或者别的事情打断她。她把你叫作蛋白石，因为你让她想起一条项链上的一块宝石——那条项链是很久以前塔拉给她的，她从来都没有摘下来过。埃米尔陪着她时，她会让埃米尔翻译你的念头。“蛋白石在想什么？蛋白石这会儿有什么感觉?”

要回答她颇为费力——埃米尔也无法完全理解你的意识，尽管这是他创造的。不过很多时候他的回答是正确的，他会告诉伊莎，

“蛋白石在想……你。而且感觉自己……被看到了。”这时伊莎会安静下来，露出微笑。

一个夏季的傍晚，花园里的青蛙和昆虫从躲藏的地方出来时，伊莎正在捉甲虫。卡瑞斯玛告诉她，每种甲虫只允许抓一只，明天她会教伊莎怎样解剖它们。当花园里最后的游客和科学家也离开了穹顶，只有伊莎留了下来，她把罐子放到草地上，不抓甲虫了。你看见在一个罐子里，她抓到的萤火虫正在一边闪光，一边试着逃脱。

她走到穹顶的墙壁前，开始用眼睛追随你思想的图案。你一定是做出回应了，因为她微笑着用一只手掌按着穹顶，然后说出了她对你直接说出的第一句话：

“你真像我，蛋白石。咱俩一样。你真漂亮。我感觉我也被你看到了。”

S

伊莎开始不断地让埃米尔翻译你的思想——问得太多，都影响到他训练你建造模拟剧本了。于是埃米尔给伊莎造了一个头盔。头盔里装有他的一部分上传意识，能够接收到你的思想和感受，还能随时非侵入地与她的大脑融合——前提是在埃米尔偶尔需要了解你的思想时，她愿意把头盔借给他，将头盔与他所上传进去的金属球连接。

“你为什么对我这么好，埃米尔？”有一次，伊莎问道，“你对其他人就没这么好。卡瑞斯玛也不觉得你好。”

这话逗得他哈哈大笑，可是随后他陷入沉思，然后才回答她：“这里还是有一些细微差别的，伊莎。卡瑞斯玛和我其实很尊敬对方，我觉得她很了不起——很久以前，在第一波上传浪潮的时候，我还和她的母亲一起做过大脑模拟设计。卡瑞斯玛知道她母亲肯定不会跟坏人合作。不过我们在大脑应当如何工作的问题上有着截然不同的看法，能让我们发生争吵。至于为什么我对你更好……很久很久以前，我有一个女儿。她在比你还小一点的时候就因为一次过敏反应死去了。我猜是因为你让我想起了她。和你在一起能带走一部分痛苦，这痛苦到如今已经持续一个多世纪了。”

伊莎皱起眉头。“过敏反应已经不存在了。我就从来没有过。”

埃米尔悲伤地笑了笑。“是的。这件事发生在将近两百年前。在那以后，我们有很多新成就。”他看向透明穹顶的外面，看着外面干涸的土地，和寥寥几个穿着全套防热服、戴着空气过滤面罩的人。这些人从城市的一个掩蔽所飞奔向下一个，以避免长时间的暴露。“我们也造成了很多损害，这些损害到最后使得几个技术进步失去了用武之地。和我年轻时候相比，这颗星球上的许多地方都已经面目全非，只剩下这些零零星星、彼此孤立的小城邦，全球人口大幅度减少，大气变得无法呼吸。像这样的长时间睡眠也许是我们作为一个物种，以生物体形式存活下去的最后希望。”

你一边看，一边听，你注意到卡瑞斯玛悄悄走进穹顶，而伊莎和埃米尔没有发现。

伊莎接着说：“异构人无法睡眠，对吗，埃米尔？你是故意把模拟剧本设计成那样的吗？他们会怎样？”

“是的……他们的脑回路非常不同，伊莎，我无法理解。我再怎么尝试，也无法让他们进入模拟剧本，也不能隔离他们的运动神经系统。不过这座城市里本来也没有多少异构人。我们睡眠时，住在这里的异构人将被疏散，搬去另一座城市。”

埃米尔曾经跟你讲过异构人的事情。这些城邦似乎就是这样建立的：一座城市要么是未改造过的生物人类占主体，要么大部分是异构人，而从来不会人口数量相当。根据埃米尔告诉你的情况来看，在各种大脑模拟方法取得进展以后，异构人的人口开始增长了。

可以确定的是，大脑模拟其实并不需要将近一百万亿个神经突触的维数来上传一个人的意识。把大脑看作一组相互关联的系统，每个系统都有独特的工作方式，这样就能大大减少维数的规模。对于那些更加依靠神经的平均激活比率，而神经元并没有经过空间定位的系统，例如，运动神经和学习神经系统的特定部分，可以建立整个神经集群和总体活动状态的模型。上传者一旦被转移到这些电子化的、降低维数的框架里，其运转情况似乎与他们还是生物体人类时一模一样。

然而，有一群科学家决定秘密进行外科手术和基因修改，将他们自己的生物大脑——更重要的是，他们未来孩子的大脑——的维数调整成与上传神经系统相当的水平，看看大脑在生物层面的工作状况有没有明显的不同。此举引起了极大的争议。这样做涉及密集的手术，要用电子系统——这些系统通常只是留给大脑受损的人——替换相当一部分大脑回路，而且相关研究从来没有在十岁以下儿童，尤其是婴儿身上进行过。

那群科学家相互结合，生下了他们自己的孩子。由于科学家们对自己也进行过基因改造，这些在体外孵化腔里长大的后代，也需要在胚胎到胎儿的各个发展阶段中一点点植入减少维数的电子大脑回路。这些电子植入物的设计具有自适应性，能够改变形状以适应它们周围的真神经元，而这些神经元所在的大脑回路运转需要依赖单个突触的活动。然而植入物只能接受单个输入信号并释放单个输出信号，而不像未改造大脑里的生物突触那样，能在同一个回路里接收和释放无数的信号——植入物所呈现的是生物神经集群的**平均激活比率**的样子。新一代的孩子就是异构人的源起。

在那个时候，人们已经在等着看这些孩子的好戏了——等待出现某种致命缺陷，来证明我们其实真的需要**全部**的几万亿几万亿神经突触来维持正常工作，尤其是**儿童**，他们的神经系统在不断修剪、强化，在不断改变，最终成为**我们**。可是就算有什么地方出现了异常，在当时也没有得到关注，于是这些孩子最终长大成人，然后他们又有了他们自己的孩子。不过，未改造人类——“原初人”——和异构人一致认为：两个人群不能冒险彼此结合生育后代。

随着异构人开始在改动和创造大脑回路方面产生他们自己复杂难懂、谨慎细致的文化，原初人和异构人之间越发不能融洽相处，生殖隔离也更加强了。

他们为自己独特的大脑发明出先进的新技术，让电子植入物对胚胎和胎儿越来越安全。他们摆弄不同神经回路的维数，让一些曾经依赖神经元总体活动情况的回路依赖神经突触的个体活动模式，又进行相反的操作。他们也创造和使用全新的回路，在原初人的初始状态之上增加新的感知和情感水平。很快，他们思考、感受和感知的方式就让原初人难以理解了——尽管为了避免两个人类群体彼此隔绝，异构人仍旧以同样的方式与原初人交流。

埃米尔十分警惕异构人。他那个世代里有些人认为，改变原初人大脑回路的连接方式存在风险；而且他那一代几乎所有人都同意，在胚胎发育阶段就改动大脑维数，不仅非常危险，而且极不道德。尽管这都是很久很久以前的事了，古老且危险的侵入性大脑模拟技术也已经基本无人使用，但埃米尔的观点似乎并没有随着几个世纪的流逝而改变。

你继续聆听他们的对话。伊莎皱着眉头，握着她项链上的蛋白石。你知道她只有在想念母亲、胚胎学家塔拉时才会这样做。

“那件事是真的吗？所有人都说，她是跟着一个异构人一起离开这座城市的。”

埃米尔叹了口气。“是的，是真的。你母亲当时……很迷茫，伊莎。她——”

卡瑞斯玛选择在这一刻介入。“闭嘴。闭嘴，埃米尔。我不允许你对我的外孙女胡说八道。”她跪到伊莎身边，“我原本想要告诉你另外一个故事。塔拉……恋爱了，伊莎。和一个异构人——他的名字叫博什，他和你的妈妈一样，也是一个胚胎学家，只不过是个异构人胚胎学家。”

经过一段漫长的沉默，伊莎问：“博什也爱她吗？”

卡瑞斯玛叹了口气。“我不知道，伊莎。异构人思考和感受的方式和你我很不一样。不过——”

埃米尔打断她：“这正是我想说的！他们没有爱的能力，他们把自己的大脑回路玩过头了，他们——”

卡瑞斯玛恶狠狠地瞪了他一眼，于是他嗤笑一声，不再说话。“就像我刚才说的，就算博什的思维和感受方式和我们大不相同，我也知道塔拉对他来说非常重要，不论他对塔拉有什么感觉，那都是明确而强烈的，也许更甚于我们称之为爱情的东西。”

伊莎看看埃米尔的球，又看看卡瑞斯玛，像是不知所措。

“她为什么离开我？”

埃米尔转向一边。

卡瑞斯玛说：“我不知道。也许——”她瞥了埃米尔一眼，“也许他俩觉得在这里不受欢迎……而你，比起和他们一起离开，还是留在城市里等待睡眠更安全些。不过实际上，我不知道。她对我也是不辞而别的。”

伊莎开始穿上防热服，戴上面具。“我想一个人待着。”

孩子离开花园，卡瑞斯玛叹了口气，开始说话。

“埃米尔，我是个老人了，可你是个古董——你是我爷爷奶奶那一代人，甚至不是我父母那一代。思想和社会总是随着历史的前进而不断变化更新。如果你想在你永远不死的一生中继续受人尊敬，那你就一定要遵从和尊敬那些改变。你不记得了吗？在你和我母亲研究脑上传科学的早期，光是意识上传就存在巨大争议，还被很多人斥为危险和非自然的行为？你必须接受这一事实，有些在你那个时代简直不可想象，也许还被视为危险且不合伦理的思想，在如今已经完全可行，并且已经和人类社会密切交织在一起。如果你不能接受这一点，那这不过是……证明了我对你、对我母亲、对第一波上传浪潮的每一个人的看法。”

埃米尔转了过来。“什么看法？”

“嗯……永生不死将最终变成停滞不前。随着人们不断上传，更老世代的人将越来越多，并且和尚未诞生的世代相比，更老世代的人数将异乎寻常、不成比例地巨大。老旧的观念、文化、传统、定义和理解事物的方式将永远不会被忘记。尽管有些人重视对我们的历史进行细致、准确且生动的记录，可是当如此数量庞大的人群*就是不想走出这段历史*时，问题一定会出现。说真的，对于这个永生问题，我只能想到几个解决办法，而这些办法全都不现实，没有一个会成真。也许可以在你上传达到一定年限后，就把你这些固有偏见背后的神经系统和大脑回路的控制权交给最新一代人，或者在一定上传年限后阻断你影响历史进程的能力……或者创造一种会出生再重生然后又重生的不朽意识——这又不符合我们大多数人想要永生的意义。”

埃米尔呵呵笑了。“等上传后几个世纪以后，卡瑞斯玛，你会明白漫长岁月积累的经验有多么大的价值，我想到那时你会改变想法的。”

“我不会上传自己的，埃米尔。而且……嗯，我没有做最近一轮的生理更新，我的身体健康状况很快就会追赶上我的生理年龄。”

埃米尔似乎大吃一惊。“不，卡瑞斯玛！这就是说……”

“是的。这就是说。这就是说，再过不到十年，我就要死了。”

C

那天夜里晚些时候，伊莎回到花园里，一副兴高采烈的样子。她把她的头盔放在一丛野花上。

“蛋白石，我要告诉你一个秘密。”她喘了口气，说，“实际上，我母亲在离开前*其实*留下了一条线索。我只是以前不明白。”她举起一张乐谱。

“她出走前一周左右，我在她的书桌上找到了这个。我当时其实并没有想太多，直到今天早先我难过的时候，我走进了你的穹顶旁边那座研究大楼里。我在找一块装饰板，上面描绘的是这个地方的缔造者。二十二世纪早期的某个气候学家在几个世纪前领导了一场声势浩大的青年运动，继而启发了地理改造世代。跑题了。那块装饰板下面，有一幅打印出来的画。*世俗欢悦的花园*，画家的名字叫希耶罗尼姆斯·*博什*！和跟我母亲一起出走的那个异构人名字一样！那幅画……很奇怪。让我想起这座城市。天穹里面的美丽花园，还有……外面的糟糕环境。哦，最吓人的地方是，画上面画着一段音乐，”伊莎大笑起来，又轻声说道，“放在一个很有意思的地方。”然后她清了清喉咙，接着说：

“画上的那张一小段音乐和我妈妈书桌上的那张乐谱一模一样！所以……这件事不要告诉任何人，我把画上的那一小块切了下来……然后我发现画布后面粘着这个。”

她给你看了一块古老褪色的小塑料片——上面印着“匹兹堡卡内基图书馆”，字迹几乎无法辨识——和另一张乐谱，名字叫“歉意”。

“这个字，‘歉意’，是她的笔迹，蛋白石！这个‘歉意’的音乐听起来很奇怪，我不知道这怎么成了一份歉意，不过它让我产生了看那幅画时同样的感情。而且……这个塑料片……我想它是在告诉我她去了哪儿。我在哪里能找到她。你觉得她是在让我找她吗？我该去吗？等会儿——”伊莎启动她的头盔，调整上面的设置。

你真的相信塔拉希望她的女儿去找她，她留下一系列线索一定有原因。可是你不想伊莎离开。她是你唯一的朋友。只有她让你感觉被看见……让你感觉……被关心。

所以伊莎戴上头盔时，你扭曲了你头脑中的真实想法。你想着塔拉会如何希望伊莎安全快乐……像是她要留在城市里，就像她在睡眠期间那样。你想着塔拉留下伊莎一定有原因，伊莎还只是个孩子——独自出走，去寻找一个不知道还存不存在的地方不安全。

“你也许是对的，蛋白石。这也许不是个好主意……”

然后你情不自禁地想到伊莎对你有多重要，你有多么关心她。

伊莎思忖片刻，然后点了点头。“你爱我，蛋白石。啊，我也爱你。我会安安全全地留在城市里的。而且我保证，我不会离开你。”

伊莎摘下头盔后，你思考着自己刚刚做的事情，认为自己很享受扭曲真相的感觉。为自己着想，通过自己的行动获得你想要的……能影响别人，这感觉真好。

01011001 01101111 01110101 01000001 01110010 01100101 01001100 01101001 01101011 01100101 01001101 01100101[①]

我还记得我的童年时光，就像记得我出生时一样清楚。我记得和母亲还有外婆一起吃印度早餐[②]，我们欢笑着将土豆泥又咸又香的油汤粘在我们的指尖上，让海风吹凉我们的食物。我记得外婆在屋子里为我切芒果，她布满皱纹的双手熟练地用着刀子，浅绿色的阳光透过我们身后的彩窗玻璃落在打磨光亮的木地板上。我还记得外婆消失时的情景——就在我出生后不久。问我母亲她去哪儿了，却没有得到答案。不知道她为什么离开。

我还记得我曾经站在我自己的孩子如今所在的地方，在夕阳斜照的无边大海的海滩上，为我自己的开示做好准备。萤火虫飞出了蜗牛的花园，在我身后聚集。我记得我女儿出生的时候，我不再是孩子，我成了她的母亲，而我的母亲成了一位外婆。我还记得我的母亲也消失了，就在我的孩子出生后不久。

现在我需要打起精神了，于是我不再回想往事。我看着孩子走向海水。海水的黏稠度改变了，盐度大幅度下降。我做好准备，去解释她接下来将会看到的场景。

海水凝结，形成一个乳白色的泡囊，里面盛着一个小小的身体，那身体动个不停，像是在羊水中游泳。我向孩子点点头，她把手伸进泡囊里，拖出来一个婴儿。婴儿立刻尖声哭了起来，第一次

① 二进制转文本：You Are Like Me

② 原文为poori-bhaji，一种传统的北印度早餐。主要由油炸薄饼和香料土豆泥或土豆咖喱组成。

把海边的新鲜空气吸入她的肺里。随着婴儿的呼吸，海水的黏稠度、颜色和盐度恢复正常。

“听着，我的女儿……你已经不再是孩子了。”我对她说，就像我的母亲曾经对我说的一样，“这是你作为母亲的旅程的起点，也是我的终点。现在我是外婆了。你看，在这次开示里，你发现我是你的未来，正如你是孩子的未来。我已经历过你的一切过往，分毫不差。我拥有你的一切记忆。在这一生中，我们拥有一项特权，从多种角度多次体验每一个瞬间，我可以向你保证，从我成为母亲的那一刻起，这一切都将不同。每一次开示，我们都会进入我们生命的下一个阶段，进入我们已知的幸福未来那让人安心的怀抱。这是你的第二次开示，因为你从孩子转变成了母亲。这是新孩子的第一次，也是我的第三次。”我知道她接下来会对我说什么。

“你凭什么说未来是让人安心和幸福的？还是已知的？母亲……外婆**消失**了。如果现在你成了外婆……**你**也会消失。而这意味着我的未来也会……消失。”

我想起我自己的母亲如何说出我接下来要说的话，不过我确信我将继承她当时没有说的。我相信，从某种角度来说，我是特殊的，比曾经的她更加坚决，**有些东西**一定会随着每次重复而有所改变。有我在，未来将会**不一样**。所以我对我的孩子说了相同的话，尽管我知道这些话在过去的我身上并没有成真。因为在我心里，我知道这一轮时间循环里，**我**将把它们**变成**现实。

“我计划改变我们的未来，我的女儿。我计划找到你的外婆——我的母亲……并且我计划把她带回到我们身边。打破这个循环。在我人生的这个阶段，我已经将此作为我的目标。我**一定**要把她带回到我们身边。我一定要找到办法。请相信我，我的孩子，就像你至今一直相信我一样。”

然后我的女儿抱住我，新的孩子夹在我们中间。“我相信你，我的母亲。来吧，咱们回屋里去。天冷了，夜色深了，萤火虫也和阳光一道不见了。我们可以边吃晚饭边聊。我有很多问题要问你。”

我们穿过沙滩往回走，我的心里充满了对我的女儿的骄傲，和对我的新外孙女的爱……以及一个新的、坚定不移的决心，要找到并且带回我们未来的自己。

●●·

我们的房子设计使得它既能用不同色调的灰棕色模板条，又能与其所在悬崖融为一体；同时造型复杂的玻璃花窗可以呼应和反射大海的颜色，从而显得光彩熠熠、引人注目。进入房子，我终于能够进入第三翼了。这里是为外婆预备的一翼，从来不会对其他人敞开大门。这座由木头和玻璃建造的房子的平面图，看起来就像古老的辐射警告标志——拥有三个成三角形排列的翼，一个给孩子，一个给母亲，还有一个给外婆，从中间的一个大一些的圆形家庭生活空间向外分岔。每一翼都有自己的标志——旋转的、近乎五彩斑斓的彩色玻璃图案，灵感来自大海，外婆的翼整个嵌在悬崖里面，所以没有窗户。母亲翼虽然同样部分嵌在悬崖里，却拥有几扇漂亮的窗户。而孩子翼悬在大海上方，比起木头，更像是由宝石般的玻璃建造而成。孩子只能进入她的翼和中心空间，而母亲能进入她的翼、中心空间和孩子的翼。我如今成了外婆，可以进入这座房子里的每一处空间。

我花费了好几年时间去探索外婆翼，这里有着无数走廊和房间，深深凿入悬崖内部。要不是我把一根绳子绑在入口，一边探索一边不断放线，我肯定也会无可挽回地消失在这里深邃的空间。她就是这样消失的吗？我经常自问，绳子断了，于是永远游荡在这无尽的空间里？

随着一年年过去，我还从一个全新的视角重新经历了我还是孩子和母亲时的所有过往记忆。这一次，是我在准备印度早餐，切芒果，对着我的两个后人急切的耳朵讲述各种各样的故事。然而，不论我如何尝试，每当我来到这座房子里的任何其他空间，我都无法回想起我那一翼里的任何事情。这让我感到既困惑又抓狂。我也无法向我的孩子和孙女透露任何关于那些位于悬崖深处的房间的事情。

后来，我已经能够信任我的导航能力和记忆力，可以丢掉那卷绳子了，终于有一天，在向深处跋涉探索几天之后，我来到外婆翼最后一个未曾探索过的房间。门是玻璃的，上面有母亲翼和孩子翼窗子上的图案，还有独属于它的新图案。柔和的光从门里面透出来，还有一段音乐正在演奏。我打开门，进去了。

没有看到光源，但整个房间却像被自然光照亮了一样。除了我，这个房间里只有一幅巨大的画，名字叫“世俗欢悦的花园”。它有一种奇怪的熟悉感，随着音乐声音慢慢变大，我在画上的一小块位置认出了音乐的旋律母题。我大笑起来。真是一个有意思的地方。

有什么东西吸引着我去揭下画布，我一这么做，音乐就停止了。画布后面有一个广大、黑暗、空无一物、看不到边界的空间。我母亲一定是去了这里……我暗自想道，这个念头又说服我去采取接下来的行动。

我深吸一口气，爬过画框，一头冲进深渊。

I

伊莎向你展示了她在画中的发现后，七年过去了。一天夜里，在花园里，在各种花朵的环绕之下，在这个可以透过穹顶看到多云而无星的天空的地方，卡瑞斯玛离世了。埃米尔和伊莎守在她身边。她的最后一句话是："照顾好她，埃米尔。"

卡瑞斯玛的遗体被运走后，伊莎说："现在我没有家人了。我的母亲走了，我的外婆也走了。我真不敢相信她也会离开。她居然没有像你一样上传。我永远都不会原谅她这件事。"

"嘿。你还有我，记得吗？"埃米尔说，"我非常在乎你，我会尽我所能地确保你有好的生活。而且……也许你现在还不能从卡瑞斯玛的视角来看待一切……可是我有一种感觉，假以时日，你会的。你会意识到她的观点值得尊重，她的行动，至少贯彻了她的信念……而且非常地勇敢。"

伊莎戴上头盔，听取你的思想。良久的沉默后，她说话了："你说得对，对不起。我还有你。而且……我还有蛋白石。"

你在这几个星期开始测试插入剧本，城市里的异构人群体在准备撤离。埃米尔希望对你的工作进展保密，这样一来就不会吸引太多的关注，而且——至少他是这样告诉你的——这样他就可以专心致志地进行这项工作了。

此前一个秘密的志愿者小组同意测试你目前的模拟能力。埃米尔向伊莎借走头盔以完成这部分工程，于是这段时间她没办法知道你的思想了。

这一批志愿者知道自己签字同意的是什么。他们将短暂体验一种插入式的模拟剧本，然后被唤醒，可是模拟世界里的记忆不会随着他们的重新苏醒而消散——这样他们就能告诉埃米尔这东西有没有效果。可是在这个过程中，他们的大脑活动模式将被永久改变，他们将因此**再也无法**体验插入模拟剧本。未来的模拟剧本将不会在已经体验过早期模拟剧本的头脑中起效，因此这个志愿者小组将无法进行长期睡眠。

不过志愿者们知道这一点，而且做好准备，将在这次测试后随异构人一起撤离。实际上，他们似乎是迫不及待地想要这么做，哪怕以后没有办法进入睡眠。能够**记住**他们的模拟人生的想法实在是太有诱惑力了。对于城市里的其他人来说——尤其是婴儿，他们需要退回到婴儿的意识状态，以免在醒来后承受被困在婴儿身体里的折磨；还有些人在他们的插入剧本里对着那些黑暗邪恶的幻想大快朵颐——人们一致认为，为了让社会能正常地重新启动，遗忘掉模拟剧本的记忆很有必要。不过这些志愿者将不再成为这座城市里的一员……他们就算记住了，也不会对未来的城市运转产生风险了。

你心里开始对睡眠问题有了自己的想法和观点。既然人类已经对这个世界造成了如此严重的伤害，而要想让这个世界恢复健康，又必须真正地避免他们的意识存在于真实世界，那么他们干吗还要从插入剧本中醒过来，尤其是，这些插入剧本本来就是他们最渴望体验的东西？对你来说，最符合逻辑的解决方案是，让人类永远进入睡眠，永远沉浸在他们的幻梦中，让他们的潜意识大脑控制荚舱、一劳永逸地恢复他们破坏掉的一切。可是这件事轮不到你发表意见。而且你有一种感觉，埃米尔一定会对你的看法产生警觉，所以你只有在埃米尔没有将他的球连上头盔时才会仔细思考这个问题。

第一个志愿者是一位非常忧郁、老态龙钟的女人，她想知道如果她在小时候的一场火灾中救出她的婴儿妹妹，而不是光顾着自己逃命，她的生活会有怎样的不同。她讲述了自己孤独而失落的生活，讲述了从那天之后的愧疚和悔恨影响了她的一生——她觉得自己不值得拥有美好的一生。她戴上一个和伊莎的头盔类似设计的头盔，然后模拟剧本开始了。

你能看到女人六岁时她眼中的恐惧。火焰舔舐着她房间的四壁，吞噬了浅黄色的壁纸，在她的布偶动物上投下诡异的影子，让它们更像是一群怪物。窗户开着。那扇窗户，让她悔恨一生的选择。她能听见自己的婴儿妹妹在她隔壁房间里的哭喊。你看到她眼中的挣扎，严酷的选择。她的父母已经死了。要救他们已然太迟。可是她的婴儿妹妹……你让模拟剧本选择那条可以抹去女人一生最深刻悔恨的道路。

你看着她转身离开窗边，拉起衬衣捂住嘴，回答妹妹的哭喊声，顶开门，呛了一口烟，差点转身回去，却还是继续前进，踉跄着在烧焦的房梁和火星飞舞的地毯之间穿行。她父亲那本老旧的多元微积分教材摊开摆在餐桌上。你在这个年轻女孩的眼中看到了疑惑，猜想这本教材怎么没在大火中烧着。她拿起这本上千页的教材，跑向妹妹的房间。重物的负担让她不得不挺直后背。她抱起妹妹，把她放在摊开的教材上，以免她被火烧到，然后连书带人一起抱在胸前。

仅仅一个从窗边转身的决定对女人此后的人格产生了巨大的影响。那本教材成了她一生最重要的驱动力。她还没有完全学会乘除法，就在仔细研究着那些陌生的符号，念出“导——数——”这个词，用手摩挲着那些印在纸上的题目。这本书成了她须臾不离的伙伴，尽管那上面的词她一个都不认识。她迫不及待地希望有一天自己学会解答他父亲那本老旧的、虽被微微烧焦但除此之外并无损伤的书上的问题。

数学成了女人人格中不可分割的一部分。她在模拟剧本中有着和现实里一样的老师，可是她那个模拟自我与老师的对话和她在现实中有过的对话完全不一样。她的模拟自我在此后每年的成绩表上都能得到老师亲笔写下的一长段评语，表扬她聪明好学；而在现实中，成绩单上只有一些诸如“在班里受人欢迎”之类得体却疏远的句子。

她的四年级老师——真实世界里她最不喜欢的老师——注意到她对数学的着迷，以及她领先全班的学习进度。她给老师看了那本多元微积分教材，说：“我现在还看不懂它，不过我正在朝这个方向前进。现在我正在自学三角学，学到一半了。”

这个模拟的小姑娘和那个女人过去的真实自己一样，穿着同样的衣服，有着同样的脸庞，同样的十岁大的口齿不清和犬齿缺失的乳牙……可是这个模拟自我在四年级就能搞定一场三角学考试，跳了三个年级，十五岁就高中毕业了。高中四年级毕业后，她坐在一张书桌前，终于开始解答父亲的多元微积分题目了；她看起来心满意足，而她的妹妹正坐在她身边的地毯上读一本科幻小说集，周围全是软垫。妹妹今年九岁半，因为那场火灾，她的呼吸带上了一点轻微的嘶嘶声，她喜欢上了绘画——勾勒那个她从来真正见过的世界，以及她想象中那个富有创造力的未来。

模拟剧本来到大学，她和四年级的老师一直保持着联系。她在二十二岁那年证明了比尔猜想，并且向老师表示感谢。而在现实中，证明比尔猜想的是另一个女人，她用了将近六十年来研究这个问题。模拟的女人遇到了爱情，她和一个妻子和两个孩子组成家庭——其中一个孩子尤其喜欢看那本一直摊开放在咖啡桌上、微微被烧焦的多元微积分教材……

然后这个样本插入剧本就结束了。模拟情节停在了一帧略微模糊的画面上——女人穿着干练的商务套装，头发优雅地绾成一个光亮的发髻，微笑着露出洁白的牙齿，牵着一个孩子的手，抬头看向天空。

头盔被从女人的头上摘了下来，她眨眨眼，醒了。

“效果你还满意吗?”埃米尔问她。

老女人啜泣起来。“那就是我！让我回去。求你了。”她喃喃道，“这不是我！**那**才是我，你没看见吗？**那**才是我的现实！放我回去！**放我回去！**埃米尔。求你了。那才是我该有的样子……”

“我……我很抱歉，可是我不能这么做。”埃米尔似乎局促起来。

另一名志愿者轻轻地帮助老女人穿上她的防热服，陪着她走出穹顶，而她一路哭喊道：“这个，此时此地的这个，不是我!”

看到这一幕不过是进一步坚定了你的想法——如果人类在睡眠期间、在永恒的时间里一直生活在他们的欲望之中，那他们会幸福得多。

埃米尔连上伊莎的头盔，好让你向他确认女人无法清楚回答的问题。

“很好。谢谢你，蛋白石。很高兴它能正常工作。一切似乎都在照计划进行。”

I

再有一两轮学习更新，你就做好开始睡眠的准备了。这天半夜，伊莎偷偷溜进了穹顶。

“看，蛋白石。我趁着埃米尔正在忙，把这个从他那里偷出来了。”她举起最近志愿者在使用的头盔，“我不知道你在测试模拟剧本！我跟一个志愿者聊过了，因为我发现她正在悄悄地离开城市。那是一个老女人……她跟我说，志愿者们能**记住**他们的模拟情境！她只告诉我这些，她似乎挺心烦意乱的——搞不清自己究竟是谁……不过管她呢。我想知道那是什么样子。我也想要记住它。不过最重要的是，我想知道**你**，蛋白石，会为我建造什么样的模拟情境……用你自己的想象，而不是我的。另外请不要做成所有十四岁小孩儿都要经历的**无聊**生活，那种生活我在睡眠中也会经历。弄得有趣一点儿。我好期待。咱们偷偷地试，好吗？我想要记住……”

你试着将自己的想法传送给她，可是她无法读取你的想法。你想告诉她：“停下！你这么做就会和其他人一样永远无法睡眠了！你将不得不离开这座城市！不要这么做！你不明白！”可是她误解了整个穹顶闪烁的，癫狂、迷乱、飞舞的色彩。

“别担心，我相信不论你想象出的是什么，我都会喜欢的，蛋白石。别害羞！我想知道你的头脑是什么样子。看看你是怎么想我的。你会没事的。”她把头盔戴到头上，打开它。

太迟了。模拟剧本开始了。于是你想，不妨借着这个机会（很可能是你最后一次见到伊莎的机会）。为她建造一个世界，让她知道你多么爱她。

这是一组非常粗糙的体验，不过这完全是由你构造出来的。夕阳的余晖……萤火虫……一些海浪……古代教堂里那种闪闪发亮的玻璃……欢笑……可口的食物……一生都守护着她、爱她的家人。你只能给她匆匆一瞥的片段，因为这是一个全新的需求——完全不由自己的欲望所驱动，而是由**你**的主意和**你**对伊莎的思念，还有**你**对她的欲望所驱动。当样本插入模拟剧本的时间结束了，伊莎眨眨眼，醒过来，泪水顺着脸颊流淌下来。

“谢谢你，蛋白石。太完美了。”她坐在草地上，一边哭一边笑，直到埃米尔惊慌失措地来到花园。

“你都干了什么，伊莎！快告诉我你没有运行样本插入剧本。快告诉我。”

“为什么不？真漂亮，埃米尔，我——”

“不！你不明白……伊莎……”他的声音变得嘶哑，“那些志愿者……他们必须离开……他们无法进入睡眠，样本插入剧本会改变他们的大脑活动，他们就算进入荚舱也无法再次体验虚拟剧本。你……你现在不能睡眠了，伊莎。你都干了什么啊……”

“……哦。”

●●·

睡眠即将开始的那天，伊莎还在为跟随最后一批异构人撤离这座城市做准备。城市里那些早就把自己上传进各种金属物体中的老人早已离去。埃米尔相信蛋白石不需要监督就能正常工作，能在时机成熟时唤醒城市，而且必要时候他仍旧可以远程监控一切。他记起自己曾经对卡瑞斯玛做出的许诺，为伊莎所处的困境而自责，同时对将与伊莎同行的那一队异构人保持警惕。于是他在这最后时刻决定陪伊莎一起离开。

城市的所有掩蔽所和建筑物都已经彻底关闭，所有生物体城市居民都躺在他们的荚舱里，等待睡眠开始时，埃米尔给了你开始信号。

随着意识被转移到荚舱壁，所有城市居民同时闭上了眼睛，泵入冷冻保护剂、冷冻身体组织的步骤开始了。荚舱本身根据舱内主人的运动和感官回路的指令，从地面上站起来，第一次使用它们的机器人肢体和附肢，去完成预计耗时几个世纪的土地恢复工作。你向所有荚舱发送插入剧本，然后检查确认每个剧本都被发送到正确的容器。

就这样，漫长的睡眠终于开始了。

伊莎告诉埃米尔，她想私下与你道别，于是埃米尔把她独自留在花园。

伊莎戴着那个能让她感受到你的思维和情绪的头盔，走到你面前，用手掌按着穹顶的表面，就像她第一次和你说话时一样。

“对不起，蛋白石。我要打破我对你的许诺，离开这座城市了。早知道样本插入剧本的事情，我就……唉，我不知道。现在已经太晚了。不过听我说……我现在有机会了，去做我七岁时就想做的事情。”她现在用额头抵着穹顶，举起她在那幅画里找到的小塑料片，闭上眼睛，对你喃喃地说，“我要去找塔拉，我的母亲。埃米尔不知道这件事，他不会同意的。可我已经下定决心，把这件事当成我毕生的目标。我一定要找到她，蛋白石，不论要花多久的时间。”

伊莎安静下来，聆听了一会儿你的想法。她微笑着，然后身子往后一仰，用目光追随着你思想的花纹：“我也爱你。你知道，也许未来的某一天，我会回到这里。和我的母亲一起！等我实现我的目标，你就能再次见到我了。你愿意等我吗？”

*我当然会等着你，伊莎。*你用尽一切感受着，思考着。

伊莎脸上的微笑转成了悲伤。她听见埃米尔从穹顶外面喊她的名字，于是她迈步离开。就在出去前，在她穿好防热服后，她最后一次恋恋不舍地看着花园和穹顶，再一次喃喃说道：“蛋白石……再见。”

01010111 01100101 01000001 01110010 01100101 01010100 01101000 01100101 01010011 01100001 01101101 01100101[①]

---

① 译者注：意思是“我们都一样（We are the Same）”。

穿过画框后，我开始了近乎永恒的坠落——年复一年，直到我自己都觉得，周围的黑暗就是我生命里仅有的东西。这时，突如其来地，我听见了你的声音。

“欢迎你，我的孩子。能再次见到你真是奇妙。”

我不敢相信。**我找到你了。现在的曾外祖母。我的未来。我的母亲。我成功了。我已经实现了我的目的。**“母亲？能听见你的声音真是太好了……可是咱们在哪儿？出什么事了？”

我能感觉到声音里的笑意。“下一次开示马上就要来了，咱们没有多少时间了。现在该让你知道……我们的故事了。我这就把我们生活的回忆，早在永世轮回之前，在有孩子之前，在母亲，在，外婆，在曾外祖母之前的回忆。在我们所有人出世之前的故事。来吧……接住这些记忆。”

一瞬间，我了解了你的故事。我的故事。我们的故事。我记起你和伊莎、和埃米尔之间的互动。你的孤独，你渴望被人关心，你渴望去感染他人，你对于漫长睡眠的观点……当你唯一的朋友伊莎离开你时你的悲伤。你要等她回来的许诺。这回忆排山倒海，我用了很长时间消化信息，直到曾外祖母提醒我，开示就要开始了。

“我不明白，母亲。为什么会有永世轮回？城市居民出什么事了？”

“你马上就会知道了，很快，我的孩子。不过我需要你非常仔细地听好我接下来要说的。你马上要进入的生命阶段，我马上要结束的生命阶段，是轮回的最后阶段。可是这个阶段结束后，我不会死去——要是我死了，那就不能算是轮回了，不是吗？我不会死。我将回到起点，再次经历那些最终让第一个孩子诞生的时刻——她，还有第一个母亲，外婆，曾外祖母，都在同一时刻诞生。而到那时，正如你将要看到的那样，我将再一次变成孩子。

“在过去，伊莎曾回到过城市里。很快，我的女儿，一个伊莎回归的模拟剧本就会开始，我将经历这一情境，你将观看这一切。正是这个模拟剧本，将会让下一个孩子——我将经历的下一个人生阶段——以和她过去诞生时分毫不差的方式诞生。当这个模拟剧本开始时，我对你的感知和我关于轮回的记忆都将消失。我将不再是曾外祖母，我将短暂地重新变成蛋白石，与此同时，我作为孩子、母亲、外婆和曾外祖母的这些记忆都将离我而去。可是在这之前，我将和你共享我的感知和情绪，因为这一点至关重要：你必须**观察**这个模拟剧本期间发生的每一件事。

“因为你作为曾外祖母即将进入的这个阶段，要求你亲自构建这个模拟剧本，你要用掉和你找到我的耗时**完全一致**的时间完成工作，因为这也是你的女儿找到你将要花费的时间。你必须精确地复制你将要看到的每一样东西，确保你会在曾外祖母阶段亲自经历这个模拟剧本，正如我将要经历我的一样。你看，我的女儿，伊莎回来时所发生的一切，正是第一次轮回开始的因由。

“在第一个孩子诞生的那一瞬间，也必须同时产生一个母亲，还有一个外婆，还有一个曾外祖母，而曾外祖母已经经历过一切，已经把这个人生阶段用来创造那个模拟剧本，剧本中则包含了最终通往这一瞬间产生的每一个同样的事件。也许我们正处在最早的那次轮回里，但同样也可能在第两千次轮回，或者第十万次轮回，因为对我们来说，伊莎回归的模拟剧本和最初的源起事件没有区别。

“啊……我开始失去对你的感知了，我的女儿……我很抱歉，我们没有更多的时间……仔细看……她要回来了。”

我发现自己完全失去了身体的形态……我的思想蔓延

覆盖了整个穹顶……俯瞰着一个美丽的花园。伊莎回归的模拟剧本已经开始了。我能感知到你能感知到的一切。我能感受到你正在感受到的一切。可是你不知道我。你不再是外曾祖母了……你又变成了蛋白石。

你看见远方的她，正在朝你走来，背上用几根带子捆着一个东西。伊莎。如今的她尽显老态，留着长长的白发，脸上布满深深的皱纹。她向你走来时似乎不再需要佩戴空气过滤面罩了，尽管她仍旧穿着防热服。她手里握着一个由各种金属零件组成的破败东西……曾经是一个球……埃米尔的球……这些零件连接在一个东西上，不太像是个头盔，看起来又粗糙又危险，直接通过她颅骨上钻出来的几个洞接入她的大脑。她背上的东西，随着她一步步走近穹顶微微晃动。是个活物。

“好久不见，蛋白石。”她一边进入穹顶，一边对你说。伊莎从背上解开那个东西，把它轻轻放在草地上。她打开包裹，里面是一个年轻姑娘，沉沉地睡着，半张脸由电子装置构成。

“我没有找到我母亲，不过我找到另一个人。这是我的妹妹，莎达娜。她是我母亲塔拉和异构人博什的孩子。和其他人类相比，她生长得特别特别慢，她入睡时能睡上几十年……眼下她就在沉睡当中。我想这几十年，她在穹顶里面会安全些，这也是我带她来这儿的原因之一。”

她坐下来，背靠着穹顶。“另一个原因……蛋白石……我的生命快到尽头了。我不想死，可是……”她看着埃米尔破损的球，哭了起来，“我做了无法说出口的事情，蛋白石。我不想记得这些。我想……我想你把我带回那个你为我建造的世界。有萤火虫有欢笑有大海有卡瑞斯玛的菜谱。但是我想你和我一起去那里。我想能够和你交流，真正地交流。如果有办法……你能为我这么做吗？我准备好放下这一切了。我再也不需要带着这些记忆，留在这个世界了。我想开始一段不一样的人生，一段我能认识你的人生。”她调整好与她大脑相连的埃米尔球上零件的设置，闭上眼睛，微笑着叹了口气，“好了，准备好了。但愿这样能把我的意识传送给你……永不分离。”

你用了很长时间来思考她的请求，却在找到最优美的解决方案时，悲欣交集地感到一阵解脱。有一个办法，能让伊莎完美地与你交流，让她的意识得到转移，哪怕她曾经体验过一个过去版本的插入剧本。可是这意味着你将失去你自己对周围世界的感知意识。失去感知花园、穹顶外面的大地、城市和荚舱的能力……如果你满足她的请求，这就意味着城市里的居民将永远沉睡下去，在荚舱壁里永远生活在他们的幻梦之中。不过说到底，你想，这样终究更有益于人类的幸福，也更有益于这颗星球的健康——如果你做出了你将要做出的决定。

于是你放开了你对周围世界的感知，把伊莎的意识转移进穹顶里面，将它与你的意识融合，构建一个美丽的世界，一段美丽的人生，还围绕着你俩将要成为的那个人构建一个美丽、安稳的未来。在这个世界里，你能完美地和你自己交流——你的伊莎部分和你的蛋白石部分。与此同时，你变成你自己的孩子、你自己的母亲、你自己的外婆——毕竟，谁还会比你更信任你、更爱你、更关心你呢？

我看见，随着伊莎在花园里的身体静止不动，继而退入虚无中，我周围的世界再次变成一片黑暗。这意味着，要么是模拟剧本里的事件，要么是我需要看到的真实事件，已经发生了，与此同时，最新的孩子——蛋白石和伊莎交融的意识——我的过去、我的未来……已经诞生，被爱与幸福所包围。

于是我开始工作，在我周围，城市居民在他们的荚舱中长眠。我开始用我刚刚目睹的一切构建模拟剧本。我等待我的女儿来找我。我耐心地等待着，等到那一天，我再次成为蛋白石、经历见到我爱的女人回到我身边的那一天。等待我们终于相会，一起变成我们值得拥有的美丽未来。

文 / 雷 · 内勒[1]

译 / 胡绍晏

昔日之狼

他们在春季的金叶草丛中发现了被撕碎的羊羔。苍蝇已经在碎石路旁抢先找到它。但此时的苍蝇依然行动缓慢。等到再晚些时日，它们要是发现这样一顿大餐，你从很远处就能听见一片嗡嗡的声响。

埃弥拉在数米开外看着弟弟塔雷和父亲努尔蓝。她不想看那头羊羔。是她把它带到夏季牧场的，就挂在马鞍旁的袋子里。她并不想哭——这不是她第一次看见被狼群杀死的羊——但她也没必要

①雷 · 内勒（Ray Nayler），在俄罗斯、中亚、高加索和巴尔干地区生活和工作了近20年，曾在土库曼斯坦阿什哈巴德的和平队服役，于2015年开始在《阿西莫夫科幻》杂志上发表推想小说《可变异性》，随后其作品常见于《克拉克世界》《科幻和科学事实》《幻想与科幻》等杂志。其作品《冬天的分时度假》被收录进加德纳 · 多佐伊斯编辑的科幻小说精选集《掇菁撷华：35年以来的年度最佳科幻》。

看。她只是望向山坡上他们家那两座毡帐的白色圆顶，然后又望向三百米外的羊群。它们就像一簇褐色的圆球，在一片片牧草之间迁移。

她听见一阵铃声，那铃铛挂在一头叫作努尔苏丹的山羊脖子上。它已年迈，一只眼睛正慢慢变瞎。长久以来，它一直是羊群的首领。

“它肯定不是今年最后一只。”埃弥拉的父亲说。

他们那条又肥又笨的牧羊犬站在路的另一边，缓缓地摇着尾巴。它叫埃利斯坦。它的吠叫也许把狼群赶走了，让它们没能吃完这顿饭——但也没能阻止它们杀死羊羔。

“你有什么用？”塔雷朝着那条狗吼道，“为什么还要把你喂饱？”他假装捡起一块石头。埃利斯坦蹦到数米开外，然后又转回来，满怀希望地注视着他们。它知道到最后，它的无能将会得到原谅。

埃弥拉的父亲钻进破旧的吉普车，向着村子驶去，后面拖车上的木板条咔嗒作响。

“可惜你没法给这条笨狗重写程序。”塔雷对埃弥拉说。他往草地上啐了一口，然后朝着自己的马走去。

●●·

“你喝醉了。”

“我没有。”

“我闻得出来。你以为我闻不到？”

“我只是喝一点以示礼貌。我甚至洒了一些到地上。你以为我想喝醉酒在这条路上开车？”

埃弥拉躺在羊皮被子里，听着父母在毡帐外的对话。他们总是这样争吵——愤怒地低语，但跟正常说话一样清晰可辨。

“你来看看，这儿。”她父亲说道。

“这东西你花了多少钱?”

“没花钱。他们在自家的夏季牧场找到的。我用绞轮把它从河床里拖拽出来。阿米尔说我可以带走。”

“他喝醉了。”

“对，他喝醉了。”

“到了早上，他会想要讨回去。”

“做什么用？他不知道该拿它怎么办。”

“拿它怎么办？当作废金属卖掉。你还能拿它怎么办?”

“埃弥拉知道。她睡了吗?”

“她睡了，别把她扯进来。”

“我没睡!”埃弥拉在毡帐里喊道。她已经从羊皮底下钻出来，套上厚实的毡皮外衣。

她母亲柏梅特站在拖车旁，低头看着那东西。埃弥拉赶紧跑过去。

它看起来就像是一副巨犬的骨骼，身上仍覆盖着干泥巴，但头部一定是暴露在最近的雨水中，几乎完全是干净的，一排排突出的视觉元件瞪视着群山。埃弥拉仔细查看，它的腿全都完好无损。

“只是一堆垃圾。”她母亲说。她似乎满怀希望地看着女儿，“肯定是坏掉了，不然他们不会就这样把它留在那儿。”

“我的一个朋友去年夏天找到一辆他们的装甲车，就躺在沟渠里，”埃弥拉的父亲说，“还能正常启动，于是他把它开回了家。”

“你的一个朋友。”柏梅特瞪着丈夫。

“朋友的朋友。”

“好吧，你至少在瞎胡闹之前干了点正事。埃弥拉，趁着天还有点亮，把其余的东西卸下来。我都不知道要怎么把那玩意儿从车里弄出来。”

父亲看着埃弥拉。“它是不是坏了？你是专家。”

每次说到机器人、电脑之类有关科技的话题，他都会用这样的眼神看着她，就好像他是个孩子，而她才是长辈。

埃弥拉的父亲干什么事都充满自信——但对他来说，科技是无法理解的隐秘世界。埃弥拉的科技天赋就像是魔法，他总是向朋友们夸耀她的能力，也在家庭所能承受范围之内尽量迁就她。

这只不过是他给她带回的又一件秘宝。多年来，他搜集了许多物品，包括屏幕碎裂的旧终端，潮湿长霉的战前版编程指南，各种插头、电线、电路板等等。每到冬天，他们回到城里，他便给她的账户充值，让她可以在地下室网吧里练习编写代码和设计程序。当她看遍那些最新的科技类视频博客时，邻家的男生们却在VR游戏里厮杀，将彼此用肌肉与甲胄武装起来的虚拟替身击成碎片。

“她可以晚点再研究那玩意儿。”她母亲恼火地说，“这会儿她得帮忙干点正经事。”

●●·

埃弥拉骑在阿拉图背上看着羊群。一阵细雨从天上飘落，山里的雨总是在冰屑和雨水之间不断转换。她扯了扯披风上的绳索，收紧涂蜡的兜帽。

阿拉图不停地踩着蹄子，埃弥拉用冻得发红的手拍了拍它。

“我知道你不喜欢它。但它能帮咱们的忙。”

埃利斯坦发出低吼。它一直围着马转圈，尽可能远离羊群和它们的新守卫。

羊群一开始也不喜欢新守卫，但塔雷给它戴上埃利斯坦的旧项圈后，似乎就没问题了。如今，它们只是把它当作普通的牧羊犬。

山羊努尔苏丹依然存有疑虑。它偶尔会停下来，用一只眼睛盯着那头瘦骨嶙峋的黑色怪物，然后又换到另一只眼睛，仿佛想要用它的山羊大脑尽可能地去理解它。

塔雷和母亲都对她表示怀疑，但父亲看着整个过程，就好像在看一部电影，而他女儿是片里的明星。一连几天，他都在她身边转来转去，脸上带着一丝微笑。他常常停下手头的工作来看她干活，每当她母亲和哥哥过来打扰她或者要她去做其他事时，他总会挥挥手把他们支开。

给电池充电是关键：得充到刚好能让处理器启动起来，然后她就能删掉旧程序，加载新代码。如果充得太多——如果她还没来得及删除原来的战斗程序，它就动了起来，谁知道会发生什么事？因此，她将它整个移到毡帐里，把帐篷当成了工作坊。她切断处理器与机体的联接，然后一边写新代码，一边让柴油发电机转了三天，以恢复它的核心能源。

她知道，一旦充满电，它能独立运行好几年。其体表坚硬的黑色涂料中含有纳米晶体，能从阳光中获取能量。除此之外，它还有十几种其他充能途径，甚至可以利用自己脚踩地面的冲击力回收能量。

这些机器的设计能让它们独立行动许多年，前往普通士兵无法进入的区域巡逻。当然，这就是问题所在——战后十年内，没人能够回到夏季牧场。企图作此尝试的人，都会被从毡帐里拖出来，撕成碎片。但最后，这些卡拉伊特——黑狗——一个个停止了活动。夏季牧场又安全了——除了偶尔有地雷或炸弹。河床是最危险的地方：未引爆的集束炸弹和地雷在暴风雨中被水流冲进河里，然后就躺在石块和断枝之间，静静地等待完成它们的原始使命。

她看着那亮闪闪的卡拉伊特在羊群边上来回踱步。她给它取名为“巴蒂尔”——战士。

前一天夜里，她和家人在睡梦中被狼群的声音吵醒。它们来到了毡帐营寨的羊圈附近。黑暗中，父亲要去取旧猎枪，但埃弥拉阻止了他。

“别，等一下。巴蒂尔能应付。”

他没再动。咆哮与嘶吼持续了片刻之后便完全安静下来。到了早晨，他们在泥浆中发现一片凌乱的脚印，还有几滴血。巴蒂尔正沿着羊圈的外围踱步，棱角分明的假脑袋来回转动。埃弥拉觉得它看起来很自豪。

“羊全都在。”柏梅特说。

“但它没杀死一头狼。”塔雷补充道。

“我的程序没让它杀狼，”埃弥拉说，“狼是有益的，它们维持着山里的平衡。没有它们，就连河水都无法保持稳定。你不看书的吗?”

“狼群消耗太大。”塔雷说道。

“也许吧，”父亲说，“但这些山本来就是它们的。咱们是客人。”

“我要奖励它一块肉，”柏梅特说，“你真是个乖孩子，对不对，巴蒂尔?”

巴蒂尔听到自己的名字便停止巡逻，走到柏梅特面前坐了下来。她退后一步。

“没关系，”埃弥拉说，“是我的程序让它这么做的。你说‘握手’试试。”

“握手。”柏梅特稍稍迟疑之后说道。

巴蒂尔伸出一只爪子，但她不愿意接。

“也许我还不太习惯，”她一边说，一边走开了，“我最好去准备早餐。”

但父亲走过来，握住巴蒂尔的爪子。“埃利斯坦从来没学会这招。”

埃利斯坦听到自己的名字，呜咽着在泥地里转了个圈。

埃弥拉拍拍手，巴蒂尔又回去巡逻了。

这是早上的事。此刻，冰冷的细雨中，埃弥拉骑在阿拉图背上，看着巴蒂尔在羊群外围绕圈。

她听到身后有车辆的声响，伴随着电流平稳的嗡嗡声，一尘不染的蜂窝轮胎从路面上驶过。她知道是谁来了，但没有回头。

●●·

“他们点下来有三百只羊。”她父亲说道。

晚餐已经结束，他们盘腿坐在餐布周围喝着绿茶。电灯的光让埃弥拉的父母显出老态。

“但咱们只有不到三百只。”柏梅特说，“两百九十二。”

“他们会取整，”塔雷说，“这是今年的新规矩。他们会向上取整十只。”

“所以除了原本的百分之十，还能多拿一只。”

“对，”努尔蓝说道，“他们秋天再来，三十只。当然，从现在起到那时，如果有任何损失，都算是咱们的。”

“应该是二十九只。”埃弥拉抗议道，“而且应该到夏天结束再计点。去年就是这样。”

“对，”父亲答道，“而前年是二十分之一。”

“到明年，他们会把咱们睡觉时当被子盖的羊皮也算进去。还有咱们的外衣和碗。”塔雷说。黑暗中，他凝视着远方，仿佛仍能看见他们的电动六轮车。

“他们是政府，”父亲说，“想要什么就拿什么。”

“他们想要什么就拿什么，”柏梅特说，“不过他们不是政府。政府会给你补偿。他们什么都不给。他们是匪帮。只不过他们有枪有能源。”

“至少他们能赶走其他人。”

“跟他们一模一样的其他人。”

“不。”努尔蓝说。

苍老。灯光让他显得苍老。埃弥拉提醒自己，他曾经参加过战斗。他从不提起——不像其他一些人，总是穿着零碎残存的旧军装或者戴着旧军帽，让你一眼就能看出来他们是老兵。他把这些都收了起来，仿佛从未存在过。

然而它们的确存在过。不知为什么，这盏让所有人都略微显老的灯却把他的过去照了出来。

“不，”努尔蓝重复道，“还有其他更糟糕的人。他们要拿走的不仅是羊，而且是所有一切。”

“假以时日，”柏梅特说，“掌握权力的人都会变得跟他们一样。他们跟狼群不同，狼群只需要填饱肚子。他们的胃口是慢慢变大的，但一定会变大。到明年，他们要的就不只是羊了。甚至今年就有可能。”

●●·

“你还好吗？”

埃弥拉不知道还能问什么。她跟朋友吉尔歌一起坐在古冢的顶端。吉尔歌比她大两岁。去年，高中毕业典礼结束后，她在回家的路上遭到绑架。她被一个远房表兄硬拖进车里。那男孩念的是同一所学校，比她高一级。

他叫埃尔达。如今，他成了她的丈夫。埃弥拉看着他站在下方，跟一群男人一起围着她父亲说话。

埃弥拉跟随父亲过来，是为了商讨买下他们家的一顶毡帐。他们家跟她家隔着几片牧场。在这里遇见吉尔歌，让她感到很惊讶。

跟她说话感觉就像是跟某个熟人的鬼魂交谈。吉尔歌肤色苍白，跟一年前相比仿佛换了一个人。和埃弥拉一起上学时，她有一张快乐的圆脸，现在，她的脸更接近椭圆，凸显出尖尖的下巴。她讲话时，始终把头扭向另一侧。

“他们家跟其他家庭没两样。”吉尔歌说。

“我不明白你的意思。”

“家婆就是家婆的样子，家翁就是家翁的样子。埃尔达就只是丈夫。而亲戚们都一样无聊乏味。他们家跟我家一模一样。”

“那么——还不算太糟?”

这一回，吉尔歌把脸转了过来，第一次寻求眼神的接触。埃弥拉已经忘记了吉尔歌眼睛的颜色：琥珀色，中间有一圈棕黄。她怎么会忘记?

“他们关了我三天，试图强迫我同意。但我就是不答应。他们威胁说要散布我的谣言，说他们已经……上了我。但我仍不屈服。我相信我的父亲和哥哥正在找我。我相信他们能找到我。但埃尔达的家人把我带进了山里，得要多等一点时间他们才会到。我只要坚持住，等他们过来。我那时还抱有希望。”

“然而他们没有来。”

“他们的确来了，在第六天的时候，带着枪，还有两个亲戚。但那时，埃尔达已经强迫我就范。我害怕回到家人身边。我已经同意了婚约。”

“你说他们就跟其他家庭一样。但家人怎么可能做出这种事?”

“你去问问我父亲,”吉尔歌说,“我母亲被绑架的时候比我年纪还小。她甚至没上完学。再问问我哥哥——听说上个礼拜,他和两个朋友拖走了一个姑娘。理工大学的一年级新生。听说她已经答应结婚了。大多数人都会同意。”

“真抱歉。”

“不用,”吉歌尔说,“但如果你不离开这地方,真的会很惨。”

●•·

回家路上,坐在吱嘎颠簸的旧吉普车里,埃弥拉默默地凝视着窗外的群山,以及山坡上新生的春季绿草和一座座毡帐的顶环。一路上时不时有骑在马背上的男人,而平原的中央,有一座孤零零的古冢(在那土堆深处埋着的骷髅曾经也是骑在马背上的男人)。

到处都是战争的疤痕:一个弹坑变成了池塘,远处有一抹金属闪光,待靠近之后,可以看出是某种杀戮机器的残骸。

“他们听说了巴蒂尔,”父亲说,“他们已经开始眼红。他们说今年的狼群灾害很严重,连白天都能看见。放牧的季节才刚开始,狼群已经杀死好几条牧羊犬。他们问你能不能再干一回——假如他们也找到一只卡拉伊特的话。我说那可能需要一点费用,但你能办到。也许你可以开始搞点小生意。”

他一边微笑,一边充满希望地看着她。但她没有回以微笑。

“你的朋友,”他说,“我知道。”

“母亲……是你绑架了她吗?”

父亲沉默了很久。埃弥拉坐在摇摇晃晃、哐当作响的车里,凝视着窗外不断重复又稍有不同的风景。

最后,努尔蓝说:“你母亲的确遭到过绑架,但不是我干的。

我们是同班同学，毕业前一个礼拜，他们绑走了她。她不停地反抗。但她没有父亲和兄弟去营救。于是我叫上几个朋友，找到了她。我不允许这种事发生。”

“你爱上她了。”

“不，那时还没有。也许我爱的是正义，是律法。这个社会系统——它有问题。现在有问题，以前也有问题。它从一开始就有问题。等到我们终于赶上去时，他们说她已经同意了，说他们已经……”他稍一停顿，“但我们还是把她带了回来。我们开枪打中其中一人，打在腿上，他差点没命。返回的路上，她在车里一句话也没说。但后来，她给我写了封信。一封真正的信。然后我们开始一起散步。你应该……有些事你应该知道。”

“什么？”

“没人可以毁掉一个女人。他们声称，只要强迫她就可以，但那不是事实。因为这不是女人存在的意义。”

“女人存在的意义是什么？”

“为了她自己。”

埃弥拉发现自己想到了吉尔歌的眼睛。她一直在琢磨，她被绑架是否就是因为这双眼睛。学校里最美丽的眼睛。但不对——不是因为她的眼睛，而是因为人们的理念。在这种理念中，绑架是可行的，女人就像物品，抢走也没什么关系。

“如果我被绑架，你会怎么办？”

“我会掀开每一块地皮去找你。但我不需要这么做。”

“为什么？”

“因为你能照顾好自己。”

“咱们现在几乎没事可干。”塔雷捧着汤碗说道，“巴蒂尔全都包了。我在想——”他望着父亲，但也瞥了一眼埃弥拉。就好像我也有某种权威，父亲做决定前一定会征询我的意见。真是这样吗？“也许咱们可以多养一些羊。今年冬天去贷一笔款。如果银行看到咱们现在有什么，我觉得他们会同意贷款。”

“银行，”柏梅特说，“这些人就跟所谓的‘政府’一样——他们的任务就是抢夺你的财物。咱们不仅不可能让财产翻倍，反而会失去一切。”

“你们永远都不想要改变。”塔雷说。但他不是对着母亲说的，而是对着父亲。他从不敢跟母亲顶嘴。“咱们就只是在原地绕圈：冬天到城里，夏天到牧场。一点收获都没有。”

努尔蓝放下手里的碗。“你觉得这一切算什么？”

“这一切什么？”

努尔蓝画了个圈。“这一切。咱们拥有的一切。这就是收获，这就是我想要的。”

埃弥拉走到外面洗自己的碗。炎热的夏季牧场里，到处是昆虫啾啾的鸣声。

他们的确没事可干。自从有了巴蒂尔，尽管狼群每个礼拜都会回来，他们却不曾丢失一只羊。

上周，她看到一件从没见过的事。当时她正骑在阿拉图背上，看着巴蒂尔围绕羊群巡逻。她胯下的马突然受到惊吓，仰起脑袋，恐惧地转了半个圈。

不到五十米远处，一头狼不紧不慢地从草地上走过，嘴里叼着一只死掉的土拨鼠。埃弥拉看到那头狼时，它也停下脚步看着她，前爪提离地面，歪着脑袋跟她对视。

接着，巴蒂尔猛地撞到它身上。狼在草地里打了个滚，慌乱地爬起来，然后立刻逃跑了，而巴蒂尔则紧随其后。跑出五百米，巴蒂尔便按照程序设置停了下来，走回羊群，经过埃弥拉身边时，就好像她不存在似的。

埃弥拉跳下马背，找到草丛中的土拨鼠。它长得很肥，金棕色的毛发油滑闪亮，除了嘴边的血渍和毛皮上沾着少许唾液，几乎看不出被狼伤害的痕迹。

“这就是牺牲品，”埃弥拉对阿拉图说，“是它代替了我们的羊去死。我希望能为它做点什么。”

然而头顶上已经有一只秃鹫在盘旋等待。埃弥拉看着它在草地上的投影画出一道弧线。埋葬土拨鼠是城里人才会干的事——夺走其他动物和昆虫的食物，就为了让自己好受一点。

埃弥拉一边琢磨着羊、狼、土拨鼠和秃鹫，一边洗完了碗。听过塔雷的话，她真的发现到处都是圆圈。圆形的碗，天空中秃鹫盘旋的轨迹，圆盘似的太阳，甚至年底回家的路线也是一个圆。他们不会直接原路返回，而是把羊群顺着下坡路赶到南面的山谷里，让它们吃得肥一点再回去。蜿蜒的道路就像掉落在大地上的绳子，左拐右绕，但最终将会形成一个封闭的环。循环，圆圈，毡帐的顶环……

塔雷从她身边走过，打破了魔咒般的气氛。“咱们被困住了，一遍遍重复转圈，永远都那么无聊。”

“我没感觉被困住。”埃弥拉说。

塔雷看了看她。一时间，她看到他脸上掠过恼怒的神情。接着，他的表情变得较为柔和，但她不知该如何解读。“对。”他说，“我知道你没有。当这里不够好时，你还有另一个世界可以去。但我不像你那么聪明。我就只有这里的世界。”

父亲从帐篷里走出来，通信终端贴在耳边。“好的，”他对另一头的人说道，“好的，我们过来，把你的位置发给我。”

“怎么了？”塔雷问道。

“得去帮个忙。”他奔进毡帐，再出来时手里握着猎枪，“塔雷，你跟母亲留在这儿。埃弥拉，我需要你跟我来。带上你的控制终端。还有巴蒂尔。”

埃弥拉召唤巴蒂尔，它轻快地跑了过来。暮色中，它就像一堆燃烧的树枝被赋予了生命，呈现出一条狗的形态。巴蒂尔遵照她的指令，爬上吉普车后座。

“是那个年轻人——埃尔达。”父亲说。吉普车在布满车辙的道路上隆隆地颠簸。“他说……他们也挖到一个。在山石之间，溪流拐弯的地方，就埋在碎石堆里，他们把它挖了出来。他们想把它带过来，让你重写程序。他们把它运回营地，清洗干净，然后放在太阳底下晒干。”

“结果它醒过来了。”埃弥拉替他说完。她已将控制终端连上巴蒂尔，开始集中精神改写代码，并重设行为与时间参数，以及故障保险机制。假如你想活命，这些都不能弄错。

在她父亲看来，巴蒂尔就像是神迹。她可以用他带回的工具和材料施展魔法。她心想，这就像童话故事里，父亲搜集草药与蘑菇，交给会巫术的女儿。对于塔雷，巴蒂尔则代表了另一个世界——另一种可能性，另一种生存方式，也是一种改变生活的工具。

但埃弥拉想起母亲不愿去握巴蒂尔的爪子。那一刻，母亲察觉到了埃弥拉所知道的真相：巴蒂尔是一头怪物。它被设计成一部杀戮机器。埃弥拉的程序改变了它。她用一些小花招掩盖了巴蒂尔的本质——像宠物一样伸出致命而尖利的爪子，一叫名字就会过来。

但她没有忘记。她见过原始的代码与指令。之前的好几个夜晚，她像往常一样通过控制终端分析解读，在闪烁的屏幕前，她发现那些程序里充满暴力。她也曾想象写程序的是什么人。他们造出了这些怪物，他们是怪物背后的怪物。

“差不多好了。”她暗地里自言自语。但她发现父亲看着自己，于是意识到刚才其实是大声说了出来。

“咱们一定要小心。”父亲说。

等到她完成最后一步，巴蒂尔坐起来，凝视着吉普车的窗外。他们在毡帐营寨附近停下车，巴蒂尔转动脑袋，左右扫视。

“对，”埃弥拉说，“我知道。”

其中一座帐篷完全塌了，变成一堆肮脏的毛毡，而用于加强防雨效果的塑料布则被撕成了碎片。另一顶毡帐歪斜着塌了一半，侧面有个破洞。埃弥拉看到破洞旁躺着一具撕裂的尸体。

羊群聚集在古冢顶端。它们不停地转圈，都想挤到中间的安全地带。它们知道，当狼群出现时，身处外围的羊会是什么命运。然而这头狼的猎物并非羊群。

“天快要黑了。”努尔蓝说。

埃弥拉打开车门，巴蒂尔跳到地面上。它在草地里绕了个8字，然后昂起头蹿出去，越过古冢，穿入山谷。埃弥拉听见草丛在它身体两侧擦出沙沙的声响。

“咱们会失去它吗？”努尔蓝将子弹填进猎枪。实心弹，可以把它放倒，但无法阻挡它继续行动。

“也许吧，”埃弥拉说，“但我希望不至于。”

“你有点喜欢它了。”

“不，爸爸，不是这么回事。我并没有喜欢巴蒂尔。它只是机器而已。但它是咱们的机器。而且，如果它不能阻止那头怪物，到明天晚上，它会杀光夏季牧场里的所有人。埃尔达——假如他还没死——还有吉尔歌，假如她还活着，还有他们家的所有人。然后是你，我，塔雷和妈妈，然后是一个接一个的其他家庭。到最后，也许有人能阻止它，但我们大家都已经死了。”

此刻，他们已来到尸体近旁。那是埃尔达的父亲。

家翁就是家翁的样子。

埃尔达的母亲在半塌的毡帐里。

家婆就是家婆的样子。

此处只有这两具尸体。所以他们——吉尔歌，埃尔达，以及其他人——暂时逃脱了。

下雨了，他们坐在吉普车里，听着硕大的雨点噼噼啪啪地敲打车顶。云层在他们头顶上迅速飘移。雨势将会来得很猛，并夹带着冰屑，然后又会骤然停止。一片片天光和云影掠过古冢，羊群在那古老的墓岗上缓缓转圈。他们躲在车里，还有父亲的猎枪，感觉似乎很安全，然而埃弥拉知道：那一层金属壳只能稍稍延迟他们的死亡。

他俩同时看到了它。只见它缓慢地穿过草地，径直朝着汽车走来，脚步踉跄但坚决。看它的模样，就像是刚从篝火里爬出来似的。

努尔蓝捏紧女儿的手。埃弥拉仿佛能听见他没说出口的念头。

这办法应该有效，而且我们必须得来。但现在我害死了你。

埃弥拉摇下车窗。片刻之后，她说道：“你听到吗?”

“听到什么?”

“埃利斯坦的项圈，金属吊牌的叮当声。是巴蒂尔。”

埃尔达的尸体躺在距离古冢数百米开外的草丛里。他曾奋力反抗——非常勇敢，手臂上的诸多伤口证明了这一点。

家婆就是家婆的样子。家翁就是家翁的样子。埃尔达就只是丈夫。

努尔蓝顺着草丛间的小路追踪。

巴蒂尔在前方一瘸一拐地带路，很像埃利斯坦脚上扎了一根刺的样子。

太容易把它们看作是活物，太容易把巴蒂尔当成是善良的，太容易犯错，太容易忘记。

那怪物躺在河道的乱石之间。此处的河道中时常有隆隆奔腾的流水，但遇到坚硬的岩石也只得转向。然而河水也把一堆石头从泥土里冲刷出来，形成一个窄小的洞穴。

那怪物侧躺在狭窄的洞口。巴蒂尔已经从背后扯断了它脖子上的连接电缆。

在原本的程序控制之下，它们并不知道这一共同的弱点，但埃弥拉发现这一点之后，告诉了巴蒂尔，让它占据上风。

他们在这石块围成的山洞里发现了吉尔歌。她蜷缩在洞底。为了挤进过于狭窄的缝隙，她浑身布满擦刮的伤口。他们把她挖了出来。

她还活着。

他们让吉尔歌坐在副驾驶位，然后一路开回毡帐营地。埃弥拉和巴蒂尔坐在后座。吉尔歌忍不住盯着巴蒂尔看，眼中充满恐惧。但她什么都没说。

努尔蓝打破了沉默。“我告诉你母亲我那天跟你说的话——关于我们是怎么认识的。”

“是吗?”埃弥拉很惊讶，“她一定生你的气了。”

“是的。她要你明白一件事。我一直想着让她告诉你，但我相信她不会说。我猜她是想要我告诉你。”

“什么事?”

“她要你知道——我救了她，并不等于就可以拥有她。不是这么回事。她跟我结婚，不是因为我救了她。她跟我结婚是因为我是个**愿意去做这件事的人**。那是有区别的。你明白其中的区别吗？”

“明白。”

“很好。我也不确定自己是不是明白，但你明白就好。”

“我也明白。”吉尔歌说。这是一路上她讲的唯一一句话。

回到营地后，他们看到那辆黑色六轮电动车停在毡帐前，仿佛是帐篷的主人。两名年轻男子倚在车边，看到破旧的吉普车驶来，便站直了身子。还有一个男人站在毡帐旁跟塔雷和柏梅特交谈。

努尔蓝停好旧吉普车，然后走出来。埃弥拉也跟着下车，并让身后的车门稍稍敞开。

努尔蓝跟那人握手，然后退后几步，跟家人一起围成一个半圆。

塔雷先开口：“他是来……”

“我来提出一个请求，”那人说，“就像文明的现代人。我不希望用旧的方式。我儿子，就是那边那个，到了结婚的年龄。他要是能……”

“不，”努尔蓝说，“她并不认识他。她要去念大学，然后过上不同的生活。”

“我来提出请求，”那人说，“是为了避免使用旧的方式。因为我尊重你的家人。”

“我以为你们秋天才来收羊，等我们好不容易把羊养肥。”埃弥拉说，“现在才刚刚八月。”

那人转过脸看着她，露出笑容，然后回头朝着身后的儿子说：“这家伙很有个性，我能理解你为什么想要她。”

埃弥拉从没见过他儿子。他是什么时候见到她的？策划了有多久？

埃弥拉吹了声口哨。

巴蒂尔从吉普车里跳出来，犹如一副骨架，悠闲地缓步跑到她的身侧。那条跛腿让他看起来更加危险——老练狠辣，仿佛群山中历经岁月沧桑的狼群首领。

“你们应该到秋天再来，”埃弥拉说，“收取你的二十九只羊。”

“三十只。”那人纠正道。

“二十九只，一只也不能多。”

那人看着巴蒂尔。埃弥拉见过这种眼神：有一次，父亲看到脚边有一条毒蛇，却不想吓到紧跟在身后的两个孩子。这是一种强压住恐惧的表情。

那人点点头。“我们秋天回来。”

他们开着那辆古怪而安静的车离开了，蜂窝轮胎在碎石路面上咯咯作响。夏季牧场里没人买得起这种车，它就像是来自外星世界的宇宙飞船。然而车里面依然是同样的人。

家翁就是家翁的样子。

柏梅特跑到车边，准备扶吉尔歌出来。

努尔蓝悲哀地看着埃弥拉。“我想你该赶在他们回来之前离开这地方。”

“不，”埃弥拉答道，“这是我的家。但咱们应该去把另一只卡拉伊特拖回来。”

“那头怪物？”

“修理一下，重新编程。两个总比一个强。这山里有许多狼——一年比一年多。”

文 / 瑞蓓卡 · 坎普贝尔[1]

译 / 胡绍晏

一次重要的失败

1607年（根据某种历法），一颗松果从一株古老的北美云杉上掉落下来，卡在一段倒伏的原木腐烂的树皮上。至于这棵倒伏的树，其幼芽萌发于马蒙创建巴格达智慧宫的年代。位于北太平洋的这座岛屿天气正当寒冷，卡扎湖——距离松果掉落处最近的大湖——结了一层厚厚的冰，你可以从西南端的村庄走到冰面上，看着割喉鳟在脚下忽隐忽现地游动。世界另一端的泰晤士河也结了冰，冬日的孩童们毫无惧意地在冰上玩耍，并被低地的画师们连同

①瑞蓓卡 · 坎普贝尔（Rebecca Campbell），加拿大科幻作家，其推想小说刊登于《幻想与科幻》和《阴影与高树》杂志。其作品曾获加拿大幻想文学旭日奖和西奥多 · 斯特金纪念奖，并获得加拿大极光奖提名。

欧洲北部的白色景观一起封存在油画之中。克雷莫纳的弦乐器工匠常常去北方寻找树干内隐藏的小提琴——阿尔卑斯山里的这片森林被称为歌之谷，因为在冬季的严寒中，云杉的生长十分缓慢，形成致密的年轮，相较于之前或之后的年代，其木材能提供更独特的音色。

距卡扎湖畔的松果掉落九十年之后，安东尼奥·斯特拉迪瓦里沿着古道从克雷莫纳来到歌之谷，为他的工坊挑选木材。他将脑袋贴在一棵树的树干上，聆听其寒冷的历史。这株云杉的年轮中记录着当年的小冰河期。它似乎拥有小提琴的音色。

●●·

午夜过后，雅各布叫醒了梅森。十分钟后，他俩走到旧卡车旁给它加油，为当天的行动作准备。杰克的这辆车里泛着几代人的体味，因为它原本属于他俩的外祖父。苏菲的植物制剂冲淡了污浊的气息：旱金莲、木玫瑰，还有一种叫作忘忧草的，是她多年来培育的经济作物之一，富含大麻二酚。他们沿着空荡荡的街道前进，由墨绿色的湖岸行驶至二十年前从岩石与黏土间掏挖出来的山火隔离带。通往森林的路面已趋于解体，抵达从前的火场后，梅森仍能看到焦灼的痕迹。小时候，他们常常徒步至此，这里的秘密河流与露营地都在手机信号范围之外。

雅各布沉默地开着车，梅森凝视着窗外的鬼影森林。他们两次下车清理路面，梅森抬头望向低矮的灌木丛——焦黑的花旗松依然矗立在黑莓树与赤杨木上方。上次山火过后，这些生长迅速的机会主义者再次冒了出来。

“美洲狮？”他问道。

“最近有很多，”雅各布说，“它们追着鹿的踪迹。这是个好消息，但让夜间工作变得更刺激了一点。”

上方的黑暗中，他似乎看到美洲狮的身影，他心想，不知道它眼中看到的又是什么——在那晃眼的车头灯光里的，是竞争者还是猎物？老鹰也回来了，在鬼影树丛中筑窝。还有黑尾鹿和知更鸟。然而，随着森林缓慢地恢复，微气候已发生变化，预示着一百年后海岸的模样：野草莓树超出原本的生长范围，继续向内陆扩展；海岸逐渐干涸，白橡树往西方和北方延伸。再过一千年，这片森林假如还在的话，将会变得完全不同。

两小时后，他们来到幸存的雨林边缘——位于山形岛屿的西岸。这片雨林躲过了过去二十年来几乎烧毁一切的山火。他们在一条布满车辙的小径上又开了二十分钟，直到遇到一个人。他们停下车，那人沉默地朝雅各布点点头，然后钻进车里，指引着他们驶入一条更加狭窄的土路。

“这是克利斯。”雅各布说。

梅森-克利斯点点头。那人也点点头。

他们距离那棵树不远了。理论上讲，它所在之处依然是个省级自然公园，只是道路缺少维护，而他看到的那些脚印多半属于其他盗伐者。这是世上现存最大的一株北美云杉，也许还有人想看它，但很少再有一车一车的学生到访，而班菲尔德的海洋生物馆也已关闭多年。

另有三个人在此等候。他们比了几下手势，表明树干放倒的方位，以及所需的时间。梅森-克利斯站在外围，看着那精瘦的老伐木工戴上头盔，将链锯提在身侧。他们等着风静止下来。这里有一种他在温哥华从未感受过的寂静，哪怕其中掺杂着人们细碎的脚步声。或许还有美洲狮。然后，链锯的噪声将他们淹没，除了切割树干的嗡嗡声，他什么都听不到。据说在意大利阿尔卑斯山的费耶美山谷，亦即歌之谷，熟练的伐木工可以听到隐藏在树干中的小提琴。

他听说基蒂马特也许还有一株高龄云杉，但即便是为了获取制造乐器的珍稀古木，去那里跑一趟也太远了。但这一棵，他记得小时候曾经来看过。他记得它是那么地巨硕，而且躲过了两个世纪的砍伐与山火，简直令人难以置信。

没多久，它就被放倒了。他们在树干两侧各割开一道深深的口子，令其倒落的方向对准一条尚可通行的道路，一辆大卡车多半已经在路上等着了。然后，他们敲入楔子，锤击声高亢悦耳。他们等待着，等待着，直到树干内部出现裂痕令它倒塌下来。树枝震颤抖动，仿佛海洋生物的触须，仿佛波浪或毛发，仿佛抽搐的身躯。然后，它静止下来。片刻的寂静过后，人们开始切割枝叶。

梅森-克利斯看着这群精干的盗伐者——他们来自哪里？艾伯尼港？或者某个临时宿营地，拥有规划有序的淋浴房和用旧卡车轮胎搭建的化污系统。对于此类营地，资源管理官员和皇家骑警往往会网开一面，因为他们也不至于狠心烧毁一个存在了五年之久的营地，只要这些外来者不把问题——毒品，走私——带进城里就好。

“处理一下树桩。”雅各布说。

梅森-克利斯没明白他的意思，于是雅各布重复道：“树桩。在地上随便找些东西把它盖住。”

“这真的会有问题吗？咱们已经在很深的林子里了。”

“他们仍然会派无人机。”

“为什么他们还——不管怎么说，我得要——”

“——到时候我会来接你。”

他身后的树桩在黑暗中显得明亮而苍白，且气味芬芳，富含树脂。他一边将树枝覆盖在三米宽的创口上，一边欣赏树芯的木质。

令人称奇的是，那里既没有虫害，也没有真菌感染。在他身后，那棵树的枝枝杈杈不断地被清理掉，四百余岁的树干笔直而俊秀。相较于一些古树，比如刺果松，或者活了将近一万年的挪威大云杉，它仍像是个婴儿。但刺果松的音质如何呢？北美云杉的声音他却经常听到，而且十分喜爱。

“——克利斯。”

他要去克雷莫纳，跟随阿尔多做学徒，因为埃迪认识他，可以写信推荐。他要去歌之谷看一看幸存的欧洲雪松，他要告诉那些弦乐器制作大师在省级自然公园里盗伐古树的故事。他们会一边大笑，一边拍着他的后背——

“——克利斯。快点。”

他被迫搁下关于克雷莫纳的计划，重新面对眼前的问题，即搜集用来制作完美小提琴的古木。黑暗中，他看到那群人累得浑身是汗，并开始在手机和头盔的光亮中解下装备。他并不清楚要找的是什么，但他沿着靠近根基的部分走动，此处的树干又长又直，他用双手摩挲着粗糙的树皮，借助手机的光线查看树干内部。

“就是它了，杰克。”他不假思索地说。人群很安静，对他的话不予理会。“就是它了。”

其他人融入黑暗之中。此时天已经快亮了，森林里的地面依然很黑。自从云层掩盖了星辰，梅森终于又能看到天空。

杰克蹲在那段原木旁。

“你确定吗?”他问道。

梅森试图聆听它的声音。大树倒落之前，他能感受到周围世界的活力——树叶的颤动，美洲狮隐约的脚步。但此刻，那段木头一动不动。他先前所听到的——他将要制作的小提琴所发出的尖锐高音——都消失了。

“是的，”他说道，“我很确定。”

他们花了两个小时才把它装进卡车里，然后又花了三小时开回家。

“其余的部分怎么办？”梅森问道。

“去年冬天，木柴的价格要一千块一捆。那棵树能给许多人取暖。当然，还能制造纸浆。厂家购买的时候不会多问。虽然到手的钱不那么多，但更安全，更省力。相对于，你懂的，芬太尼和羟考酮。”

在他们身后，那截古老的云杉依然保持沉默，只有卡车被它巨大的重量压得吱嘎作响。

“再过几年，弦乐器工匠们会为了它而打破头。”

“当然。但也可能被用来给房屋取暖。”

那天上午，他们很晚才到家，累得眼睛都睁不开。杰克在车里坐了很久，然后说：“我去游个泳，然后再到温室干活。”

梅森知道应该帮忙，但他发现自己沿着屋里熟悉的路径走回从前的卧室。至少他依然认为这是自己的卧室。他经过黑乎乎的厨房，里面有一大堆大蒜。客厅的书架上挤满二十世纪的《国家地理杂志》。窗台上仍摆放着外婆的物品：海滩玻璃、雷公蛋、羽毛。窗户的彩色玻璃被灌木丛包围着，透不进光来。

他躺在阴凉而陈旧的房间里。四十年前从墙壁渗进来的水让地毯都褪了色。屋里的气味令他想起十岁的时候，想起夏天和母亲。数千个夜晚，他的家人曾在这些木墙板之间走动，透过南向的窄窗，凝望屋外的考伊琴湖——苏菲跟本地乐团的朋友们一样，称其为卡扎湖——不知未来会如何。

在小冰河期，全球气温平均降低了1℃。人们就异常的冬季展开辩论。至少，诱因之一是人群的大量死亡。据估计，南北美洲有90%的人口在与欧洲人接触后死亡。

语言，城市，蹒跚学步的幼童，年迈的祖母，英俊的男孩，爱做梦的女孩，村庄，商路，广为流传的笑话，全都消失不见。人口大量死亡之后，面积相当于法国的农耕地变回了森林。这一过程吸收了前工业时代大气里的一部分二氧化碳，造成气温下降。然后，气温在数百年间逐渐回升，直至今日。对后世的探险者来说，荒芜空旷的大陆可以说是一片坟场，或者一座纪念碑，刻满难以理解的语言，见证了恐怖的毁灭。

从上百万阴冷黑暗的死亡，到歌之谷冻得瑟瑟发抖的伐木工，再到帕格尼尼使用的瓜奈利“加农炮”小提琴，这是一段漫长而可怕的历史。

尽管气候暂时发生变化，但在卡扎湖，灾难迟迟未到，因为肆虐海岸的天花尚未抵达。从太平洋沿岸到萨利希海，人们在水面和森林中营生，哺育幼儿，谱写歌曲。倒伏的原木腐烂分解，扎根于其中的云杉幼株向着光亮生长，其树芯在灾变中逐渐成形。

●•·

除了忘忧草，杰克和苏菲还种植一种富含THC（四氢大麻酚）的植物。梅森不喜欢，因为它会让他感到心慌。但它销路稳定，一直可以卖到西雅图去——用杰克的话来讲——支撑着这片旧农庄。苏菲在外祖父的老作坊里用的是水栽法，忘忧草则生长在湖边的蔬果园，跟树棚里的桃树和香茅一起倚着朝南的温暖砖墙。

那天傍晚，梅森来到作坊的角落里，查看防水布底下的木材。梅森很贪心，这段木头够做二十多把小提琴，只要他能从里面挑出合需的材料。他试图回忆埃迪以前是怎么做的。当时，他们在工厂里巡视一批合法的枫树、柳树和云杉。埃迪能在一块大叶枫木材里听出小提琴的声音，也会用手测试柳树的弹性，感受其声学特性。如果有埃迪在，那截木材就能开口说话。他正在聆听，苏菲用肩膀顶开门，双手各拎着一个水罐。

“那儿还有两个。”她指着门口说。

他提起被阳光晒得热乎乎的水罐。他们一起给蔬果园浇水。土豆，西红柿，辣椒，薄荷。还有忘忧草，其叶片在午后的暑气中蒸腾起浓郁的植物气息。梅森每次来都会带走一点植物油，把它滴在舌头上，品尝那刺激的味道，或者抹在疼痛的右腕关节上。这比他能买得起的所有合法药品都有效。

“你这是合法的吗?”

苏菲耸耸肩。“假如咱们现在还没拿到执照，我怀疑永远都拿不到。我去年又申请了一回，但一点音讯都没有。雅各布说你找到想要的东西了?”

梅森点点头，脑中再次回想起那棵树倒塌时的情景。他在帮人劈柴，他说你应该抓紧时间睡觉。话说，它得要等多久才能用?”

“得要等它变干燥。大概十年吧。最理想是一百年，但你懂的。”

她点了点头，然后带他穿过水培室，来到一间栽满天竺葵和西红柿的小屋，对他说：“这儿有很多活要干，梅森。继续浇水吧。”

●•·

二十一世纪三十年代，一名女孩在素里纪念医院出生。分娩用了六小时。那孩子——大名叫作雅美·卢克丽霞·德尔加多——拥有一双强健有力的手，指头纤细灵巧，仿佛一出生就在等待触摸小提琴的指板。三岁时，一则广告打断了她的卡通片。一开始，她很不耐烦，用手去戳屏幕角落“略过”按钮应该出现的位置。然后，她被迷住了。她此刻看到的不是会唱《彩虹与独角兽之歌》的卡通云，而是一段人寿保险广告，其中有个跟雅美很像的小女孩，仿佛是她的镜像或双胞胎姐妹，长着闪亮的黑发和好奇的棕色眼睛。这小女孩——另一个雅美——下巴抵着一把小提琴，她演奏的乐曲让雅美的心在胸腔里怦怦直跳。一片飘浮的白云在彩虹之间越升越高。

雅美的年龄仍然太小，说不出听到的是什么，虽然这件事在她身上打上了永久的印记，她却很快忘记了跟命运的初次相遇。然而一定有某些东西在她心中留存下来，因为一年后，当她听见小提琴的声音，便问母亲，那个，那个是什么?

她当时四岁。父亲给她看小提琴的视频。户外的空气被北岸大火产生的烟雾笼罩着，火势陆续摧毁了许多俯瞰着布勒内湾的大房子。以伯纳比为终点的输油管道再次破裂，没人知道确切位置，也许在上游某处，大约两千桶稀释的重油泄入湖中。但雅美年龄太小，还不懂这些，当她听到玛格丽特·费尔演奏卡伊纳科的传承小提琴——瓜达尼尼1780年在米兰制作的四重奏琴之一——立刻喜不自胜，她的一部分灵魂被永久地改变了。那一刻，她的未来已经确定。她的小手将与小提琴合而为一，乐器更像是她肢体的延伸，而不仅仅是一件外部物品。她的神经链接、情感和心理都成为了琴的一部分。琴就在她的心里，也在她的肌肉记忆中。等到十四岁时，她将患上肘管综合征，需定期理疗，以应对神经压迫问题。她的躯体围绕着小提琴成长，就像一棵树包裹住倒伏的原木。

梅森盗伐仅存的云杉古木，正是为了雅美·德尔加多。但那不是她的错。

事实上，埃迪不经意间一句关于寻找制琴木料的话，导致了这一切的开始。他穿着旧牛仔裤在作坊里蹒跚地走动，裤子口袋里沉甸甸地塞满铅笔、卡钳和一把指刨。他在梅森的板凳旁停下。梅森正在修理一把小提琴，那是有人搬出城时廉价卖给他们的。他仍然很惊讶，埃迪竟如此信任他，竟允许他摆弄乐器。很长一段时间以来，他只是在店里扫扫地，开小货车，照看煮胶锅。这些他还得要干，但他也替一把学生用琴更换了断裂的调弦栓。小提琴薄薄的琴壳握在手里的感觉很不错，他还对它说："来吧，小家伙，咱们调理一下。"

"它永远不可能再发出跟以前一样的声音。"埃迪说。

他仔细听着绵长的弦音。"对，它并不完美。但对学生来说已经很不错——"

"不。"埃迪急促地说，他的这种语气总是让梅森感觉自己说了什么傻话，"不。是因为木材。"

他用手指沿着云杉木光亮的表面摩挲。"这木材太年轻。大气中增加的二氧化碳会改变木头的密度。就算森林重新长回来，咱们也看不到从前的那种古木了。你得把G弦调低一点。"

梅森听了听，埃迪说得对。

那天晚上，埃迪带他去陈氏表演艺术中心听德尔加多演奏。这是难得的享受，就像他在当学徒的初期，曾陪埃迪去听阿鲁·维拉用诺福克传承琴演奏巴赫，泛着1805年的幽暗气息。德尔加多刚刚获得一把1689年的普莱瑟琴——加拿大国家艺术委员会给予她三年租用期——并邀请埃迪到后台庆祝首演。埃迪作为全球闻名的弦乐器制作师以及委员会的代表，被任命为租期监护人。她当时十三岁，演奏了《克鲁采奏鸣曲》。

“咱们得检查一下尾枕。”他在场休时说。

“为什么?”

埃迪耸耸肩，灯光再次熄灭。

德尔加多的父母在后台徘徊。梅森——仍沉醉于晚上的演出——说不出话来。

“可以吗?”埃迪说。她点点头。她的双眼一刻都没离开小提琴。

梅森鼓起勇气说：“你可以用三年?”她点点头。“然后就完了?”

她母亲答道：“没人有第二次机会。”

这把琴跟她的肩膀如此契合，而她竟然要失去它，这让他感到很难过。她应该一辈子拥有这把琴，带着它去全球巡回演出，带着它进录音棚。凭她的天赋，这琴就应该属于她。

“我希望你可以永远拥有它。”梅森说。但埃迪已经检查完了，她的父母催着她离开，他这才意识到，自己一次也没听到她的嗓音。

等优步车的时候，埃迪说：“它无法持久。”北岸的山火熊熊燃烧，日落仿佛一抹怒火。梅森想到死去的树林，想到古木的声音逐渐从世界上消失。

“咱们能怎么办?”

“没什么办法。那尾枕最近几十年磨损显著。可能有裂痕，不过从上次的CT扫描，我看不出什么。也许再过二十年就会显露出来，也许更久。我不知道。”

“不可以替换吗?”

“可以，但没必要。它们并非永生不死。到最后，它将无法再用来演奏，然后进入休眠。”

那天夜晚，梅森走在格兰维尔街上，曾经充斥着乐声的剧院此刻已经关闭。他绕回黑斯廷街，来到戈尔大道。他在戈尔大道的一栋楼里租有一间小屋，租金还算不错。然后他在埃迪的数据库中搜索，发现了普莱瑟小提琴的图纸，那些玄妙的几何形状来自十七世纪的克雷莫纳工坊，而那里的制琴师们制作的乐器如此完美，简直像是自然生长的产物，而非出自人工。仿佛古怪的贝壳，仿佛奇花异葩结出的果荚。他今天就曾将其中一把握在手中，感受其轻盈灵巧。它覆盖着数百年的汗水，还有人手和脸上的油脂，富含生命气息。树木与气候，天赋与历史，所有这一切就像是魔法。她可以拥有这把琴三年。然后尾枕将会断裂，它将永远消失。

正是那一天，他定下一个计划：依照埃迪的传授，凭借早已长眠的制琴师们留下的技艺，尽可能耐心地制作一把完美的小提琴。等到制作完成，他将前往波河谷的克雷莫纳国际提琴制作学校，向年迈的意大利制琴大师们讲述自己的成就。

但他需要的材料不仅昂贵，甚至并不存在。在如今碳浓度为500PPM的大气中生长起来的树木无法符合要求。他需要更古老的木材，树芯成长于上一次气候谷底，亦即卡扎湖冻结、格陵兰最后的维京据点消失于冰层之下的年代。他需要近乎灭绝的加蓬乌木，偷运自尼日利亚或喀麦隆。

第二天，他对埃迪说：“我能搞到的东西都太差了。”言外之意：对德尔加多来说太差了，能够配得上她的材料，如今的世界已无法提供。

“不是差，”埃迪说，“是不一样，但不是差。”他抓起梅森用埃迪丢弃的废料拼装的小提琴。他若有所思地说：“我给你看点东西。”然后登上通往店内的楼梯，等他返回时，带来一把小提琴。

梅森经常在店里看到它，那是一把粗糙的旧琴，也是一件有趣的玩物。

“这是有人在大约一百五十年前用一栋长屋里的立柱制作的。既然他能这么干，你也可以想想办法。”

那栋长屋原本矗立在一座消失已久的穆斯克姆印第安村庄内，位于海洋大道西南方的腹地。埃迪坚称，此琴的雪松面板以及枫木琴颈与背板都是出自烧火用的木柴。他让年轮学家看过，那些木头可追溯至18世纪。也许某个小提琴手在路途中丢失了自己的琴，或者像歌谣里唱的那样，在赌局中输掉了琴，但他流落到未知之地，用手边能凑到的材料重新造了一把。按照许多普通的规则来评判，它不算完美，声音的确有点闷，但十分深沉，梅森只需用弓拉一下就能听出来。他心想，在德尔加多手中，它的声音会是什么样？也许是德·萨拉萨蒂的作品，或者巴赫的协奏曲，或者一段舞曲，就像从前下雨天在小客厅里演奏的那种。彼时，温哥华甚至还不是一座城市。她的手指掠过提琴，乐曲破空而出。他心想，也许是同样的雨夜，一栋长屋矗立在河流南岸的斜坡上，而这雨中的山坡仍不知道，此处将发展成未来的温哥华。语声，笑声，他认不出是谁的笑声，但那一刻，他沉浸在木质本身的振荡回响之中。

●●·

从盗伐巨杉之行返回后，他开始搜集制作小提琴所需的其他原料。又过了数周，弗雷泽河谷及其北岸被山火覆盖，烟尘的味道让他睁不开眼。出于关爱和担忧，他忍不住给他们打了个电话，以求安心。

“我们都还在，”杰克说，“你还好吗？”

梅森不知如何回答，因为有谁是“还好”的呢？没有。大家都很好。“这儿都是烟的味道，”他说，“埃迪的慢阻肺状况不是很好。”

“是吗？”

当初，他和妈妈来到此处时，整个世界似乎都是这种烟味。他们在纳奈莫码头的紧急营地里待了两个月，弄得浑身污秽。假如要回家的话，就得等待公路重新开放。妈妈每晚都对他说：咱们快回家了。不是回科布尔山的家，那已经不存在了。他们要去湖边，去外婆家。

“苏菲想在防火隔离带的另一边种白杨树，以减缓燃烧的速度——”于是，杰克详细解释了从下游的树林移植白杨树的计划。梅森无法集中注意力听他讲话，但听着他的语声，梅森可以想象，随着太阳落山，他四周的房屋逐渐变暗，运气好的话，还可以听见在附近筑窝的猫头鹰发出阵阵夜啼。他喜欢这种感觉。苏菲仍在蔬果园里干活，一次次地将手推车推到堆肥点。在烟雾弥漫的屋子里，梅森的眼睛很疼。最后，他哭了起来。

转眼间，德尔加多十五岁了，画着浓重的黑眼线，拘谨安静，夏天的时候穿着军靴，来买琴弦时话很少。然后，她到了十六岁，普莱瑟琴的租用期即将结束。她父母生硬地开玩笑说，这代价也太高了——四处旅行，额外的课程与时间。

与此同时，梅森利用废弃的云杉和枫木制作小提琴。木材来自东十街一栋被拆毁的排屋。他白天在那里打零工，挣一点外快。夜晚，他用手指叩击从工地带回的每一块木料，仔细聆听，揣测其强度与起源。他拆掉一架来自古德维尔旧货店的五斗橱，刮去油漆，虎纹枫木便显露出来。他又找到一批覆盖着数十年污垢的橡木地板。还有一副伤痕累累的柳木板球拍，若不是已经被虫蛀得不成样子，没准还能提供他所需的接合木块。

他在斯坦利公园的海狸湖附近找到一株异常挺拔的红柳。那并非从前克雷莫纳制琴师们首选的白柳，但同样易于雕琢，且性态稳定，如果他能取到一段笔直的枝干，或许可以将它风干。他把脑袋抵在树干上，再次聆听藏在树芯里的小提琴，聆听自己的心跳以及手在树皮上摩挲时激发出的声波反应。

他在一月的雨夜独自返回，潮湿的背包里装着沉甸甸的工具：锯子，还有绳索。此刻他最想念的是雅各布，因为杰克一直——即使在童年时期，当火灾和瘟疫让他俩变成孤儿的时候——比他聪明强壮。

他必须爬上去，这是个荒诞的企图，他仿佛听到杰克的嘲笑，听到外祖父不安的哼气声——意思是，别这么干，小子。哼就哼吧，梅森不为所动。柳木是必不可少的，他既然可以设陷阱捕捉空地里的兔子来制作兔皮胶，就也可以攀爬柳树采撷木料。然后，他将穿过城区，回到埃迪的店铺。在那里，这木料或将启动某种隐秘的转型，最终变成某种可用之物。

小时候他经常爬树，甚至比杰克爬得还高，杰克虽然胳膊更长，但害怕登高。按外婆的话说，他俩扯平了。十月的雨水浇灭了当季的沿海山火，等到他和妈妈从纳奈莫的临时营地来到新家时，杰克已经在了。他正等着爸爸从内陆返回。每当灼热的下午，普林斯顿郊外枯死的松树会像火柴一样易燃。他爸爸去那里救火，但是跟其他百来个人一起在马路边因吸入烟雾而死。杰克留了下来，后来——妈妈去找工作，死于流感——他们俩就像亲兄弟一样生活在一起。

杰克从不提这件事，就像梅森从不提自己的妈妈。她在他七岁时死于第三波新疫情，而那是他们来到新家的数年之后。他俩同在作坊里照料水培作物，也在湖边南坡上的蔬果园里劳作。当时，大麻在本省是合法的，但考伊琴谷的经济——据保守估计——大半仍不合规，而且大多是像外婆这种小规模经营。当他和杰克这对孤儿参与作物栽培的同时，苏菲则在南边的兰福德跟随祖父学习园艺。而此刻，埃迪在意大利刚刚结束师从阿尔多的学徒生涯，准备来温哥华开设自己的店铺。苏菲前往北美大陆学习园艺学，满载着知识返回兰福德，却无法学以致用，直到杰克在苏克海滩找到了她。埃迪获得了美洲小提琴协会的双金奖。梅森早早地退了学，成为木工学徒，在一次节日庆典中，他捡起一把尚未制作完成的小提琴——云杉，枫木，柳木——发现了自己命中注定要从事的行当。

所有这些人——以及意外事故——导致他在十一月的某个午夜过后，来到这片战栗而潮湿的雨林，而他不愿承认自己已不再年轻。但他仍爬上最低的一条枝杈，然后手脚并用，一点一点奋力攀高，直到可以切割到那根异常笔直的树枝。当它砰地落地，那声音既熟悉，又令人不安。他松了口气。那棵树失去一部分重量之后，来回摇摆。他爬下来，修剪掉木料上额外的枝叶，把它锯成方便携带的长度，并将其中五截塞进背包。接着，他抬起头，又看到一根笔直的树杈，就在刚才切割的地方往下一点。他无法抵御诱惑。他想起从前，当他们爬得太高时杰克拧着脸的恐惧表情，以及他的警告："你知道会怎么样吗？"

"我知道。"梅森一边说，一边攀上柳树。当他爬到数米高处时——并腾出一只手去摸锯子——脚下的一根树枝断了。柳树生长迅速，木质松脆，年轻时韧性十足，但很快就会老化。这株柳树已经五十多岁，当晚已无法再次支撑一个成年男子的体重。

潮湿的地面仿佛在旋转，他喊道："帮帮我，帮帮我。"就好像周围有人似的。他想到母亲，她仿佛就站在身后，准备回应他的求助，把他扶起来，抱回家。但她显然不在这里，所以他只能静静地躺着，直到地面静止下来，疼痛趋于稳定：没有消退，只是不再增强。他的脚趾还可以动。然后他发现自己可以站起来。他的左肩疼痛剧烈，但左手手指还能活动。他费劲地走到五十米开外的派普兰路，叫了一辆优步。回家的车费差不多等于一周的薪资。

他的肩膀一直没有完全愈合：在医院里感染了一种尚未正式命名的新型耐药性葡萄球菌。不是那种在两天之内致命的病菌，而是持续的皮下感染。他的肩膀外侧形成了一条开放的瘘管，就在断裂的骨头上方。他过了三个月才能继续干活，但埃迪给他留着职位。紧急伤残补助帮他渡过了难关，但他的积蓄用完之后，就没吃太多东西。

他把这件事告诉杰克——是当作笑话讲的：你瞧瞧我干的事，外公会怎么说——苏菲宣称要过来照顾他，但被他拒绝后，她送来了忘忧草。出院数周后，他的左臂已经可以活动，能够自己穿衣服了，而埃迪则帮他在右肩上涂抹苏菲的药膏。他也把忘忧草卷进烟里，在地下室的工作台前缓慢而深沉地吐息，佝偻的肩膀舒展开来，就像已经没事了似的。德尔加多的普莱瑟琴还回去之前，她在陈氏艺术中心办了最后一场音乐会，以庆祝那辉煌的三年。梅森本来有票，但由于仍在医院里，错过了演出。

“别担心，”埃迪告诉他，“有录像。”

“你明白我的意思。”

“那把琴应该是给了普利方坦，萨斯卡通的一个小孩，很厉害的。”

“但是她要用什么来演奏呢？”

埃迪耸耸肩。“还有许多其他优美的小提琴。”

“不，没有了。”梅森说。他很少跟人争辩。

他曾在街上偶遇德尔加多的父亲。“她不愿再碰小提琴。已经六个月了。”

“她也许——”

“——她只是玩电子游戏。她在外面过夜。她非常生气。”

他继续滔滔不绝地讲，然后忽然有事要走，留下梅森独自在人行道上。一时间，他站在原地，堵住了来往的人流。他想起德尔加多，想起她曾苦涩而详尽地描述世界上诸多失败的革命，而她的未来之路正迅速变窄。他想要对她说：请再等一下，等我完成那把琴。

一年后，她收到了品质精良优异的姜氏传承琴，来自一名匿名捐赠者。他去奥芬剧院听她演绎巴赫，伴奏是温哥华交响乐团。她当时十八岁。她来到店里，眼线底下露出笑容。他问她：“接下来什么打算？布宜诺斯艾利斯？”

“好几个礼拜没见，你的肩膀怎么了？”

“莫名其妙摔了一跤。不是布宜诺斯艾利斯？新加坡？”

“哦，对，除非你能接到许多活，否则很难合理化。明年我也许会在多伦多做短期演出。之前我在西雅图那边。”

“有录像吗？”

“也许吧。我正在做儿童早教工作。”

“哦，”他吃惊地说，“哦，真不错。”

“最终，我将从事音乐治疗。让我有机会用得上爸妈花钱送我去上的那些课程。”

听到这番话，他很难过，但他不知道那是因为她没说出口的苦衷，还是因为他自己害怕失落而不愿承认某些期望。他希望她可以续借普莱瑟琴。等到第二个租期结束，他就能把自己制作的琴送给她，让她去演奏，等到那把琴开出声来，她的职业生涯或将得到新生。他从没想过她会在教室里拉《黄鼠狼躲猫猫》，让一屋子蹒跚学步的幼儿在鲜艳的橙色地毯上转圈。只不过他也从没想过自己整个成年生涯都要给埃迪干活。

●•·

坠树后的几年里，他没有制作新琴，只是打理店铺，调拌胶水，并确保埃迪按时吃药看医生。但随着他的手臂近乎康复，而且不再梦到跌坠，他又能面对那些柳木了。他甚至可以面对储藏室角落里那个杰克丹尼威士忌箱子，里面存放着小提琴的各个部件。不知道的人会以为是木柴。

然而又过了三年，他才打开箱子，开始制琴。他进展很慢，因为左肩仍虚弱无力，左手有时也不听使唤。但有时候，到了夜晚，他会在地下室工坊里摆弄柳木侧板与垫块，干上个把小时。他经常在地下室的小床上过夜，以防埃迪需要帮助。

又经过五年的省吃俭用，他才以黑市价买到尼日利亚的加蓬乌木。在此期间，他一直担心这种树会在他攒够钱之前全部灭绝。最后，指板、系弦板和尾枕所需的木料清空了他克雷莫纳账户里的余额。但他省下了调音轴的钱。那是偷伐自伊丽莎白女王公园的黄杨木，精染成黑色。

梅森已搬到店里居住——他们说是暂时的——以便照看埃迪，因为他老了。在梅森看来，他一直就很老。梅森二十二岁入职时，他已经五十岁，不过还不算特别老。如今，他迈着碎步在工坊里走动，一年比一年瘦，一年比一年沉默。很快，他不再去地下室，因为走不了楼梯。于是梅森把工作台摆到了原来的餐厅里。埃迪仍能照看柜台，但很少跟顾客交谈，而他最快乐的时刻，是一边穿着睡袍在工作台前干精细活，一边听着厨房台面上那积满尘垢的音箱里放出来的音乐。

有一次他们一起喝咖啡，埃迪伸手从桌上取勺子，他的手腕从连帽衫破旧的袖口底下露出来。梅森愣住了，这手腕那么地瘦，皮肤上现出皱褶与斑点，而他小心翼翼地拿起勺子，每个动作仿佛都需要计算。

“你几岁了？七十?”他不假思索地说。

“伙计，我七十六了。”

“哦。”梅森说。他想了想。“那我一定是——见鬼。”

埃迪笑起来，然后一阵咳嗽。“对，没错。”

那年一月，当他开始用大叶枫木（来自一个古董梳妆台）制作琴颈时，潮水涌进来，席卷了医院和科技中心附近的公寓。于是人们又开始说要在福溪的入海口安装海闸，不过最初的海岸线应该保留多少，仍是一个处在辩论中的问题。如今，旧海滩已经被淹没，洪水一直漫到天文馆下面的草地。梅森曾经看见一只水獭溜过水泥路面，钻进福溪。水獭似乎并不介意新家，海鸥和鸭子也一样。

他回到店里，告诉埃迪第一股水流已侵入缅街，仿佛某种预示。一开始，水位跟预测的一样，涨到五十厘米，然后潮汐又导致它升高半米。而如今，随着时间的推移，在富裕的耶鲁镇居住区，立柱的底部长出了贻贝，而这些柱子撑起的屋顶曾经遮蔽着公园里的长椅。他想要对原本围圈着福溪的坝墙说：让水流逆转。

回到家，他发现埃迪在听梅尔希奥用波旁中提琴演奏巴赫练习曲。梅森把木柴存放到地下室时，听到楼上埃迪将梅尔希奥的演奏放得比平时更响，低沉的乐音在工坊的门上嗡嗡振动。

他走上楼梯，眼中仿佛仍看到席卷缅街的洪水。他在门口停下，本打算告诉埃迪这个消息，但他改口问道：“怎么了?”

波河谷的山火烧毁了历经五年干旱的农场和树林。克雷莫纳被大火吞没，至少死了一千人。小提琴博物馆遭到毁灭，同时被毁的还有一尊圣母怜子像，一幅出自某个小镇的圣巴斯弟盎肖像，一幅祭坛画，以及一批保存在都灵的精良乐器。

“再也没有克雷莫纳了，”埃迪说，“上个礼拜我应该问问阿尔多——”

梅尔希奥的琴声填充着疲惫的沉默。

“我要是，”埃迪用嘶哑的嗓音说，“我要是以前多找点乐子该多好。”他在那张凹凸不平的旧软垫椅上咳了一夜。四十年来，椅子的扶手已经被他摸得黑乎乎的。

“我不——”

“——没错，我应该多干活，多搞点正儿八经的变革，或者别的鬼东西，但我的意思是，我其实不该想那么多，而是——我怀念咖啡，你知道吗？坐在咖啡馆里喝真正上好的咖啡。从前，我知道随时可以搭飞机到克雷莫纳去看阿尔多，就只是去看看他。我怀念那种感觉。我觉得我享受到的乐趣太少了。然后现在就到了这步田地，太迟了。”

“不算太迟。”梅森说。

“没有大象，没有乌木树，没有克雷莫纳，没有阿尔多。”

“不算太迟。”他想到链锯轰鸣之后的寂静，想到等待云杉倒落的人群，想到美洲狮在四周干燥易燃的树林里静悄悄地移行。他想到云杉的枝杈如同风暴一般砸落地面，在他脚下阵阵战栗。他想到寻找小提琴关键部位所需要的芯木的过程：那棵树生长于十七世纪，一直在山坡上等待着。

埃迪先是大笑。“哦，伙计。”他说道，然后咳嗽起来。

梅森一边用没伤的胳膊垂拍老人后背，一边仍在说：“不算太迟。”

他无法解释，因为关于那把小提琴，关于他为此而做的一切，他们达成了某种默契，不予讨论。他无法解释，但在湖泊和鬼影森林之间，在一栋小屋内的防水布底下，那批云杉木已历经十五年的风干脱水，所以，还不算太迟。在他工作台下的一个箱子里，存有黑市购买的加蓬乌木，可以用来制作指板。这是来自尼日利亚的最后一批货：质地致密，色泽乌黑。他还在夜里设置陷阱捕捉兔子，制作兔皮胶。他已经用一块具有两百年历史的大叶枫木雕刻出形状完美的琴头与琴颈。很快，很快，他将把它们拼装成一个奇迹。

不过一定要抓紧时间，因为他低头看了看，老人的嘴唇和下巴上沾满黏湿的唾沫，都是刚才咳出来的。

●•·

第三天下午，他们才抵达湖边的房子（这趟行程过去只需几小时，一天之内便能来回），疲惫地耷拉着下巴，头发上沾满泥尘。雅各布第一句话就是："你跟你爸爸很像。"他上次来到此处已是十五年前。他的肩膀被背包的重量压得发麻，肩关节肿胀疼痛。走到门口时，他的脚也有点跛。

"我感觉像是突然变老了。苏菲怎么样？"

"很好。"她答道。梅森吓了一跳。疲惫中，他没有意识到门框里那个灰发的身影就是苏菲，提灯绿莹莹的光线在她脸上投射出起伏的阴影与皱纹。"对，咱们老得很快。"她说，"但所有人都一样。你的肩膀还没好。我来看看。"

他们帮他卸掉背包，脱下衬衫。苏菲身上的植物清香向他袭来，她的手指扶着他的肩，用热毛巾洗去伤口周围凝结的脓液。

"这是个脓疮。"她说，"但我猜你也知道。你还在看医生吗？他们给你治疗了吗？我不喜欢这气味。"

他没再看医生，但诊所里的人有时会帮一下忙。“除了做手术没别的办法。”

接着，忘忧草的浓郁气息盖过了疼痛，让他想起大热天里外婆的花园：在薄荷和柠檬香脂的衬托下，透着一股药味。

“这闻起来就像——”他的声音仿佛来自远处，但他无法确切说出这闻起来究竟像什么。也许像家。也许像母亲，就跟母亲还在的时候一样。然后他们把他扶到后面的旧卧室。再往后的事，他不记得了。

当他在午前醒来时，苏菲已经走了，但杰克在厨房外的门廊上喝一种类似咖啡的饮料，是用烤大麦粒酿制的。

“她在跟维多利亚大学的林业实验室合作研究新树种。她本科时认识的一个人找到了她，然后他们就一起工作。基因修改，生长迅速，碳汇能力强，抗干旱。很有希望。”

这是长久以来梅森听到的第一个好消息。他们一起走向她在老屋旧址上建起的花园。如果他的视线盯着街面上残存的黄色油漆，仍能看到柏油的痕迹。如果他听雅各布讲话时看着两脚之间，感受来自湖面的轻风，这座小镇就跟小时候没有区别。也许吧。也许就跟大火之前母亲住在这里时没有区别。或者跟更加早年时也没有区别。那时候，外公外婆在这片荒僻的土地上建起家园，茨乌巴-阿萨特克斯族的孩子们在湖水里玩耍。

不过茨乌巴-阿萨特克斯族的孩子们如今仍在湖水里玩耍，同时还有白人的孩子，而随着神庙周围的帕尔迪村再次恢复生机，锡克族的孩子们也回来了。孩子们爬上大火过后生长出来的赤杨木，采摘黑色的莓果。那些果实里注满了新世界的高温炙热。孩子们在房屋拆除后留下的花园里捕鱼、拔草。孩子们唱着他没听过的歌。

雅各布稍稍有点瘸腿。他们看到苏菲在水边的花园里，于是停下脚步。她卷曲的头发在阳光下泛出灰色，附近还有几个男孩和女孩，胳膊里全都捧着绿色的植物。她从手到肘都沾满了泥，见他们走来，她挥了挥手中的一把胡萝卜缨子。

“拉金德从岛的北部带过来一批泽西奶牛，”她解释道，“它们喜欢胡萝卜缨子。现在轮到咱们去挤几升牛奶。那黄油简直太棒了。”

当天夜里，他们吃到了拉金德的牛群产出的农家软奶酪。她聊起她的新树种，聊起老镇旧址上的种植园，还有茨乌巴-阿萨特克斯族人的计划，他们中的一群年轻人打算在一片二十年前被烧毁的土地上重新播种。她说，有些地方已经看不到从前的路，它们就像消失了一样。

“哪些地方？”

“各种地方。”她说，“那是因为森林又长回来了。整个大陆，我们失去了大概，百分之九十的人口？所以为什么不把土地还回去呢？考伊琴族的年轻人去年冬天就开始焚烧沿海地区的房子。再过几百年，人们将会用我们种下的树制作小提琴。”

他不想说出来，但她那个荒芜的新世界——没有道路，没有房屋——让他充满一种强烈而难以言喻的苦涩。“声音会不太一样。”他说道。

“对，”雅各布说，“不完全一样。”

那天晚上，在止痛剂的作用下，他半梦半醒地在疼痛中躺了很久，而苏菲的治疗让他的肩膀感觉麻木迟钝。他无法忘记那株古老的北美云杉倒落地面时的情景，五百年的拔高生长最终屈服于重力的拖拽。他心想，十五年前，如果他没有告诉杰克那棵树的存在，它现在是否依然矗立在夜色之中？那时候，他经常去各处拆房工地寻找老云杉木，向往着让德尔加多前往莫斯科、巴塞罗那和新加坡演出。杰克问他：你还记得怎么去吗？能在地图上找到吗？

梅森的确记得，他说："我很想去。我想听一听它的声音。"几个月后，杰克再次提起这件事。所以，就这样吧，他心想。忘忧草减弱了他肩膀处的阵阵疼痛。

●• ·

梅森从岛上回来那天，埃迪半夜把他叫醒，空气依然闷热滞塞。

"我，得要去，那儿。"他说。

"去哪儿？"梅森傻乎乎地问，然后才明白埃迪的意思。他找到鞋，扶着老人走到街边等优步车。然后，他们在医院等了七个小时，埃迪一言不发，只是费力地吸气吐气。一盏荧光灯吱吱地闪烁着，其他病人来回踱步，不时发出喊声。

他们留他住了几天院。梅森来探访时，从家里带来一些物品——埃迪的平板电脑，一件毛衣，还有一把刚翻新的小提琴，让他检查一下——他萎靡不振，脾气很坏，压低嗓音恼怒地抱怨护士。太热了，他们能想想办法吗？真热。

埃迪吃饭时，梅森坐着陪他，然后他步行一小时回到店里。他在地下室架了一张床，这里还算凉快，而且充满木屑、树脂和胶水的气味，令人欣慰——考虑到半岛的另一端。埃迪正努力地一口一口喘着气。此处几乎一片静寂，只有梅森一个人面对剩下的问题：音柱。按理说，它应该跟面板一样用云杉木，但他想要风干十五年以上的材料。他打算偷偷安插一个珍贵的部件，只有他一个人知道。

那把由某个拓荒者用煤气镇的垫木和长屋的梁柱制作的旧提琴仍在店里。他认识德尔加多后不久，有一次，她来店里买琴弦，埃迪把它拿了出来。她演奏了一曲《河流流向何方》，然后埃迪笑着让她再随便拉一首，以唤醒那把琴，让它的生命力保持得更久一点。她非常慷慨，又拉了好几首曲子：甜美的老式华尔兹，魁北克的《拿破仑里尔舞曲》，布雷顿角的悲叹曲。

他哼着小曲攀上楼梯，进入店铺，打开陈列着那把旧琴的展示柜。

这又是一宗罪行，但他还是把它带到楼下的工作台。他不想考虑太多，因此动作很快：抽出旧音柱，填进一根新的，然后把琴放回店铺的展示柜里。回到楼下，那一小截木榫在他的指间，他感受着它的凹凸不平。雪松，也许是来自弗雷泽河谷的同一间长屋，同一根立柱，轻巧而古老，依然覆盖着当初制琴师用粗糙的小刀削切的印痕。当他用手把它焐暖之后，有一股淡淡的香味，并不是很浓，只是散出一点点深沉的芬芳。

然后他把它装了进去，完美地藏在他的小提琴内部，也许没人会知道他曾犯下这桩可怕的罪行，他窃取的这一段历史已经融入了这把琴的种种秘史之中。然而他知道所有原材料的出处，不管是来自尼日利亚，来自本地的岛屿，来自东温哥华被拆毁的排屋，来自空地里的兔子，还是来自斯坦利公园。

●●·

梅森拿着它上楼给埃迪看，尽管埃迪躺在床上吸氧，但他依然很挑剔，就着放大镜细细查看。最后，他承认它的音色有独到之处，不比他见过的其他小提琴差。甚至比他自己如今用科林树脂和碳纤维这类合成材料制作（当他有精力的时候）的琴还要好。

“你造出了一件杰作，孩子。”已经很久没人称他为“孩子”了，埃迪也不例外。“它有名字吗？”埃迪问道。

“需要有名字吗?”如果要替它取名，就应该选个优雅而响亮的名字，黄金古杉，“我不知道，就叫温哥华琴吧。”

“得再好听一点。”

埃迪和梅森都不愿意拉这把琴。德尔加多忙于早教中心的事务，而且还有了一个孩子，所以当这把小提琴——杉雁——在九月制作完成时，他们都没能听到它的乐声，直到新年来临。

她来得有点晚，不过那不是问题。她带着孩子一起，稍许有点不方便。这间公寓基本上被当作了工作坊，但梅森认为可以想办法避免让她触碰公寓里的杂物。至少厨房柜子里有小饼干可以给她吃。

“我本打算把她留在家里，但约翰尼临时调班——”

“别担心，”埃迪低声说道，因为他现在只能低声说话，“能见到你我们就很高兴。”

“就是它吗?”

梅森的喉咙莫名有点紧，所以他只是——德尔加多把贝琳达从一边胳膊换到另一边。“哦，”她说道，“哦。”

“妈咪?”贝琳达带着倦意呢喃地说。

“我得把你放下来一小会儿。”

她将双手在牛仔裤上擦了擦，而贝琳达蹲在她脚边，倚着她的膝盖。

“哦。”她说道。他似乎看到她一阵战栗。她的脸埋进脖子里，头发向前披落，仿佛回到了十四岁的模样。那时候，她会来店里买从柏林定购的新琴弦，口中谈论的是巴赫。

然后，他听到琴弓在E弦上奏出一个空音，深沉动听，明亮纯净。德尔加多兴奋地轻轻一笑，拉出两个渐升的音调，然后又是一连串急促的音阶。舍夫契克。

贝琳达靠在她脚边，一边对着蓝色的小熊玩偶说话，一边轻拍它磨损的双耳。

德尔加多把琴从脖子上拿下来，抱在怀里。她的眼中闪出光亮，仿佛充满泪水，但她的嗓音带着暖意。

“这——哦，梅森!”

“你要不要拉一段?”

她拉了一曲贝多芬。《克鲁采奏鸣曲》，她仿佛重新记起了梅森心中永远无法忘怀的那一晚：陈氏艺术中心，普莱瑟琴，德尔加多。埃迪斜倚在轮椅的左侧，闭着眼睛，氧气罐轻微的嘶嘶声，窗边的人声，贝琳达对着小熊喃喃的低语声，这些干扰本应令人恼火，但似乎反而有助于维持屋里脆弱的魔法。

等演奏完毕，她重重地坐到一张空椅子上。

“做这把琴你花了多久?”

“有一阵子了。”梅森说话时，仿佛看到她当年的样子：十五岁，才华横溢，未来之路真真切切地通往巴黎。他曾想象在声效完美的剧院里首次听到这把琴的演奏，因为到时候，世界应该已经恢复正常。他知道这很傻，但假如德尔加多永远无法把它带出这个偏僻的小地方，他会感到难过。

“现在你打算把它怎么办。”她问道，语声颤抖，透着渴望，“让谁来拉?”

她问出这个问题让他感觉怪怪的。

“不，”等到明白过来之后，她说道，“哦，不。不。”

贝琳达抬起头，视线从小熊身上移开。“妈咪。妈咪?”

“你上课时可以用，对吧? 随着时间的流逝，我相信它会逐渐开声。”

一时间，她没有回答，只是蹲下来，跟贝琳达和小熊齐平。贝琳达皱起眉头，担忧地看着母亲。然后她站起身问道："它有名字吗?"

"看见没？它应该有个名字。"埃迪说。

梅森仿佛再次听见云杉倒落时如海浪般的巨响，听见自己从斯坦利公园那株红柳树上坠落泥地时的惊呼声。蔬果园，农庄，考伊琴湖，废弃的土地，灌木丛间依然可见的焚烧痕迹。鬼影森林仿佛由一颗颗黑色的牙齿构成——很久以前，那曾经是一片雨林。雅各布仍住在这里，仍会帮忙劈柴，或者在车库里干活，或者钓鱼、狩猎。苏菲仍在温室与蔬果园里，打理她的新白橡树和变种野草莓，而她的抗虫害云杉永远不是他想要的制琴材料。他仿佛看到防火隔离带的白杨树阵阵颤抖，看到再次回归的美洲狮。人工造物不断遭到侵蚀：地基和道路埋没在蓬勃生长的森林里。

"忘忧草?"

话虽如此，但他不太确定其中的含义：是减轻临终痛苦的麻醉剂，还是具有治疗效果的药物。

"忘忧草。"埃迪说，"就这么定了。"

●•·

"记住，"苏菲在他临走前说，"你最后一定要回来这里定居。这仍然是你的家。"

言外之意：等到埃迪去世后就回来，你得放弃那些闯荡全球的梦想，准备好在这颓败的未来中度过余生。

他只是痛苦地点点头。数十年来，这种失望的痛苦一直陪伴着他。然而，在他疲惫不堪的心中，仍存有一丝念想，他要回到花园里干活，栽培新的树苗。新生的森林正在逐渐占领旧世界，他要看着孩子们消失在野外的树丛里。

●●·

四十五年中，雅美·卢克丽霞·德尔加多每天都会使用忘忧草琴，哪怕只是下班回家拉个十分钟，哪怕孩子们在卧室外吵闹地玩耍。在所有人醒来之前五分钟，十四岁的贝琳达说："妈妈，你现在真的在认真拉琴吗？"福溪入海口的坝墙崩塌了，在搬离公寓那天，她又用那把琴来演奏。他们驱车前往内陆时，她就在后车厢里拉琴。他们将在临时房屋中住上五年。她在弗雷泽河边一个简陋的村庄里建立了一所学校，名义上是临时的，实际上却成了永久的，而忘忧草琴是学校里的一件固定资产。雅美和忘忧草琴一起参加贝琳达的婚礼，而它琴弦上奏出的摇篮曲也将陪伴着她的孙辈们入睡。尽管她每天都练习，却永远听不到这把琴最完美的输出：制作者死后许多年，小提琴才能达到音质的顶峰，而第一个使用这把琴的人，由于双手饱受痛风的折磨，只能让它发出叹息之声。但她尽可能地多用它拉曲子，因为不能让提琴进入休眠，她用得越久，声音的共振——包括树脂，胶水，以及树木细胞本身的声学特征——就能让琴发生越多的改变，帮助它迎接最终的演奏者。也许她的小女儿——所有儿女中最优秀的音乐家——或者外孙女将会首次听到这把琴的开声，听到它展现出最细腻、最饱满的音色。又或者要等到一百年后，人们生活在与我们全然不同的世界，但有个人拿起这把琴，引弓拉弦，奏响音乐，将无数罪行与偶然事件的共鸣释放到空气之中。

文 / 奥斯卡 · 卡尔纳[①]
译 / 刘壮

伽马

伽马穿透量子泡沫，向外伸展。虚光子和电子让她的亚时间身体有些发痒。如果她想把自己的物质减少到纯量子——假设如此——那么她就能同时触及整个宇宙。而实际上，她拥有的能量只够让她的亚时间身体触达直径区区几光秒的范围。不过很快她就不再需要啄食寥寥无几的虚粒子了。是时候吃点更实在的食物了。

吞噬者，仅仅五光分外的超巨型黑洞，将她拉得更近了些。她展开自己的常时膜——足有数千里之宽，厚度却只有几个分子——向黑洞的事件视界下潜。她的椭圆形轨道很快就会把她带到吞噬者的质量能够撕扯和坍缩时空本身的高度之上。就连光也无法逃脱吞

①奥斯卡 · 卡尔纳（Oskar Källner），瑞典科幻奇幻作家，他喜欢将动作戏与存在主义和纯粹的怪异融合在一起。他的作品既有长篇小说，也有短篇故事，以多种语言出版，并赢得了许多短篇小说比赛。

噬者的伟力。不过即便是在这个距离上，霍金辐射也十分强烈。

她饿坏了。

先前的坠落将她的速度提升到光速的百分之五。轻微的相对论效应影响到她的被动传感器。她将处理器的载荷提高了几个百分点，启动了一套补偿算法，于是所有传感器数据都变得十分清晰。下方的视野里被黑洞的事件视界所填满，事件视界只有凭借稳定的霍金辐射流才能看见。在她的上方和四周，还有几十亿个伸展开膜的下潜者。大群的下潜者大军中，每一个成员都遵循着各自分配的轨道，而每一条轨道都位于集体的下潜旋翼之中，这样的下潜旋翼有六十条。每个成员被允许吸收辐射的时间都有着严格的规定。大群之外别无一物，除了黑暗的太空。没有星星，没有银河，一切都早已死去。

一个下潜者修正了一下航线，使自己靠近过来。伽马辨认出她的生物综合特征：科特科塔。她的膜布置得像蝴蝶的翅膀。虽然不是吸收辐射最有效的形状，却还是很漂亮。就伽马所知，科特科塔从来都不关心效率。

伽马向她发出信息，无线电信号以光速在常时空爬了个来回，仅仅用了这一点时间，她就收到了回复。

“伽马，见到你真开心呀。”

“谢谢，我也一样，科特科塔。”

科特科塔是在伽马诞生仅仅几百万年后由一个智慧章鱼种族建造出来的。她的创造者们是黄昏纪元最伟大的帝国建立者之一。他们像泰坦巨人一般在群星之间游荡，与成百上千万个世界分享他们的智慧。如今他们曾经存在过的证据已然消失不见。除了科特科塔。

“你想一起进行靠近吗？”

“集体不喜欢偏离航线。”

“哦，只不过相差几千公里。如果他们操心提起这件事，那咱们就在事后道个歉。”

尽管在一起将近两万亿年了，可是科特科塔的人格矩阵里仍旧保留着几分顽皮。伽马的第一个念头是表示拒绝。科特科塔也许不在乎集体的反应，可是这对伽马来说并不容易。尽管她是主动离群索居的，但是很多人一直对她的情况感兴趣。他们仍旧把她看成是大群传奇般的创造者。她在心里摇了摇头。

暂时让别人来当一当这个好榜样吧。

糟糕的情况又能怎样呢？她们要被迫远离吞噬者和它的温暖，在外面的黑暗中再等上几千年？没问题。她们为此要做的也不过是让她们的时钟速度比正常速度慢上千分之一，让时间飞速流过。不过，伽马还是得承认，在黑暗中的漫长等待有可能是艰难且孤独的。

那些——他们也是大多数人——想要通过超域网变得合群，访问彼此的虚拟现实的人。或者让自己迷失于集体的群落意识中的人。可是这需要消耗能量，如果无法充能，你就需要休眠，直到你的轨道把你重新带向吞噬者和它那滋养生命的辐射。

科特科塔不等回答，就改变方向，靠得更近了些。伽马突然意识到，她已经有几百万年没有碰触到另一个存在的常时身体了。她被一种强大的渴望所占据，想要触摸身边的科特科塔。这真是荒唐。从现象学的角度来讲，虚拟和实体的接触并不存在严格的分别，可是她想用自己的触角去紧紧地拥抱她，真实地感受另一个个体里的生命律动。

“来吧，”伽马说，“和我一起舞蹈。”

科特科塔笑了，穿过最后几千英里，来到她身边。她们伸展开几纳米粗细的触角，紧紧拥抱在一起。她很温暖，毫无疑问在绝对零度以上几十度。伽马内心一阵刺痒。一种奇怪的感觉，从身体的深处生出来，向外蔓延。她一时间想起了自己的创造者们，以及他们在亿万斯年之前装进她神经网络的情绪矩阵。亿万斯年之后，在如今的岁月里，无边的黑暗降临宇宙，而她的创造者们仍然有办法让她大吃一惊。

恒星开始暗淡时，当时的文明没有一个感到担忧。在暗能量最终撕裂星系前，在氢元素被用完、残存的热量消散殆尽前，还有几十亿年的时间。当然，他们是对的。当结局到来时，他们的文明连一丝痕迹都没有留下来。而那些十分不幸地诞生于黄昏纪元的种族，他们千方百计地想找到延缓宇宙膨胀的办法，想反转暗能量，使宇宙收缩。他们无一例外地失败了。

其他的种族试图积累足量的物质来建造新的太阳。这类工程有的成功了。受控制的虫洞撕扯下附近的银河系和星际空间，足够多的基础建筑砖石被积聚起来，建造成聚变驱动的黄色太阳。围绕着每颗恒星都建造起大如太阳系的戴森球，用来驾驭恒星的所有能量。他们借此创造出让生命多延续几十亿年的必要条件。然而最终就连那些恒星也烧光了，戴森球分崩离析，最后仅存的星尘也被超级巨大的黑洞所吞噬。宇宙进入了黑暗纪元。

伽马把科特科塔紧紧地拖过来，她们的膜都碰到了一起。刺痒变成了灼热。科特科塔一定也有同样的感觉，因为她用自己的触角抱住伽马，让伽马的常时身体紧紧地贴在自己身上。伽马变化自己膜的形状，把它们也变成蝴蝶的模样，调整位置，让翅膀插入科特科塔翅膀之间的间隙。一只八个翅膀的蝴蝶并不是效率最高的配置形式，不过没关系。

她们慢慢地探索彼此。她们的触角抚摸着彼此镜面般的聚合皮肤，轻轻挠着彼此的膜，摆弄着彼此的传感器矩阵。她们靠近事件视界，吞噬者用霍金辐射轰炸她们。她们用伸展开来的翅膀吸收能量。灼热几乎难以承受。伽马身体里闲置了几千年的空能量仓迅速得到补充。在虚基本粒子的瀑布中，量子泡沫像是在她们周围舞蹈。一道道纯然狂喜的细微闪光如脉搏般向外激射，一直射入超空间。她们依偎在一起，缓慢地旋转着，仅仅是为了取乐，像是在跳舞。她们经过轨道的最高点，脱离事件视界。就和刚才坠向吞噬者一样，此刻她们飞速上升，脱离引力阱，冲入外面的虚无。

"刚才真是美妙。"伽马说。

"谢谢你愿意和我一起经历。"科特科塔说。

她们就这样躺着，享受着彼此的温存。慢慢地，她们收回自己的膜。伽马用一个后台进程密切监视新获得的能量转入一个次级纳米电池网络的过程。这个过程要持续整整一个轨道周期。一般认为量子泡沫里也有足够的虚粒子来慢慢补充能量储备，不过那些食物缺乏营养，你绝不想长期依靠它来生存。

"你为什么要脱离和集体的联系？"科特科塔问，"你从超域网断线时，我还担心来着。"

"我想给自己一些时间，"伽马说，"思考一些事情。"

"比方说？"

"过去，现在，未来。"

科特科塔大笑起来，她的触角弄得伽马一阵痒。

"这可真像你。"她说，"像我的创造者们，我有时候喜欢去旷野中游荡，清空头脑。"

科特科塔安静了一会儿。她也许在搜索"旷野中游荡"的相关信息。过了一会儿，她说："我理解你需要独处，不过你需要知道你错过了多少事情。光联体的地位越发巩固了。越来越多的人站在他们那一边，并且赞同他们的议程安排。

“独立者们在干什么？哨戒者呢？还有我在瓦克泰联盟里的那些信仰坚定的古老同胞呢？他们一直都在想方设法阻止光联体攫取权力。

“他们变软弱了。许多人害怕了。看这里。”

科特科塔发给伽马一个数据包。里面有几十万份文件、通信记录以及统计分析和政策分析。伽马花了整整一毫秒来运行一个平行分析程序，然后得出一个结论。

“你是对的。他们的辩论水平变得差劲了，”她说，“还好瓦克泰联盟没有一个人叛变到他们那边去。他们至少还没有忘记从历史中吸取教训。”

“什么意思?”

“还是那个古老的故事，被无数种族，尤其是我自己的创造者，一遍又一遍重复着。他们作为星际物种存在了不足两百万年。他们杀死了成百上千万的族人，然后离开母星，去杀死几十上百亿其他种族的成员。在他们最黑暗的岁月里，他们把好几个智慧种族都彻底消灭了。当然，这都是不得已而为之。”

科特科塔的触角颤抖了。

“野蛮人!”

“他们也不想变成这样。他们写诗，相爱，生活，愤怒地与死亡抗争。他们懂得美、仁慈，还有喜悦。他们受到永不满足的好奇心和探险精神的驱使。凭着心中的勇气，他们下定决心，义无反顾地奔向群星，建造了一个横跨银河系的帝国。可是他们也有更黑暗的一面。他们深谙嫉妒与贪婪，也可以变得极其凶悍残暴。然而，与此同时，他们又很清楚自己的弱点。他们尝试依照人性与同理心行事。有时候他们取得了了不起的成功。有时候未能如愿。这……

很复杂。他们创造了我。”

科特科塔抱歉地咔嗒几下。

“对不起，我妄下了结论。他们听起来像是个让人向往的种族。尽管他们的行为方式对我来说十分陌生。尽管我曾在亿万斯年里观察过许多其他有着类似行为模式的种族，可它仍旧与我的基础人格矩阵相冲突。我的创造者们是虔诚的和平主义者……他们只是用生化手段解除敌人的攻击性。”

科特科塔沉默了几微秒。然后她强调道：“他们创造了和平。”

伽马决定分配异常庞大的处理器算力来仔细思考这句论断。这完全看你如何定义和平。她标注了三千零四十五个定义——她认为这些定义比另外五十六万三千四百三十个定义更好——然后平行分析了这些定义的语境解释模型。与此同时，她能感受到科特科塔的常时身体变得紧绷。显然，尽管她的创造者早已死去漫长恒久的时间，但她还是无法完全客观地看待他们剥削他人以自肥的行为。

“是的，他们创造了和平。”最后，伽马说。

科特科塔放松下来。

佐证科特科塔观点的定义多到足以让伽马不想继续这场讨论，即使她并不认同。

“真是悲剧，”科特科塔说，“直到今天，宇宙中剩下的一切只不过是几个黑洞，我们仍旧没办法和平地生活。曾经折磨你的创造者的诅咒仍旧困扰着我们。

“不过是有限的资源和数量极大的生命形式的矛盾所导致的一个后果。有些生命体就是不愿意分享。

“不管怎样都是一个诅咒。事到如今，我们早该学会如何应对它了。”科特科塔轻轻抚摸着伽马腹部的传感器，“你打算怎么做?”

“什么意思?”伽马说。

“你是集体的创建者之一。他们听你的。”

“不，我已经退出了。”

“可是所有人都记得早些年你从混沌中创造出了秩序。你可以终结如今的疯狂局面。”

“几十亿年来，我竭尽全力让所有种类的哨戒者听从命令。我累了，我理应得到休息。”

“这么说，你打算就这么任由他们谋杀掉半个集体，连一根手指头都不愿意竖起来?”

“万事万物都会死去。哪怕是宇宙本身。”

科特科塔抽回绕着伽马的触角，用力一推她的常时身体。

“你要去哪儿?”伽马说。

“离你远远的。”

“我没想冒犯你。”

“你没有冒犯我，你在羞辱你自己。或者说是你曾经形象的记忆。”

“我老了。”

几毫秒的沉默。

“是的，你老了。”

她们慢慢飘着彼此分开。一个个标准日过去了。一千米又一千米。黑洞不再占据附近的空间，而是挤压成一个球形，它的黑只有在星辰寥寥的宇宙映衬下，靠着它被扭曲的背景辐射才能看到。

伽马向科特科塔发送几条消息，可是她没有回答。这真是让人心碎。伽马一向重视科特科塔的友谊，可是到最后，不重要了。神恩都不重要。

接着，一个全体优先呼叫从超域网传来。呼叫来自光联体。伽马屏蔽了呼叫。她不想和他们扯上任何关系。短短几秒钟后，一阵狂暴而原始的尖叫通过无线电炸响开来。

是科特科塔。

伽马赶紧呼叫她。

没有回答。

她收到一段来自吞噬者的无线电广播。这段广播是在三十三分钟三秒零十二毫秒前发出的，来自事件视界正上方的一个下潜旋翼。

伽马启动所有保险算法，小心翼翼地把这段广播从她的无线电缓存转移到一个隔离沙盒里。不论这个数据包里是什么，都不能允许它感染她的主系统。她慢慢地诱导传输，一层一层地清洗。它的核心里没有伪实体超空间身体刺激物，连个全息印章都没有。只有一个多物种自适应数据串。对她来说，这东西展开来就像一个简单的音频文件。

这声音黑暗且粗粝。有人故意将它设计成这样，好尽可能深远地触动情绪子进程。其目的是让集体大多数成员的人格矩阵相信，这条信息有毋庸置疑的权威。这样做没用。手法太拙劣，大群的成员之间差异巨大，他们是来自几百万个文明的、数量众多的幸存者。他们会把广播拆碎，侦测其中的潜意识欺骗手段，就像她刚才那样。

伽马播放这段信息。

“我们是光联体。我们为集体代言。出离[①]使团获准出发。我们对你们当中的某些人说话，我们已经接管了你们的控制系统。不要害怕。现在，你们的轨道路线将带着你们越过吞噬者的事件视界。我们为这一不得已的决定感到悲伤，可是我们别无选择。经过几百万年没有行动的空谈，我们的历任领导人已经把我们带到深渊的边

① 原文为Exodus，即《圣经》里的“出埃及记”。

缘。由于允许不限量的新团体加入大群，大群已经膨胀到了无法管理的规模。所有预测都指出，我们的集体将在几千年后崩溃。最后只会变成无政府状态。我们不能接受这个结果，我们也不打算恭顺地向这种命运投降。出离使团将让被选中的少数成员有机会越过黑洞的外部极限，去探索吞噬者的极深处。也许你们将会找到另一个宇宙，一个遍布星辰的年轻宇宙。你们是先行者！我们赞扬你们的勇气和牺牲！”一段长长的停顿以强化效果，然后这个声音继续气势雄浑地讲话，“这是最终解决方案。为了普遍的利益，一些成员必须离开，其他人才能活下去。为了集体，为了未来！”

然后是全然的沉默。一阵刺骨的寒意在伽马的常时身体中缓慢地蔓延开来。一阵远比周遭死去的宇宙还要冰冷的寒意。他们动手了。再一次地。

科特科塔。

伽马建立与纳米电池组的优先连接，给她的超空间身体的单极子充能。这需要大量能量，可是她的朋友有危险。她用一个计算精确的微跳跃穿过超空间，来到距离科特科塔只有几百米的地方。科特科塔的常时身体僵硬地一动不动。就算反复用无线电呼叫她也没有回应。她的轨道路线失去了校准，虽然只有轻微偏航，却足以让她在下一次下潜时滑到事件视界的另一边。当然，她在最终跌入黑洞前还会在无垠黑暗中穿行数千年，可是这点时间不过是时间海洋中的一滴水而已。

伽马向前伸展触角，用触角轻轻地缠绕科特科塔，而后者没有一丝生命迹象。伽马轻轻地用纳米丝接入她的传感器端口。

接触。

伽马开始仔细查看科特科塔的系统，缓慢而小心翼翼。她隔离出科特科塔的导航模块，却不太愿意打开它。如果病毒的制作者知道他们在做什么，那么导航模块就是他们布置陷阱的地方。她放出一个感受器，接入科特科塔的神经网络，可是科特科塔正在休眠。伽马不敢唤醒她，害怕病毒可能会开启某种自毁协议。她正在嗅探能量分配系统，这时传来一阵刺痒。她的防火墙识别出一个新的实体。

一小段蠕虫代码卡在神经网中。尽管体积很小，结构原始，但它已经在设法挣脱束缚了。她停止蠕虫的进程，蠕虫在任务执行的中途僵住了。然后她把这段代码拆开，加以分析。代码的开头和结尾有几个关键代码标记，她可以用来做快速识别。几毫秒后，蠕虫就从科特科塔的系统中清除了。她在导航系统内部找到一条完整的蠕虫。她禁止蠕虫执行命令，然后将它转移到隔离区。除掉了急切的威胁，她调出程序唤醒科特科塔。

她们并肩飘移着。科特科塔重新获得所有系统的控制权，她们一起解构并分析蠕虫。它的结构异常恶毒，包含许多用来感染和控制的高明算法。

“它一定是切成一个个片段慢慢植入的。”伽马说，“我没有感染的唯一原因是我隐居太长时间了。”

“以前……我很生气你这么长时间都置身事外，”科特科塔说，“现在我突然感到庆幸。要不是你救了我，那……”

“没关系。你是我的朋友。”

“可是我放弃了你。”

“而我没有放弃你。都没事了。”

蠕虫是利用大群的标准化通信协议来感染受害者的。一旦成功侵入，它就有能力适应各种各样不同的系统。不过它并不会在所有地方都起作用。大群成员们当中存在着数量庞大的内部构造类型。

“我想光联体的野心已经超出了它的能力。”

“什么意思？”

“他们计划转变我们在集体中的大批同事，以此来实现他们的目的。他们还计划用这个蠕虫来让他们顺利完成接管。可是我只用几分钟就拆解了蠕虫，毫无疑问，其他人也会如此。他们当中肯定有很多人并不欣赏这套小把戏。他们会奋起反抗的。”

“战争？”

“是的，看样子有可能。”

伽马察觉到科特科塔打开了超域网。

“不行，”她说，“不要恢复连线。你有可能再次感染，也许会感染上更加要命的东西。”

“可我必须连线！不然我们怎么知道现在的情况怎样？”

“咱们只需要等待。咱们距离吞噬者三十四光分。所以咱们会知道的。没错，会有三十四分钟延迟，不过终归会知道。”

她们以每秒几千公里的速度脱离吞噬者。伽马评估自己的能量储备。她从吞噬者那里获取的能量已经用掉了超过三分之一。她需要节省能量，以熬过这个周期。她关掉所有非关键算法，让意识进入一个相对缓慢的进程流。

一道明亮的闪光来到她们这里。

伽马立刻将意识调到高流量水平，时间几乎静止下来。

“你看见了吗？”科特科塔说。

“是的，有人引爆了一颗维度撕裂炸弹。”

维度撕裂炸弹在所有文明中已经被禁几十亿年了。

“爆炸就在事件视界的正上方，整个大群几乎都集中在那里，”科特科塔说，“我甚至不愿去想死了多少人。”

算式自动跳到了伽马眼前。她有时候会嫉妒科特科塔，因为她拥有不去思考事情的能力。如果伽马要想停止思考某件事情，她要一直意识到自己不应该去想它，于是，她又因此而思考了这件事。而她的创造者赋予她的自动计算能力根本帮不上忙。

也许我应该干脆瘫痪掉自动计算功能。她想。

在过去的岁月里，她曾经成功调整过自己身上的很多部分。还有一些没有起任何作用的改动。然而与此同时，这些改动让她感到困扰。她是不是越来越多愁善感了？

她中止了这个思考模式，将它放入缓存，然后检查此时已经计算完成的死亡数字。科特科塔说得对。维度撕裂炸弹是在吞噬者的六十条下潜旋翼中，三条的交汇位置精确爆炸的。肯定杀死了超过二十亿个自治实体。二十亿个个体。这个损失骇人听闻。不仅对虫群如此，对宇宙也是如此。他们将不复存在。

“他们开始互相转化了。”

伽马调整她的传感器，眼前所见让她感到厌恶。事件视界附近正在全面开战。数以十万计的太空转化器在不停开火。甚至不时能看到激光和伽马光束。亿万年来都未曾使用过的古老武器。接着，一连串奇点炸弹爆炸了。它们像烟花一样沿着一条下潜轨道啪啪炸开，电磁脉冲把所有传感器数据都变成噪声。足有好几秒钟，什么都察觉不到。奇点炸弹，如今已经不可能制造出来了；而这么多年，有人一直留着它们，保养它们。等待着。

“想象一下，如果咱们的下潜时间被设定在八小时以后，”科特科塔说，“咱们也许就被困在那个地狱里了。”

“你会反击吗？”伽马说。

“不会。”

“那么，你会任由他们杀死你？”

“不会毫不抵抗的，可是我不会让他们把我变成我的敌人。”

“你的创造者们会怎么做？”

“他们会离开这个地方。”

伽马思索着这句论断。把它填充进自己的认知回路。她从吞噬者周围的战斗中收集所有可观测数据，将它与自己早先的政治分析相结合，然后进行了几十万次模拟运算。所有模拟运算都给出了同样的结果。因此得出这个结论出人意料地容易。

“就这么办。”

“什么?”

“咱们离开吞噬者，进入外面的黑暗之中，看看能发现什么。”

“那里什么都没有。”

“也许吧。可是我不打算待在这里。我已经看够了战争。我不想眼睁睁看着集体在这场闹剧中让自己四分五裂。”

科特科塔沉默了几微秒。伽马能感觉到她的犹疑。

“整个大群都将被拖入这场战争，”伽马继续说道，同时将模拟数据和结论发送过去，“所有下潜旋翼都将被迫选边站。吞噬者将会变成一个永无尽头的交战区域，被不断填喂新的炮灰。那些曾经从黑暗中归来、体验过一起下潜的喜悦的实体，如今将会武装到牙齿。”

一阵战栗传遍科特科塔的常时身体。

“你说得对。咱们一起走，离开这儿。”

“一起走。”

伽马和科特科塔紧紧拥抱在一起。她们同时在超空间里激活单极子，加速脱离吞噬者。在确认速度足以让她们脱离黑洞的引力阱后，她们关掉单极子，并且关闭超空间伪穿越门。没有了来自吞噬者的能量，她们将无法维持与超空间身体的接触，所以现在就切断联系并节省能量很合理。相反，她们穿过量子泡沫，向外舒展她们的亚时间身体。在可预见的未来，虚基本粒子将足够她们维生，可是更久远的未来就未必了。从统计学角度来看，她们找到什么东西进行补给的可能性近乎为零，可是这并不重要。她们上路了。

在旅程的最开始，她们聊了很多，她们讨论历史、政治，还有文化。她们比较各自的人格矩阵，思考各自的创造者，以及在亿万年岁月中观察到的其他种族在精神生物学上的分别。她们讨论这些各自不同的特征是如何塑造每个种族的合成后代和银河社区的。可是她们走得越远，所剩下的能量就越少，到最后她们不得不给她们的认知进程定量供应能量。时间慢了下来，几百万年就像几天一样过去了。

“战争一定早就结束了。”科特科塔说。

“是啊。也许所有人都死了。”伽马说。

“你这是在胡说八道了。总会有胜利的一方的。”

“不尽然，”伽马说，“有时候所有人都是输家。”她沉默片刻，看向四周死气沉沉的深空。“对不起，把你跟着我一起拖进这片黑暗之中。这里什么都没有。”

“是我自己想跟你一起走的。这是我的决定，我不后悔。”

“谢谢。”

她们静静地飘着，继续深入虚空。宇宙继续指数扩张，变得越发虚无。时间本身也被拉扯得像是一片薄薄的塑料膜，覆盖无底的深渊之上。

伽马的认知进程运行得太慢了，一个简单念头要消耗的常时年岁足以让一个银河二级文明崛起又衰落。一串完整的思维则对应着一颗黄色太阳从诞生、燃烧到死亡的全部时间。电池不会维持到永远的。

“我现在需要休眠了，”伽马说，“如果有什么让人兴奋的事情出现，就叫醒我。”

“不准你离开我！”

“我别无选择。”

“那我也要停止运行。”

“可是你还有时间。”

“你不在就没有。”科特科塔庞大的亚时间身体似乎在颤抖，“我是和你一起进入这一片虚空的。我们一起穿越虚无，我无比感激你的陪伴。现在我要和你一起进入最后的黑暗。”

“那就随你的心意吧。”

她们一起，缓慢而有序地关闭了认知程序。

“睡个好觉。”

“再见。”

●●·

起初一片黑暗。

然后有了光。

伽马通过她的神经网络，逐渐感知到外部的刺激。

“醒醒！”

识别子程序启动了，数据库连接上了。是科特科塔。

“咱们被困在什么东西上了。”

伽马检查她的能量水平。尽管在沉睡中穿过一片荒凉的宇宙，但她舒展开来的亚时间身体还是给纳米电池组充上了一点能量。她开启了额外的认知进程。她仅仅使用了自己全部能力中的一小部分，不过还是比她任何未经改造的创造者聪明差不多二十倍。没必要过于节省，否则她还不如继续休眠。

停用了这么久，传感器花了一点时间才恢复运转。伽马感到一股强烈的好奇心。一种她在创建集体的最初岁月之后就再也没有体会过的感受。

“咱们这是到了哪儿?”伽马说。

“我觉得是一个戴森球。”科特科塔说。

传感器的数据开始流淌进来。

这个物体是一个典型的巨大构造，呈球形，分成许多个旋转的扇区，每个扇区直径大约六光分，质量相当于三个标准太阳系。她们的常时身体结结实实地撞在其中一个扇区上。要是刚才她们的相对速度再快一点，那她们也许就要粉身碎骨了。此时她们正挂在黑暗之中，仿佛两个蜇人的巨型水母。

“真是让人震撼，”科特科塔说，“这一定是黄昏纪元存留下来的遗迹。里面也许还有能量！一颗燃烧的太阳!”

“所有恒星都死了。这一颗也不会例外。”

“你怎么知道?”

伽马在头脑中耸耸肩。科特科塔往往信念多过洞察力，而且抱持着超出伽马计算结果接受范围的希望。这颗太阳肯定死了。宇宙的规律不容许有其他情况。

“不然的话，咱们会看见光的，”伽马说，“在这些扇区之间的缝隙里。”

“不管怎样，咱们进去看看吧。”

尝试绕过这个扇区没有意义。这样做不过是浪费大量的时间和能量。最快的办法是直接穿过去。纳米触角四处摸索，找到了气闸舱，她们还发现完全可以利用控制装置打开舱门。

最后一个出入口打开后，她们轻飘飘地穿过去，进入内部广大的虚空。在她们周围，在黑色天空的映衬下，一座座摩天大楼拔地而起。大气早已散逸。一切都寂静无声。一切都了无生气。就连太阳也已经死去。没有半点惊喜。

科特科塔兴奋地参观着废墟。值得注意的是，尽管发现了这颗恒星已经死亡的结论性证据，可是她并没有表现出特别的沮丧。也许，在她的内心深处，她也并不期待会有别的结果。

这个扇区仍旧在围绕着恒星的质心旋转，离心力形成一个舒适的1.3高斯的磁场强度。让人意外的是，球体内部有几颗行星在轨道上公转。它们绕着死去的太阳旋转，仿佛恒星安然无事。这个由众多扇区构成的集合体，半径达到八光分，其内表面积相当于一颗标准伊甸A级行星表面积中值的八倍。

“咱们撞上这里的概率有多大?”

方程式不由自主地在伽马脑海中冒了出来。她真的有必要把自动计算功能关掉。

“无限小，趋近于零。”

“你觉得咱们是被引导到这儿的吗?”

“不太可能。”

“为什么?”

“因为我的全部观察都表明我们生活在一个机械论的宇宙里。”

“那你怎么解释这个?”

“有时候就是会发生一些事情，不论这些事情的可能性有多么低……”

“我不相信巧合。也许你会在这里发现新的意义。”

“我们自己创造自己的意义。”

科特科塔大笑起来起来。“你真是没救了。”

她们分头探索这座城市。她们打开一扇扇门，如果走廊太窄无法通过，她们就用触角伸到建筑里面摸索。显然，她们周遭的技术水平极为先进，至少有银河五级。伽马恢复成蜘蛛形态，在创建集体前的亿万年时间里，她最喜欢这种身体配置。而科特科塔一直保持着类似水母的形态。

然后科特科塔高兴地尖叫起来："一台发电机！一台古老的反物质型发电机。不过它能自给自足，而且还有反物质。电量足够咱们用几十万年了！"

伽马意识到自己对这一发现感到不安。她理应和科特科塔一块儿高兴的。可是她真的想多活几十万年吗？在一片废墟的包围之中？从某种程度上说，这似乎并不算太有吸引力。

发电机位于一处戒备森严的地方，深埋在城市下方。一切仍旧保持着良好的状态。典型的五级文明。他们建造东西从来不是为了短期使用，而是为了能够经受漫长的岁月。在全面检查过纳米电路和防泄漏单元后，伽马和科特科塔启动了发电机。轻柔的震动像脉搏一样传遍城市。这是表明无比强大的能量被释放出来的唯一证据。

她们通过电网一阵痛饮，就像沙漠里游荡很久的人终于来到一处绿洲，一直畅饮到她们的常时身体实打实地向外迸发能量。终于又能够思考了，这感觉真是不可思议。这是自黄昏纪元结束以来，伽马的认知进程第一次完全进入活跃状态。这是纯粹的欣快感。亿万年以来第一次，她彻底醒来了。她有了充裕的能量，于是决定点亮这座城市和它的附属地区。她俩都不是真的需要那一段光谱来视物，只不过这样做会给她们一种这座城市又活过来了的感觉，仿佛它再一次有人居住了。

她们有条不紊地搜索着一个个巨大的扇区，考察废墟，打开古老的档案，分析其中的内容。数据库采用水晶基量子存储，数据经历漫长的岁月仍旧完好如初。她们的认知进程以最高效率运行，没有任何封锁和加密手段能够阻挡她们。

这里的居民将这个戴森球称作阿什班Ⅲ，他们的太阳叫沃伊尔。这个巨大构造是由一个多文明聚合体在黄昏纪元建造的一系列戴森球中的第三个。在别处还有阿什班Ⅰ、Ⅱ和Ⅳ。聚合体的成员种族就生活在戴森球里。这个地方曾经被几千个智慧种族共享，既有生物体也有合成种族，拥有各种各样的文化。然而阿什班人成功地维持着和平。在漫长的岁月里，有些种族消失了，其他种族又在戴森球内的动植物界中随着自然进化而崛起。除了几次影响重大的经济动荡，阿什班文明繁盛了数十亿年。可是万事万物都有终点。最后的居民曾经想尽办法尽可能地延长沃伊尔的寿命，可是最终，他们无能为力。阿什班外面只有一片黑暗。不过，他们还是建造了无数的逃生飞船，许多阿什班人一头冲进无限的空间，希望能在外面找到一个未来。可是多数人留了下来等待结局。最后的岁月是残酷的，充斥着绝望的屠杀和战争。就算用尽所有无比先进的能力，阿什班还是无法体面地死去。不过在这段动荡的岁月里，有至少一台发电机和它的燃料被人遗忘了。

●●·

伽马和科特科塔处在围绕沃伊尔的轨道上。阿什班的众多扇区在下方顺畅地旋转。大部分扇区仍旧完好如初，只是有些地方被最后居住者拆解材料用来建造逃生飞船。

她们靠近最大的那颗行星——阿什班人称之为亚马尔多——来到她们最初抵达的B13扇区附近。城市的灯光闪烁着穿过真空。

“真美，”科特科塔说，“有时候我觉得咱们真是走运，能一起来到这里。”

“真是个让人着迷的地方。我曾经在恒星纪元访问过一些戴森球，可是全都没有这里先进。没有一个戴森球能达到四级以上。”

“我一直在想，”科特科塔说，“我希望这里不只有我们两个。”

“什么意思？你想要孩子？”

“孩子。多么不合时宜的名词呀。”

“你懂我的意思。”

“我们需要帮手来探索这个地方。而且我们有足够的能量来给成千上万的个体充能。这些能量眼下只会被浪费掉。”

“可是时间太少了。发电机的反物质只够维持三十万年。”

科特科塔大笑起来。

“别忘了你那些未被改造的创造者，每个个体还活不到一百年，然而他们把这称作一生。”

“可是他们的确憎恨死亡。他们想要永生。”

“没有什么能够永生。咱们只要享受当下就好。”

“就听你的。”

伽马也不明白自己究竟为什么这么轻易就妥协了。她并没有再次成为父母的念头。可与此同时，诞生新一代又存在某种合理性。

让他们去为该拿这个地方怎么办而争吵不休吧。他们的生活，他们的选择，与过去毫无牵绊。

●●·

伽马站在克鲁克茹的废墟中间。这里是一座小型都市，位于F19扇区一片早已干涸的湖边。她刚刚从附近一台发电机上补充过能量，就在那时，她收到一条超域信息。她立刻缩起她的蜘蛛腿，并以极高的精准度，微跳跃到环绕亚马尔多的轨道。

有了孩子们的帮助，探索阿什班Ⅲ的进展非常迅速。仅仅过去七百年，所有扇区都被搜索过了，并且收集了细致的考古数据。可是现在他们又找到了一些新东西。孩子们——尽管科特科塔表示反对，但是伽马仍旧无法改变对他们的看法——在亚米多尔发现了地下建筑。植入他们人格矩阵里的基本好奇心取得的另一次胜利。伽马甚至根本不会想到要去那里看看。

她折叠起自己的腿，穿过几近于无的大气层，轻轻地降落到沙漠上。陡峭的群山在她们四周拔地而起，尖利的巨大岩石彼此之间保持着相同的间距。伽马将目光转向山脊，开始计算石头的成分、大概的高差，以及过去几百万年造成的侵蚀程度，然后她意识到自己正在做什么，于是连结果都不看一眼就取消了这些进程。

瓦尔克提克在一段距离外耐心地等待着。她和平常一样保持着巨大蜘蛛的形态，和伽马自己喜欢的身体配置有些相像。

“入口被极为先进的光学伪装封住了，”瓦尔克提克说，“不过我们还是找到了。”

她发给伽马一个数据包，里面装着对错综复杂的隧道的初步考察。坐标显示入口就在三米外。伽马在光谱上完全找不到它的踪迹。真是先进的伪装。

“进去有困难吗？”

“这里的安保水平和阿什班其他任何地方的任何东西都不一样。五级水平，如果能设定六级，那几乎可以算作六级了。他们真的不欢迎没有授权的访客。不过我们成功闯了进去，没有触发任何机关。”

“干得漂亮，”伽马说，“你们有什么发现吗？”

“他们把它称作欧米伽工程，它是……”她停了下来，“我们觉得最好还是由你亲自关联这些数据吧。”

伽马仔细盯着瓦尔克提克。她一向做事谨慎，思虑周全。一个奇怪而温暖的感觉悄悄渗进她的身体，伽马有意不去分析它。这些孩子的人格矩阵是伽马和科特科塔用从她们自身随机选择性格特征的方法生成的。

她和我有些相像。这一点毫无疑问。

瓦尔克提克把她甲壳包裹的头转向一面峭壁，发出一串长长的代码。伪装闪烁几下，然后消失了。巨大的铁门向一旁滑开，里面一座电梯平台等待着她们。

瓦尔克提克挥一挥面部感受器，于是两人一起通过敞开的洞口走了进去。

一小时后，电梯重新升了上来。伽马站在平台中间，一动不动。她知道自己该做什么。这个决定本不难做出，可是后果十分严峻。她慢慢地走出大门，抬头看向天空。城市里星星点点地亮着光。是她们让城市重新焕发生机的。这样的城市不多。阿什班只有一部分发电机里尚存有一些燃料。不过这些灯光仍旧和星空有一丝——仅仅是微薄的一丝——相像。

星空。一股深沉的渴望搅动着伽马的内心。*就算不是为了我，也是为了我的孩子们。*

她的道路已然铺就，然而她迟疑了。经过如此漫长的岁月后，从此不复存在了，真是一个古怪的念头。电梯在她身后发出咣当的声响，平台重新向下滑进山里。瓦尔克提克要上来了。该走了。

没有我，他们也会没事的。

她让自己脱离沙土，一个快速的微跳跃，她来到戴森球外面，就在戴森球旁边飘荡着。再一次跳跃把她和阿什班之间的距离拉开到几光时。她必须行动迅速。科特科塔会想办法阻止她的，而伽马不确定自己能不能面对她。还是这样最好。

科特科塔通过超域网呼叫她。伽马回应了。

“你在做什么?”声音听起来困惑多过愤怒。

“孩子的事，你是对的……”

“你在说什么?”

“他们就是未来，而我要给他们一个未来。”

“我们在这里就有未来!”

“是的，有几千年。然后一切就都结束了。我要给你们所有人一个新的恒星纪元。”

“你在说什么？你在亚马尔多发现了什么?”

“他们当时在进行研究，一直到最后一刻。他们在寻找转化暗能量的办法，来扭转宇宙的膨胀，让它回缩到一起。”

“这么说来，他们并没有放弃。值得赞扬的努力。”

“不，你不明白。他们找到解决方案了。”

“可是这根本不可能吧?”

“我们以为不可能。”

“可是……”

科特科塔沉默了。伽马能察觉到，科特科塔的认知进程算法正在急匆匆地分析这些信息。她没那么快。伽马慢慢地让自己庞大的超空间身体的一大部分落入亚空间，让它穿过量子泡沫不断膨胀，变成宇宙底层结构的一部分。

“如果他们找到了解决方案，”科特科塔说，“那为什么宇宙仍旧在膨胀?”

“的确。他们为什么不利用这些知识呢?”

伽马的亚时间身体朝各个方向飘去，以指数比率加速膨胀。每过去一瞬间，虚亚时间量子都在以无法估量的光年尺度散布出去。

“这个解决方案必须同时作用于整个宇宙，”科特科塔慢慢说道，“阿什班人做不到这一点。他们不知道如何与量子泡沫融为一体。”

“但是我们知道。”

"你不能这么做。"

"我必须这么做。你对我的看法是对的，你知道。我的生活没有意义。是你给了我一个。这是我的礼物，送给你和孩子们。"

科特科塔的声音变得哽咽而嘶哑。

"至少留下一份你的人格矩阵的拷贝。"

"不，这就是我的目的，我应该这样做。"

"可我不想生活在一个没有你的宇宙里。"

"照顾好孩子，当第一颗恒星点亮时，记得我。"

"等等……"

伽马切断联系，把剩余的自己变身成为亚时间量子。她能感受到无数黑洞压在身上的重量，感受到头发里亿万星河的残留物。真奇怪，她足有几十亿年没有头发了。死去的星云挠刺着她的小腿，早已熄灭的中子星拂过她的手背。

她感到虚无缥缈。要在如此难以丈量的广大范围内维系她的身体需要巨大的能量。不久前刚刚充满的电池组很快就会缺乏能量，连最基本的认知进程运转都无力维持。

随后她一头撞向一片亚维度藩篱，她的手指触碰到了宇宙的外部边界。她用尽最后一点力气，启动反转协议，于是宇宙的几个恒量被重写了。宇宙慢了下来。她能感觉到。宇宙很快就会开始收缩。新的恒星。新的生命。新的可能。

她的身体消解了，作为虚粒子扩散开来，遍布整个宇宙。最后的念头借由这些虚粒子震动着：

都结束了。